古典文獻研究輯刊

二四編

曾永義 主編

第 19 冊

《經律異相》故事研究(上)

簡意娟 著

國家圖書館出版品預行編目資料

《經律異相》故事研究（上）／簡意娟 著 -- 初版 -- 新北市：
花木蘭文化事業有限公司，2021〔民110〕
目 4+166 面；19×26 公分
（古典文學研究輯刊 二四編；第 19 冊）
ISBN 978-986-518-581-7（精裝）
1. 佛教 2. 類書 3. 研究考訂
820.8   110011674

ISBN-978-986-518-581-7

古典文學研究輯刊
二四編　第十九冊　　　　　　　　ISBN：978-986-518-581-7

《經律異相》故事研究（上）

作　　者	簡意娟
主　　編	曾永義
總 編 輯	杜潔祥
副總編輯	楊嘉樂
編　　輯	許郁翎、張雅淋、潘玟靜　美術編輯　陳逸婷
出　　版	花木蘭文化事業有限公司
發 行 人	高小娟
聯絡地址	235 新北市中和區中安街七二號十三樓
	電話：02-2923-1455／傳真：02-2923-1452
網　　址	http://www.huamulan.tw 信箱 service@huamulans.com
印　　刷	普羅文化出版廣告事業
初　　版	2021 年 9 月
全書字數	255587 字
定　　價	二四編 20 冊（精裝）台幣 45,000 元

《經律異相》故事研究（上）

簡意娟　著

作者簡介

　　簡意娟，臺灣基隆人，中國文化大學中國文學研究所博士。曾任職於臺北國立故宮博物院圖書文獻處，擔任滿文文獻翻譯與整理工作，現任職於華夏科技大學、中國文化大學。專長，清代通俗文學、滿族文學、清代檔案文獻。

　　主要研究，古今中外民間敘事文學、並佛經故事、滿族通俗文學、清代檔案文獻（含圖書、奏摺、地圖、條約）。

提　　要

　　佛教類書《經律異相》即南朝僧人釋寶唱，受梁武帝的敕令，蒐羅經、律、論三藏中，闡釋佛教教義的神話、傳說、寓言等故事，按照佛教宇宙觀來分門別類，共五十卷。內容來源於二百七十多種佛經，收錄共七百八十二條記事。最初這些神話、寓言和傳說是流傳於民間的口頭創作，深受百姓的喜愛，內容反應著當時的政治、經濟、社會、文化等各方面價值，因此又稱為故事百科全書。在此，本文以民間故事角度切入，由情節單元與故事類型進行研究觀察，探其意義與價值。

　　本文共分為七章，依次摘述各章大要：第一章為緒論；第二章部分，探討《經律異相》的編輯者、成書過程、入藏情形與現存版本；第三章與第四章部分，以傳統的佛經分類法「十二分教」分類法中的「本生、因緣」為主題，作情節單元分析。第五章部分，則運用國際通行的「AT分類法」來歸納《經律異相》的故事類型，即運用民間文學中的「情節單元」與「故事類型」的觀念來進行故事的分類與析論；第六章部分透過前文分類與析論《經律異相》的故事後，則進行綜合探討其中所具的政治、社會、經濟、教育、民俗生活、宗教信仰、醫療、藝術等各方面的價值與影響，凸顯此研究的目的與成果；第七章為完整的結論。

目

次

第一章　緒　論

第一節　前人研究成果

　　《經律異相》是一部現存最早的佛教類書與故事總集，五十卷具存，目錄五卷，今已亡佚，南朝梁天監十五年（516）沙門寶唱等奉梁武帝敕撰集。其內容摘錄漢譯經、律的佛教故事，亦有引用論部及經序中的內容，編目排序參照佛教的宇宙觀，始於天部，終於地獄部，分類編纂，層次分明，條理清晰。

　　《經律異相》自成書以來，對於傳入中國的佛教信仰及外來文化對中原的思想、文學、文獻、語言等領域，均產生重要的發展與影響，迄今不斷引起諸多學者的關注，以下將目前的研究成果分成三個地區來說明，依次序列出專書著作、學位論文、單篇期刊論文，並按照其出版時間順序來排列：

一、臺灣地區

（一）學位論文

　　1. 王強名《《經律異相》畜生部研究》[註1]，書中將「畜生部」的故事，標示經典的出處，逐一探源，並作數量統計。並將有關畜生的故事重新加以彙整分析，探討其散列於各部中，編排方式是否得宜，進而考證寶唱在編寫時，是否有疏漏或錯誤，最後說明「畜生部」故事的宗旨和民間文學的關係。

〔註1〕王強名：《《經律異相》畜生部研究》，臺北：銘傳大學應用中國文學系碩士論文，2008 年。

2. 邱淑芬《《經律異相》與《法苑珠林》中諸天研究》〔註2〕，作者以兩部書中的諸天作為研究重點。首先分別敘述《經律異相》與《法苑珠林》的作者、內容、體例，再解說兩部書中諸天的概說、層級、成員與環境，最後分析升天的因緣果報與諸天三業，對於天部有詳細的解說與分析。

（二）單篇期刊論文

1. 李李〈《經律異相》中鬼的世界〉〔註3〕，文中整理《經律異相》中的鬼故事後，將其分成九類來詳細分析鬼世界，說明鬼的界定、外型、特性、好惡、鬼獄卒的職掌等，最後說明人與鬼的關係。

2. 白化文、李鼎霞〈《經律異相》及其主編釋寶唱（上）、（下）〉〔註4〕，此文對《經律異相》各經藏版本著錄相關問題、作者生平的考證等，有所論析，並說明其書所用之體例與作為佛教類書在學術上的特殊作用，於中古漢語研究的重要地位，及從文學的角度分析中印文學與文化的交流過程與價值。

3. 陳祚龍〈關於《經律異相》之一（上）、（下）〉〔註5〕、〈關於《經律異相》之二續〉〔註6〕、〈關於《經律異相》之三續〉〔註7〕四篇文章，選出《經律異相》中一百十九則故事，將故事與引經出處做深入比對。

4. 何良〈佛教類書《經律異相》泛覽──中印文學的異中之同〉〔註8〕，此文探討《經律異相》中「猴子撈月」、「九色鹿」的故事，說明中國十二生肖

〔註2〕邱淑芬：《《經律異相》與法苑珠林中諸天研究》，新竹：玄奘大學中國語文學系碩士論文，2008 年。

〔註3〕李李：〈《經律異相》中鬼的世界〉，《國文天地》，第 63 期，1990 年 8 月，頁29～33。

〔註4〕白化文、李鼎霞：〈《經律異相》及其主編釋寶唱（上）、（下）〉，《九州學刊》，第 24 期，1995 年 3 月，頁143～152；第 25 期，1995 年 6 月，頁9～12。

〔註5〕陳祚龍：〈關於《經律異相》之一（上）、（下）〉，《海潮音月刊》卷70，第 6期，1989 年 6 月，頁4～14；卷70，第 8 期，1989 年 8 月，頁20～24。

〔註6〕陳祚龍：〈關於《經律異相》之二續〉，《海潮音月刊》卷70，第 9 期，1989 年9 月，頁5～11；卷70，第 10 期；1989 年 10 月，頁4～11；卷 70，第 11 期，1989 年 11 月，頁14～25。

〔註7〕陳祚龍：〈關於《經律異相》之三續〉，《海潮音月刊》卷70，第 1～2 期，1989年 12 月，頁15～26；卷71，第 1～2 期，1990 年 1、2 月，頁18～28；卷71，第 3 期，1990 年 3 月，頁24～34。

〔註8〕何良：〈佛教類書《經律異相》泛覽──中印文學的異中之同〉，《內明雜誌》卷 206，1989 年，頁23～25。

來自於印度佛經傳說，又提及鬼神與天爭鬥的故事，影響六朝志怪、傳奇小說產生，其中「二母爭子」的故事對元代雜劇與外國文學產生深刻的影響等，由以上分析出中印文學的交流與異同。

5. 蘇錦坤〈寶唱《經律異相》所引之阿含經──試論水野弘元教授的〈增一阿含經解說〉〔註9〕，文中比對《經律異相》中《雜阿含經》引文，以此體例檢驗《經律異相》的《中阿含經》與《增一阿含經》引文，對水野弘元的論點表達不同意見。

二、大陸地區

（一）專書著作

1. 陳士強《佛典精解》〔註10〕，此書是一部詳盡且具系統地考釋中國佛教典籍的源流及其大意的佛學工具書，對《經律異相》的解說，包括：名稱、卷數、編纂的年代、版本、作者生平、寫作經過、序跋題記、內容大旨、前後沿革、學術價值、資料來源、體例上的缺陷和記載上的失誤等，皆有記載。

2. 周叔迦《釋典叢錄》〔註11〕，此是專為經疏論著所寫的提要專書，對《經律異相》的解說，包括：作者生平及其著作、卷數、編纂的年代、版本、體例、資料來源、學術價值等，皆有記載。

3. 劉守華《中國民間故事史》〔註12〕，本書以《經律異相》中的故事來說明佛教在傳播過程中，佛經故事對中國民間故事的滲透與影響，印度故事的文化如何與中國故事產生交流與融合。

4. 董志翹主編，張淼、趙家棟、張春雷、李明龍等參校《《經律異相》整理與研究》〔註13〕，該書對《經律異相》的作者生平與成書過程、體例、入藏情形、資料引用來源、材料價值、版本校對等，作全面性說明並有詳盡的校點整理本。

〔註9〕蘇錦坤：〈寶唱《經律異相》所引之阿含經──試論水野弘元教授的〈增一阿含經解說〉，《福嚴佛學研究》，第 2 期，2007 年 4 月，頁 91～160。
〔註10〕陳士強：《佛典精解》，臺北：建宏出版社，1995 年 7 月。
〔註11〕周叔迦：《釋典叢錄》，河北：河北人民出版社，2005 年。
〔註12〕劉守華：《中國民間故事史》，河北：河北教育出版社，2005 年。
〔註13〕董志翹主編，張淼、趙家棟、張春雷、李明龍等參校：《《經律異相》整理與研究》，成都：巴蜀書社，2011 年 8 月出版。

（二）學位論文

1. 陳定方《《經律異相》音注》〔註 14〕，此文以音韻學的角度作系統研究。（目前尚未公開發行）

2. 陳祥明《《經律異相》語法專題研究》〔註 15〕，該文從語法學的角度切入，作不同層面探討與專題研究。

3. 卜紅艷《《經律異相》注音研究》〔註 16〕，其文運用語音學利用反切比較法對出現於該書的反切及直音進行研究，把主要研究的音韻與《廣韻》比較，求出《經律異相》的聲調系統，再與相近的幾部重要著作的語音系統作比較，確立出《經律異相》在漢語語音史上的地位，肯定《經律異相》為六世紀的漢語語音提供了珍貴的資料。

4. 何小宛《《經律異相》詞彙專題研究》〔註 17〕，本文選擇《經律異相》中幾組詞語作研究，以雙音節詞為主，對詞語進行專題研究。以三組佛教特徵詞和三組表示情感意味的普通用詞，說明其特殊性與文化上的關係，注重詞彙研究的系統性，《經律異相》中所發現的新詞語，可補充辭書的不足。

5. 張春雷《《經律異相》異文研究》〔註 18〕文中說明《經律異相》異文的界定、研究理論和方法、研究現況、理論和價值，分析了《經律異相》中異文的類型與成因，從語言學角度考釋和梳理了二十六條的典型異文，並從語言學角度說明，利用《經律異相》中的異文來考釋一些疑難字詞，理清個別俗字演變軌跡，藉此指出大型語文工具書的缺失，確立《經律異相》異文在古籍整理研究方面的地位與價值。

6. 任西西《《經律異相》文字剪輯問題及詞語選釋》〔註 19〕，此文將《經律異相》中每則佛經故事與其所出原始經典進行校勘，探討該書在剪輯成書

〔註 14〕陳定方：《《經律異相》音注》，廣州：中山大學文學院碩士論文，1990 年。（目前尚未公開發行）

〔註 15〕陳祥明：《《經律異相》語法專題研究》，南京：南京大學文學院碩士論文，2004 年。

〔註 16〕卜紅艷：《《經律異相》注音研究》，北京：北京師範大學漢語言文字碩士論文，2004 年。

〔註 17〕何小宛：《《經律異相》詞彙專題研究》，安徽：安徽師範大學文學院碩士論文，2006 年。

〔註 18〕張春雷：《《經律異相》異文研究》，南京：南京師範大學文學院博士論文，2011 年。

〔註 19〕任西西：《《經律異相》文字剪輯問題及詞語選釋》，福建：廈門大學中文系碩士論文，2011 年 4 月。

的過程中，出現的諸如訛誤、脫落、衍文、錯亂、刪減過度造成語義模糊等問題，並對《經律異相》中部分字詞進行考釋。

7. 喻瑾《佛教因果業報對六朝志怪小說的影響——以《經律異相》為中心》〔註20〕，本文整理《經律異相》中佛教因果業報的內容，分析探討其思想對六朝志怪小說創作的各方面影響，採用《冥祥記》、《宣驗記》、《幽明錄》等六朝小說，以佛教因果業報思想對其進行分析，從業的種類和性質、業報的方式、因果業報的定律、心理運行和機制來闡釋其思想。

8. 姜媛媛《《經律異相》譬喻文學之研究》〔註21〕，此文概述《經律異相》的作者生平及著作，其書輯成、流布、定位與價值，歸納故事結構與文類特徵，分別從因緣、本生及譬喻三類故事，來分析敘事特徵及佛教文學內涵，最後從小乘、大乘思想，因果輪迴角度談譬喻文學的意涵，說明《經律異相》文學的特色、成就與價值。

（三）單篇期刊論文

1. 陳士強〈《經律異相》大意〉〔註22〕，此文簡介《經律異相》作者生平及其作品，說明《經律異相》的卷數、各經入藏概況情形與其中人物故事的整理介紹等。

2. 王桂秋〈經律異相〉〔註23〕，文中大多是對《經律異相》的大意、評論與介紹的內容。

3. 蔣述卓〈《經律異相》對梁陳隋唐小說的影響〉〔註24〕文中分析《經律異相》中的四個典型故事，有龍女的故事、入海採珠故事、變形故事及報應故事等，解說佛典故事對梁陳隋唐小說的體制和敘述方式，所帶來的影響。

4. 劉守華〈從《經律異相》看佛經故事對中國民間故事的滲透〉〔註25〕，

〔註20〕喻瑾：《佛教因果業報對六朝志怪小說的影響——以《經律異相》為中心》，四川：四川師範大學文學院碩士論文，2013年5月。
〔註21〕姜媛媛：《《經律異相》譬喻文學之研究》，甘肅：蘭州大學比較文學碩士論文，2014年。
〔註22〕陳士強：〈《經律異相》大意〉，《五臺山研究》第4期，1988年。
〔註23〕王秋桂：〈經律異相〉，《讀書》第2期，1990年。
〔註24〕蔣述卓：〈《經律異相》對梁陳隋唐小說的影響〉，《中國比較文學》第4期，1996年，頁71～84。
〔註25〕劉守華：〈從《經律異相》看佛經故事對中國民間故事的滲透〉，《佛學研究》第7期，1998年，頁188～196。

本文由《經律異相》中的幾篇包括動物、笑話趣事及幻想類型故事等，探討印度故事傳入中國後，與中國民間故事的交流與影響，最後說明故事的特點和價值。

5. 夏廣興、吳海勇〈《經律異相》管窺〉〔註26〕，文中說明《經律異相》書名的原由、資料取材中疑偽經的問題、強調亦有取材於譯經的序文，探討簡介其體例、文體特色、作者摘錄譯經的方法與原則、佛經中專有名詞的翻譯等，有詳細說明。

6. 金素芳〈《經律異相》詞語選擇〉〔註27〕，作者以《經律異相》為中古音時期的漢譯佛典代表著作，於書中選取「（施）無畏、罪對、厭離、巨細、福德」等詞進行詮釋，對有關辭書和論著進行糾謬補缺，以供辭書編纂者參考。

7. 陳洪〈《經律異相》所錄譬喻佚經考錄〉〔註28〕，此文透過南北朝三種佚經，分別為康法邃《譬喻經》十卷、《譬喻經》佚名十卷、《雜譬喻經》十卷，以上部分散見於《經律異相》當中，作者以《經律異相》所錄譬喻佚經的流傳和特徵，來分析佛典翻譯文學的本來面目。

8. 張煜〈說《經律異相》記載佛經故事群中的女性〉〔註29〕，此文以佛經故事群中的女性為專題，從文學的角度分析故事中屬於典型的或多層次的女性性格特徵，探討故事結構的運用技巧及《經律異相》的語言特色。

9. 陳祥明〈《經律異相》所見中古新興單音節副詞考察〉〔註30〕，此文整體上著重分析新興單音節單義副詞、新興副詞的多義化及舊有副詞的多義化，並以這三個方面來討論《經律異相》中所見的中古新興單音節副詞，指出此時期佛典在語法上，能夠反應出當時的語法系統，展現《經律異相》在語言研究上的重要價值。

〔註26〕夏廣興、吳海勇：〈《經律異相》管窺〉，《古籍整理研究學刊》第 4 期，1999年，頁 29～34。

〔註27〕金素芳：〈《經律異相》詞語選擇〉，《湖州師院學報》第 23 卷，第 4 期，2001年。

〔註28〕陳洪：〈《經律異相》所錄譬喻佚經考錄〉，《淮陽師範學院學報》第 25 卷，2003 年，頁 384～393。

〔註29〕張煜：〈說《經律異相》記載佛經故事群中的女性〉，《新疆大學學報》第 1 期，2004 年，頁 106～110。

〔註30〕陳祥明：〈《經律異相》所見中古新興單音節副詞考察〉，《泰山學院學報》第 28 卷，第 1 期，2006 年，頁 89～93。

10. 馬麗〈《經律異相》稱謂詞研究〉〔註 31〕，此文透過《經律異相》中的稱謂詞與上古漢語和中古中土文獻對比，分析出其強烈的口語化傾向，作者分別解說其具體的表現有：強烈的双音化傾向、表身分職業的構詞語素、構詞能力強大、稱謂詞泛化及詞性中立化等特點。

11. 洪帥〈《經律異相》詞語劄記〉〔註 32〕，此文從《經律異相》中選出六個詞語，分別為「行嫁、加、名女、舍壽、道德、真人」，一一進行考釋，再對相關辭書進行補闕，以供辭書編纂者參考。

12. 董志翹、趙家棟〈《經律異相》校讀劄記〉〔註 33〕，此文對《經律異相》進行校理，彙集其異文類語科，考察其中的差異與共性，運用各種文獻材料和漢語俗字理論知識，結合音韻、訓詁方法，就《經律異相》中的異文材料，以札記的形式進行分析校理。

三、日本地區

（一）專書著作

牧田諦亮《疑經の研究》〔註 34〕，文中提到《經律異相》對疑偽經的引用。譬如：《經律異相》卷三中，作為《善信經》引用的《善信女經》；《經律異相》卷五中，作為《現佛胸萬字經》引用的《胸有萬字經》；《經律異相》卷三十八中，作為《貧女難陀經》引用的《貧女人經》。

（二）學位論文

坂本廣博《《經律異相》の研究：梁代的佛教文化》〔註 35〕，探討《經律異相》書中所呈現南朝梁時期的佛教文化，包含：北朝佛教的特色、南朝梁佛教類書的發展情形與當時佛教呈現的各方面文化。

（三）單篇期刊論文

1. 館裕之〈《經律異相》を中心としてみた梁代佛教類書の編纂事情〉

〔註 31〕 馬麗：〈《經律異相》稱謂詞研究〉，《浙江教育學院學報》第 1 期，2007 年，頁 81～85。

〔註 32〕 洪帥：〈《經律異相》詞語箚記〉，《宗教學研究》第 4 期，2008 年。

〔註 33〕 董志翹、趙家棟：〈《經律異相》22～28 卷校讀箚記〉，《漢語史學報》第 13 輯，2011 年，頁 319～324。

〔註 34〕 （日）牧田諦亮：《疑經の研究》，京都：京都大學人文科學研究所，1976 年。

〔註 35〕 （日）坂本廣博：《《經律異相》の研究》，東京：大正大學佛教學院博士論文，2005 年。

〔註 36〕，則以《經律異相》為主，探討南朝梁時期類書的編撰情形。

2. 北村高〈上海古籍出版社刊行の《經律異相》の版本について〉〔註 37〕，此文對上海古籍出版社影印《磧砂藏》版的《經律異相》作說明。

以上三區在研究領域上各有所長，綜上所述，迄今國內外學者對《經律異相》主要是從語言學、文獻學和文學角度進行研究，針對《經律異相》故事方面作全面性的研究成果，數量仍少，因此該領域仍具有再深入探究的空間，本文將《經律異相》所有的故事，進行全面性的分類與整理，再進一步歸納、分析，進而深入探討故事的源流與發展。

第二節　研究動機與目的

佛教自東漢傳入中土至南北朝以來，漢譯佛典日益盛行。南北朝時期，中國無論是在政治軍事力量上均呈現北強南弱，但卻也無法快速統一南朝，主要原因在於北方民族內部與文化問題無法解決，極少數的胡人無法順利統治極大多數不同種族的民族所致。〔註 38〕何以佛教盛傳於南朝，而非國力較強勁的北朝，依陳寅恪先生的觀點所述，在亂世中的北朝士族，主要是與土地相結合，重視中國傳統文化，思想較無彈性，不活絡也不自由，進而導致中國圖書發展的進程也呈現停滯現象。南朝政治上的偏安，造就工商業比北朝發達，士族與城市是相聯繫的，各方面與思想流通較為活絡，圖書事業得到發展，加上帝王崇信佛教，所以佛教文獻在南方得到了較積極的整理與編纂，陳寅恪先生亦曾云：「南朝齊、梁時期，佛學最盛。」〔註 39〕中國類書產生與發展也在此時發軔，早從曹魏《皇覽》開始到南朝梁，類書編纂已達幾十部之多的經驗，〔註 40〕如此的政治社會背景促成了《經律異相》的產生，其書為梁武帝命寶唱主其事，復以僧豪、法生等輔翼之，於天監十五年（516）編纂完成。

《經律異相》除了作為中國最早的佛教類書之外，亦是一部純粹只收印

〔註 36〕（日）館裕之：〈《經律異相》を中心としてみた梁代佛教類書の編纂事情〉，《佛教大學大學院研究紀要》第 10 卷，1982 年。
〔註 37〕（日）北村高：〈上海古籍出版社刊行の《經律異相》の版本について〉，《東洋史苑》第 34 卷，1990 年。
〔註 38〕陳寅恪：《魏晉南北朝史講演錄》（臺北：昭明出版社，1999 年 11 月），頁 259。
〔註 39〕陳寅恪：《魏晉南北朝史講演錄》，頁 373。
〔註 40〕張滌華：《類書流別》（修訂本）（北京：商務印書出版，1985 年），頁 43～44。

度故事的百科全書，共有七百八十二條記事。最初這些故事是流傳於民間的口頭創作，深受百姓的喜愛，其主角多半是印度古代社會上各階層的人物，包含：國王、婆羅門、帝師、剎帝利、農民、商人、苦行者、獵人、漁夫、小偷、法官……等，更有一些是在中國鮮少聽過的動物與鳥獸蟲魚於故事中出現。在印度的上位者，利用此故事作為教科書，教育自己的子女，成為下一代的統治者，而佛教徒則利用這些故事來宣傳佛教教義，因此在漢譯佛典當中，屢屢出現相同的故事情節。

　　季羨林先生在《五卷書》的，譯序云：「在漢譯佛典中就有大量的印度人民創造的寓言和童話，這些故事譯過來以後，一方面影響了文人學士；另一方面也影響了中國民間故事。」〔註41〕除此之外，印度人的創作想像力也非常豐富，這與他們的生活自然環境有極大的相關。印度處於東西交流的樞紐，埃及、希臘、小亞細亞為西方文化主要的發源地，其間又有地中海為媒介，交通方便促進了西方文化上的交流；東方而言，中、印兩國為文化發源地，印度的地理位置與波斯、希臘尚可相連接，但就中國的地理位置而論較為封閉，其東、南面皆海，西北為山，北方有遊牧民族，只有印度與中國在交通上較為靠近。〔註42〕因地理位置的因素，印度方便得與西方國家作文化交流，其提供印度許多浪漫幻想的創作題材與思想，使得佛典故事，蘊含著印度與西方世界交融的多元文化，傳入中國後，影響了中國的民間故事，有些後來也演化為類型故事，其內容大多構想奇特、譬喻生動、寓意深遠，蘊含豐富且濃厚的文學色彩，深刻影響了中國文化。

　　佛經中最凸顯的故事是以因果報應與地獄的內容為多，這些都是來自印度本土的觀念，之後影響中國的六朝、隋唐志怪小說、筆記小說的形成與發展，舉例來說，六朝的志怪小說有：荀氏《靈鬼志》、祖台之《志怪》、《神怪錄》、劉之遴《神錄》、《幽明錄》、謝氏《鬼神列傳》、殖氏《志怪記》、曹毗

〔註41〕季羨林：《五卷書》（臺北：丹青圖書公司，1983年3月），頁16。
〔註42〕梁啟超：《佛學研究十八篇》（上海：上海古籍出版社，2001年9月），頁113，梁啟超在〈中國印度之交通〉文中曾提到：「西方埃及、希臘、小亞細亞為文化三大發源地，有地中海以為之介，遂得於數千年前交相師資，摩蕩而日進，我東方則中國、印度為文化兩大發源地，而天乃為之國，使不能相聞問。印度西通雖遠，然波斯、希臘尚可遞相銜接，未為孤也。我國東南皆海，對岸為互古未辟之美洲；西北則障之以連山，湮之以大漠；處吾北者，犬羊族耳，無一物足以裨我，惟蹂躪我是務。獨一印度，我比鄰最可親之昆弟也。」

《志怪》、《祥異記》、《宣驗記》、《冥祥記》等，〔註 43〕以上作品皆有關於鬼神情節的描述，是中國歷代文學不可或缺的創作元素。

　　《經律異相》保留許多已亡佚的佛經故事，其最初也是流傳於印度的道地民間故事，傳譯至中國後，對中國文學與文化皆產生了很深遠的影響，因此，若欲了解漢譯佛典故事是如何與中國文學產生交流?其過程對中國文化有什麼樣的影響？《經律異相》可說是最具代表性、價值很高的題材來源。以目前研究成果而言，只有單取材其中某部類或是抽取數篇故事來探究的論文，筆者為了增加《經律異相》故事研究的深入與完整性，將對《經律異相》中的故事進行全面性的分類與探討，如此有助於觀察中印文學的交流與融合過程，了解外來文化如何對中國產生深刻的影響，以達充實漢譯佛典故事文學研究的目的。

第三節　研究範圍與方法

一、研究範圍

　　本文研究範圍，選定目前最通行的《大正新修大藏經》〔註 44〕的版本為底本，以其版本所示，《經律異相》全書共五十卷，分為十三部，始於天部，終於地獄部，編目內容如下：

次　序	部　類	卷　次	名　稱
1	天地部	卷一	天部上
		卷二	欲色天人天部下
		卷三	地部
2	佛部	卷四	應始終佛部第一
		卷五	應身益物部第二
		卷六	現涅槃後事佛部第三
		卷七	諸釋部

〔註43〕季羨林著、王樹英選編：《季羨林論中印文化交流》（北京：新世界出版社，2006 年 1 月），頁 280。
〔註44〕大藏經刊行會編輯：《大正新修大藏經》，臺北：新文豐出版，1983 年 1 月。

3	菩薩部	卷八	自行菩薩部第一
		卷九	外化菩薩部第二
		卷十	隨機現身上菩薩部第三
		卷十一	隨機見身下菩薩部第四
		卷十二	出家菩薩僧部第一
4	聲聞部	卷十三	聲聞無學僧第一僧部第二
		卷十四	聲聞無學第二僧部第三
		卷十五	聲聞無學第三僧部第四
		卷十六	聲聞無學第四僧部第五
		卷十七	聲聞無學第五僧部第六
		卷十八	聲聞無學第六僧部第七
		卷十九	聲聞不測淺深僧部第八
		卷二十	聲聞學人僧部第九
		卷二十一	聲聞現行惡行僧部第十
		卷二十二	聲聞無學沙彌僧部第十一
		卷二十三	聲聞無學學尼僧部第十二
5	國王部	卷二十四	轉輪聖王諸國王部第一
		卷二十五	行菩薩道上諸國王部第二
		卷二十六	行菩薩道下諸國王部第三
		卷二十七	行聲聞道上諸國王部第四
		卷二十八	行聲聞道中諸國王部第五
		卷二十九	行聲聞道下諸國王部第六
		卷三十	諸國王夫人部
6	太子部	卷三十一	行菩薩道長上諸國太子部上
		卷三十二	行菩薩道長上諸國太子部中
		卷三十三	學聲聞道諸國太子部下
		卷三十四	諸國王女部
7	長者部	卷三十五	得道長者部上
		卷三十六	雜行長者部下
8	優婆塞優婆夷部	卷三十七	優婆塞部
		卷三十八	優婆夷部

9	外道仙人部	卷三十九	外道仙人部
		卷四十	梵志部
		卷四十一	婆羅門部
10	居士部庶人部	卷四十二	居士部
		卷四十三	估客部
		卷四十四	男庶人部上
		卷四十五	女庶人部下
11	鬼神部	卷四十六	鬼神部
12	畜生部	卷四十七	獸畜生部上
		卷四十八	禽畜生部中、蟲畜生部下
13	地獄部	卷四十九	地獄部上
		卷五十	地獄部下

《經律異相》編成於南朝梁武帝時期，內容分為天、佛、菩薩、聲聞、國王（含王夫人）、太子（含王女）、長者、優婆塞、優婆夷、外道仙人（含梵志、婆羅門）、居士（含估客）、庶人、鬼神、畜生、地獄等十三部門，摘選菁萃，集錄而成，是現存最早的大型佛教類書，也是一部佛教故事總集。其將散見於浩繁的佛教經典中，被稱為「異相」的神話、傳說和故事等匯集並分類編纂，所載錄的內容，大多構想奇特，哲理深刻，有的演化為家喻戶曉的民間類型故事，有的則成為戲曲的素材或推動小說的發展。

關於故事的界定，金榮華教授曾於《中國民間故事與故事分類》一書中敘述到：

> 一般而言，「民間故事」有廣狹二義。廣義的民間故事包括了「神話」、「傳說」和「故事」三類；狹義的民間故事，則專指上述三類中的「故事」。為了避免這種指稱上容易引起的誤會，現在一般用「民間散文敘事」來替代廣義的「民間故事」一詞，統稱神話、傳說和故事；至於「民間故事」或「故事」就專指和神話、傳說同等階位而又有所區隔的故事。〔註45〕

〔註45〕金榮華：《中國民間故事與故事分類》（新北市：中國口傳文學學會，2007年9月），頁67。

　　同書又提到：「歸納類型，一般祇取故事，不取神話和傳說。對於神話和傳說，通常祇作『情節單元』分析。」〔註46〕

　　本文參照金榮華教授對故事所界定的為原則，主要的研究範圍包括了《經律異相》中的「神話」、「傳說」和「故事」三類，並只取故事為其作故事類型分類，神話和傳說部分則作情節分析。

二、研究方法

　　本文首先將《經律異相》中所有的故事，運用三種分類方法進行分類與分析，第一種分類法，以傳統的佛經分類法「本生、因緣」為主題，去分析故事的宗教精神意涵與取材特點。第二種分類法，是將故事分析成數百個情節，打散後重新歸納分類，並參考金榮華先生《六朝志怪小說情節單元分類索引（甲編）》〔註47〕一書，採用中國傳統類書天、地、人的觀念來分類編排，斟酌後加以增減而成，最後製成〈故事情節索引〉置於文末為附錄，以供參考。

　　目前對情節單元類別的分類方法，有湯普遜《民間文學情節單元索引》〔註48〕，本書以英文字母編號分為二十三大類，其分類主要以英文字母加數字編號而成，性質相近的在同一類，大類之下又分成幾個小類、細目等，數字方面，在整數之後又可加小數點，可以無限延伸，每個情節單元皆可歸納並有所代表之編號。

　　又有金榮華先生《六朝志怪小說情節單元分類索引（甲編）》〔註49〕一書，採用中國傳統類書天、地、人的觀念來分類編排，類目共有四十六大類，金榮華先生以此分類方法來編排，是考量到國人較能熟悉的分類方法與使用上的便利。相較於湯普遜的分類，雖屬國際較通行，但對不熟悉國際編號者，其分類法在檢索上對於使用者而言，還是比較簡明易懂。

　　觀察《經律異相》的類書編排方式，形式上雖是參考佛教的宇宙觀編排，但卻也隱含中國傳統類書天、地、人的觀念編排，與金榮華先生的《六朝志怪小說情節單元分類索引（甲編）》分類最相近，因此本文為《經律異相》所

〔註46〕金榮華：《中國民間故事與故事分類》，頁68。
〔註47〕金榮華：《六朝志怪小說情節單元分類索引（甲編）》，新北市：中國口傳文學學會，2007年9月。
〔註48〕Thompson Stith, *Motif-Index of Folk-Literature* (Bloomington, Indiana University press, 1975), 6Volumes.
〔註49〕金榮華：《六朝志怪小說情節單元分類索引（甲編）》，新北市：中國口傳文學學會，2007年9月。

做分類方法，主要是根據金榮華先生的分類方法為基礎，再觀察《經律異相》故事中的情節所屬特性後，加以調整增減類別，而主要原因是金榮華先生的分類成果簡明可據，而後人編目若能與前人之作統一，不但便於學人檢索利用，最後的分類結果亦可作故事比較之研究。《經律異相》的編譯年代與金榮華先生《索引》對象六朝志怪小說年代相近，兩者相比對亦可看出彼此之異同與影響。

　　實際進行《經律異相》的情節分類，觀察其特性後，根據金榮華先生的四十六大類為基礎，將其縮編為十大類目：

一、天、地、山、水、火

二、人

三、鬼、魔、精怪妖魅

四、神

五、佛

六、佛教修行與教化

七、佛教器物、法術及其他

八、動物

九、植物

十、用品、器物、財寶

　　以上十類與金榮華先生四十六類之異同，以下分成幾點說明。

（一）由於《經律異相》中情節數量較少，因此將四十六類中性質相近之類別合併，例如：「天」、「地」、「水」等類之情節數量仍不多，因此將「天、地、山、水、火」等編成一大類；植物相關的「稻、花、草、樹、木、果」等合併於植物一類；用品、器物相關的「衣、明珠、指環、珠、寶物」等合併成「用品、器物、財寶」一大類。

（二）與「人」類情節，金先生索引依「人倫」、「言行」、「技藝」等區分，共有十五大類，本文未見「人（形體）」、「人（與植物）」，減去後為十三類，又增加「異食」、「異居」、「遊歷他界」、「特定人物」等四類，共十六類。

（三）本文將四十六類中與動物相關的合併為「動物類」，包含「鱗介」、「蟲」、「禽鳥」、「獸」等類，僅在細目增加金先生《索引》未出現的動物：蛤、金翅鳥、千秋、鴿子、獅子。《經律異相》中出現的動

物種類，仍不及金榮華先生《索引》的類目數量。

（四）本文將四十六類中的「鬼神」類，分為「鬼、魔、精怪妖魅」、「神（仙）」，其中「神（仙）」類中，又增加金榮華先生《索引》未出現的細目：「生、初生兒、死、壽、異食、異居」；將「佛教」一類增改為「佛」、「佛教修行與教化」、「佛教器物、法術及其他」。

（五）根據《經律異相》的情節，整編出有十大類，對金榮華先生《索引》的四十六大類縮減而來，雖然類目不及《六朝志怪小說情節單元分類索引（甲編）》類目之廣，兩者相較，大致可對應出相應的類別。如下表所示：

《六朝志怪小說情節單元分類索引（甲編）》分類簡目				本文分類簡目
一、天	二、地	三、山	四、水	一、天、地、山、水、火
五、火	六、人（人倫）	七、人（言行）	八、人（技藝）	二、人
九、人（異能）	十、人（道術）	十一、人（肢體器官）	十二、人（形體）	三、鬼、魔、精怪妖魅
十三、人（生命）	十四、人（靈魂）	十五、人（夢）	十六、人（變形）	四、神
十七、人（喪葬）	十八、人（人與鬼神）	十九、人（與蟲魚鳥獸）	二十、人與植物	五、佛
二一、亡者（亡魂）	二二、鬼神	二三、精怪妖魅	二四、佛教	六、佛教修行與教化
二五、靈異	二六、鱗介	二七、蟲	二八、禽鳥	七、佛教器物、法術及其他
二九、獸	三十、五穀	三一、花草	三二、樹木（附竹）	八、動物
三三、果實	三四、食物	三五、礦物	三六、屋室	九、植物
三七、車船	三八、床帳	三九、衣帛	四十、履帽	十、用品、器物、財寶
四一、藥物	四二、器物	四三、武器	四四、樂器（附音樂）	
四五、財寶	四六、雜物			

第二種分類法用於不同角度來分析文學與文化意涵，用來補充第一種分類法所未見的研究視角。

第三種分類法，是以阿爾奈（Aarne）和湯普遜（Thompson）的《民間故事類型》（*The Types of the Folktale*）中的類型分類，即 AT 分類法為依據，再

參照丁乃通《中國民間故事類型索引》ATT、金榮華《民間故事類型索引（增訂本）》ATK 及德國・烏特（Uther Hans-Jörg）《國際民間類型索引》（*Types of International Folktales*）的分類編號成果，找出《經律異相》故事中已成類型而有型號者，進而探討這些故事的異說差別及其流傳情形，比較佛經中的故事與一般的民間故事之異同。

本文於第一章緒論部分，分別以臺灣、大陸、日本三個地區為主，以專書著作、學位論文、單篇期刊論文的次序列出並按照其出版時間順序排列，整理出《經律異相》的前人研究成果，之後說明研究動機、研究方法，並確定所使用版本與列出研究範圍。

第二章部分，首先使用文獻整理法，探討《經律異相》的編輯者、成書過程、入藏情形與現存版本，藉此彰顯此部著作的特質與影響力，然後從歷代佛典目錄，考察《經律異相》的定位，並將各藏經以編排方式作比對，以顯示其異同。

第三章與第四章部分，首先，以佛教「十二分教」分類法中的「因緣」、「本生」二類為主題來析論故事。第二種分類方法，是參考金榮華《六朝志怪小說情節單元分類索引（甲編）》書中的「情節單元」方法來加以分類，斟酌增減，用於析論故事的內涵。作法是：重新將每則故事進行編號，製成〈故事情節索引〉，歸納並分類出全部故事的各種情節名稱，後面號碼就是代表提取出符合該情節的故事編號，按照卷次分級與故事篇次組成，以阿拉伯數字編碼，另置於附錄，以利查詢。運用第二種分類法分析故事，得以輔助第一種分類法所未見視角。

「十二分教」分類法是印度佛教徒對佛陀教法在形式或內容上的分類法，最早提出九分教學說的是大眾部，他們根據經典的類型，分出九大類，稱九分教，本生（梵文 jātaka,闍多伽）是其中一類，之後進一步發展而成十二分教，〔註50〕因緣（梵文 nidāna,尼陀那）是其中一類，十二分教分類如下：

（一）契經（梵文 sūtra），音譯修多羅，以散文直說法相，不限定字句者，因行類長，故稱長行。

（二）應頌（梵文 geya），音譯祇夜，既宣說於前，更以偈頌結之於後，有重宣之意，故名重頌。

（三）諷頌（梵文 gāthā），音譯伽陀，不依前面長行文的意義，單獨發起

〔註50〕印順：《原始佛教聖典之集成》（新竹：正聞出版社，2002 年 9 月），頁 493。

的偈頌。

（四）因緣（梵文 nidāna），音譯尼陀那，述說見佛聞法，或佛說法教化的因緣。

（五）本事（梵文 itivṛttaka），音譯伊帝曰多伽，是載佛說各弟子過去世因緣的經文。

（六）本生（梵文 jātaka），音譯闍多伽，是載佛說其自身或弟子過去世因緣的經文。

（七）稀法（梵文 adbhutadharma），音譯阿浮達磨，又作未曾有，記佛現種種神力不思議事的經文。

（八）譬喻（梵文 avadāna），音譯阿波陀那，佛說種種譬喻以令眾生容易開悟的經文。

（九）論議（梵文 upadeśa），音譯優婆提舍，指以法理論議問答的經文。

（十）自說（梵文 udāna），音譯優陀那，無問自說，如阿彌陀經，係無人發問而佛自說的。

（十一）方廣（梵文 Vaipulya），音譯毘佛略，謂佛說方正廣大之真理的經文。

（十二）授記（梵文 vyākaraṇa），音譯和伽羅那，記別或授記，是記佛為菩薩或聲聞授成佛時名號的記別。

　　上述之「因緣、本生、譬喻、本事」四者，屬於十二分教中的敘事部分，皆與佛及菩薩有關，在後來的運用上，經常重複或結合，很難劃清界線。在早期印度經師所傳的「本生」大部分是由「本事」〔註51〕而來，本生故事以前世輪迴的人物或動物為主，因緣故事則以因果業報為主，它們所講內容都是以佛、佛弟子和信徒的事迹，而譬喻經的內容則以說理為主。譬喻又往往貫穿著業報因緣的內容，故而與本生、因緣混為一體。〔註52〕十二分教的類別代表佛陀說法的內容與形式上的相異，但就文學立場而言，大多都是具有教化作用，在後世流傳中彼此相互融合，因此，本文在此以討論「因緣、本生」為主。

　　第五章部分，則運用國際通行的「AT 分類法」來歸納《經律異相》的故事類型，即運用民間文學中的「情節單元」與「故事類型」的觀念來進行故事

〔註51〕佛陀前世故事稱作「本生」，佛陀的弟子的前世故事則稱作「本事」。

〔註52〕丁敏：《佛教譬喻文學研究》（臺北：東初出版社，1996 年），頁 6～11。

的分類與析論。「AT 分類法」，是由芬蘭阿爾奈（Antti Aarne，1867～1925）所創，湯普遜（Stith Thompson，1885～1976）增訂修改而成的。所謂的「AT」，即是二位學者的名字 Aarne 和 Thompson 各取其第一個字母而來的，後來湯普遜又於 1961 年編了《民間故事類型索引》〔註53〕。本文欲討論《經律異相》中的類型故事，所用型號「AT」者，即是 AT 分類法所有本；「ATT」是丁乃通（Nai-Tung Ting）先生所新譯或新擬者；「ATK」是金榮華（Yung-Hua King）先生在分析中所新增的。

　　關於「情節單元」的定義，依據金榮華先生曾對西文「motif」（母題）來提出對應詞並解說之：

> 這裡所謂的「情節」，是指在生活中罕見的人、物或事。所謂「單元」，就是扼要而完整地敘述了這不常見的人、物或事。……在民間文學裡，每一則可以稱作故事的敘事，至少有一個情節單元，也可以有一個以上的情節單元。〔註54〕

由上可知，故事的最基本單位、具有獨立完整的意義且無法再加以分析的，即是「情節單元」。每個故事可能有一個，或一個以上罕見人、事、物的情節單元，因此在整理《經律異相》中的故事時，必須將每個故事中的單一情節都分解出來，如此才有助於了解個別故事的情節單元組成的成分與性質，再進一步對其作分類比較與探討。美國的湯普遜（Thompson Stith）的《民間文學情節單元索引》（*Motif-Index of Folk-Literature*）一書，蒐集國際各國民間文學材料，將情節單元作分類而成。〔註55〕關於「故事類型」的定義，金榮華先生則認為：

> 就整個故事的內容和結構作分析，把基本內容和主要結構相同而細節卻或有異的故事歸集在一起，取同捨異，就成為一個故事類型。〔註56〕

〔註53〕Thompson Stith, *The Types of the Floktale* (FFC184), Helsinki, Academia, Scientiarum Fennica, Fourth printing, 1981.

〔註54〕金榮華：〈「情節單元」釋義──兼論俄國李福清教授之「母題」說〉，《華岡文科學報》，第 24 期，（臺北：中國文化大學文學院，2001 年 3 月），頁 174。

〔註55〕Thompson Stith, *Motif-Index of Folk-Literature* (Bloomington, Indiana University press, 1975), 6Volumes.

〔註56〕金榮華：《中國民間故事與故事分類》（新北市：中國口傳文學學會，2003 年 3 月），頁 5。

其重點也就在於故事的主體內容與核心結構相同時，就算細節上有稍微的差異，仍屬相同的故事類型。類型故事的特色，在於其內容具有濃厚的趣味性、吸引人且精彩的，經過人們輾轉流傳後，產生各種異說，最後才歸類成型。

此外，亦有學者認為可將許多的成型故事再進行分類，以利研究，於是出現故事類型的各種分類方法。金榮華先生也曾對故事類型分類提出見解，他說：「對成型的故事進行分類，並且架構起一個個比較完整的故事群，就是所謂的類型分類。」〔註57〕

AT分類法將故事類型分成五大類：動物故事、一般民間故事、笑話、程式故事、難以分類的故事。〔註58〕運用此分類法方便研究者，將已整理歸納好的同型故事，再作進一步的分析比較，並探究其演變過程與文化異同。

第六章部分，承前文分類與析論的結果，進行綜合探討其中所具有的政治、社會、經濟、醫療、藝術、文化等各方面的價值與影響，凸顯此研究的目的與成果。

第七章為結論，總結《經律異相》之故事情節特色、其所呈現中印文化交流的痕跡及未來研究展望。

故事分類法所運用的參考書目為：

湯普遜《民間故事類型》（The Types of the Floktale）、丁乃通《中國民間故事類型索引》〔註59〕、金榮華《民間故事類型索引（增訂本）》〔註60〕、金榮華《六朝志怪小說情節單元分類索引（甲編）》〔註61〕、德國・烏特（Hans-Jörg Uther）《國際民間故事類型索引》（The Types of the International Floktales）〔註62〕，及其他散見之相關資料等。

本書根據上述資料與方法，加以整理、分析、比較、歸納、統計、詮釋，並以國家圖書館、中央研究院之善本古籍等，作為比較與析論之原始資料，

〔註57〕金榮華：《中國民間故事與故事分類》，頁9。

〔註58〕Thompson Stith, *Types of the Flok*, Helsinki, Academia Scientiarum Fennica, 1981.

〔註59〕丁乃通著：《中國民間故事類型索引》，武漢：華中師範大學出版社，2008年4月。

〔註60〕金榮華主編：《民間故事類型索引》（增訂本），新北市：中國口傳文學學會，2014年4月。

〔註61〕金榮華主編：《六朝志怪小說情節單元分類索引（甲編）》，新北市：中國口傳文學學會，2007年9月。

〔註62〕（德國）烏特（Uther Hans-Jörg）：《國際民間故事類型索引》（*The Types of the International Floktales* (FFC284~286))，Helsinki, Academia Scientiarum Fennica, 2004.

次以中外論文、期刊和大陸研究成果之資料為輔,將《經律異相》中的故事
進行深入探討,透過觀察與論證,充實漢譯佛典故事對中國文學與文化的影
響。

第二章 《經律異相》概述

　　《經律異相》即南朝僧人根據梁武帝的敕令，在經、律、論三藏中，將闡釋佛教教義的故事，從本生經、佛傳、印度佛教史話中摘抄出來，再參照佛教宇宙觀來分門別類，共五十卷。

　　於書名的部分，經，是佛陀所說而由弟子結集而成的文字形式；律，是佛陀為比丘、比丘尼制定的禁戒。據《大乘起信論》中云：「言同相者，如種種瓦器皆同土相，……言異相者，如種種瓦器各各不同。」〔註1〕「異相」是相對「同相」而言，同相即真如、實相、本原之意，是不可思議、難以言說的，具有規律性與理論性。異相則是神話、譬喻，與具體形象之間的差別象，可藉來說明、體現「真如」的。

　　自《經律異相》編撰完成後，對於傳入中國的佛教信仰及外來文化對中原的思想、文學、文獻、語言等研究領域，均產生重要的發展與影響，以下介紹與說明《經律異相》的內容體例、編輯者、成書過程、歷史定位、版本流傳與所見故事類型等。

第一節　內容體例、編輯者與成書過程

一、內容與體例

　　《經律異相》現存五十卷，分為十三部，始於天部，終於地獄部，依次

〔註1〕馬鳴菩薩造、（唐）實叉難陀譯：《大乘起信論》見《大正新修大藏經》，冊32，頁585。

為天、地、佛、菩薩、聲聞、國王、太子、長者、優婆塞、優婆夷、外道仙人、居士庶人、鬼神、畜生、地獄為序，共收佛教中「四聖」中的三聖（佛、菩薩、聲聞）、「六凡」（天、人、阿修羅、畜生、餓鬼、地獄）、「境」（境界、處所）、「行」（修行）、「果」（果報）等方面的故事。〔註2〕各部的內容概述如下：

序　號	部　類	內容概述	卷　次
1	天地部	天部說明佛教的宇宙觀，三界諸天的衣食住行、壽命長短；三界成壞；日月星宿的運轉；雲雷風電的產生等。地部敘述閻浮提、鬱單曰內山、樹、河、海、寶珠等自然物質，其特徵、特殊功能及具備神力。	卷一～卷三
2	佛部	敘述佛陀從出生、成道到示現涅槃的過程中所發生的異相。	卷四～卷六
		敘述釋氏家族的各種事跡，如：大愛道出家、羅睺羅出家、調達出家、琉璃王滅釋種的因緣等。	卷七
3	菩薩部	敘述佛陀本生及諸菩薩布施救人，隨機度化眾生的高行。如：薩陀波崙刺血求法；薩婆達王割肉餵鷹；九色鹿救溺人；為鸚鵡身，救森林火；為大魚身，以濟飢渴。	卷八～十二

〔註2〕丁福保編：《佛學大辭典》（臺北：天華出版，1987年7月），頁1397。
【十法界】：（名數）華嚴家為分別圓融無礙之義相而立四法界，天台家為差別塵沙之事相而立十法界，對配之，即橫豎之二門也（四橫十豎）。十法界者：一、佛法界，自覺覺他覺行共滿之境界也。二、菩薩法界，為無上菩提修六度萬行之境界也。三、緣覺法界，為入涅槃修十二因緣觀之境界也。四、聲聞法界，為入涅槃，依佛之聲教修四諦觀法之境界也。五、天法界，修上品十善，兼修禪定，生於天界，受靜妙之樂之境界也。六、人法界，修五戒及中品十善，受人中苦樂之境界也。七、阿修羅法界，行下品十善得通力自在之非人境界也。八、鬼法界，犯下品五逆十惡，受飢渴苦之惡鬼神境界也。九、畜生法界，犯中品五逆十惡，受吞噉殺戮苦之畜類境界也。十、地獄法界，犯上品五逆十惡，受寒熱叫喚苦之最下境界也。要之感報之界分有十種不同，故謂之十法界。十法界之事經論無明說。此天台大師依經論之意而立，該收一切有情界之一種法門也。釋十法界之字者，如止觀五曰：「法界者三義，十數是能依，法界是所依，能所合攝故言十法界。又此十法各各因各各果，不相混濫，故言十法界。又此十法一一當體皆是法界，故言十法界。」

4	聲聞部	記載佛陀弟子的本事、出家、悟道、教化的種種事跡,及惡行僧、無學沙彌、無學比丘尼的事跡。如:大迦葉、賓頭盧、須菩提、阿那律、舍利弗、目連、優波離、迦旃延、難陀、迦留陀夷、阿難、周利槃特、調達、均提沙彌、蓮花色比丘尼等事跡。	卷十三〜二十三
5	國王部(含王夫人)	記載轉輪聖王及行菩薩道、行聲聞道諸國王的事跡。	卷二十四〜三十
		敘述諸王夫人奉佛持齋事跡,如:阿育王夫人受沙彌度化、末利夫人持齋等。	卷三十
6	太子部(含王女)	記載諸國王子修學菩薩道、聲聞道的事跡。如:月光太子出血救人、須大拏太子施象被擯、祇域王子捨國為醫、長生太子以德報怨、薩埵太子捨身飼虎、帝須太子出家得道、祇陀太子受戒證果等。	卷三十一〜三十三
		記述波斯匿王女金剛念佛改顏;安息王女先從狗中來;王女見水上泡,起無常想等九則王女的事跡。	卷三十四
7	長者部	記述得道長者、修諸行長者的事跡。如:須達長者見佛悟道、流水長者救十千魚、忽起長者賣身供僧等。	卷三十五〜三十六
8	優婆塞優婆夷部	記述佛門中的信士男精進修道的事跡。如:優婆塞持戒,鬼代取花;薄拘羅持一不殺戒,得五不死報。	卷三十七
		記述佛門中信士女精進向道的各種事跡。如:優波斯那割肉救病比丘;孤母喪子,遇佛慈誘,厭愛得道等。	卷三十八
9	外道仙人部(含梵志、婆羅門)	敘述外道仙人的各種修行法門。如:六師與佛弟子拚道力;富蘭迦葉與佛拚道,不如,自盡;仙人失通生惡道等。	卷三十九
		記述梵志求法、謗佛的各種事跡。如:梵志奉佛缽蜜,眾食不減;梵志兄弟四人同日命終;梵志夫婦採花失命;梵志失利養,殺女人謗佛。	卷四十
		記述婆羅門信佛聞法或不法事跡。如:檀膩䩭身獲諸罪因緣;婆羅門以餅奉佛,聞法得道。	卷四十一
10	居士庶人部(含賈客)	敘述郁伽長者見佛受戒;闍梨兄弟以法獲財,終不散失等事跡。	卷四十二
		敘述商人採寶遇難,念佛免難,聞法得道等事跡。	卷四十三

		敘述男、女庶人善惡因緣果報的故事。如：耕夫施僧一訶梨勒果，後生為兩國太子；有人使鬼得富，後害其兒；長髮女人捨髮供佛；婦人懸鈴化婿，免地獄苦；摩那祇女懷孕謗佛，身陷地獄等。	卷四十四～四十五
11	鬼神部	敘述阿修羅、乾闥婆、緊那羅、雜鬼神等事跡。	卷四十六
12	畜生部	分獸、禽、蟲三部，記載師子、象、馬、牛、鼠、雁、鶴、鴿、鳥、蛇、龜、蛤等，二十餘種動物行善造惡的因果業報。如：師子王墮井，為野干所救；師子、虎為善友，野干兩舌，分身喪命；師子等十二獸更次教化；盲龜值浮木；虱依坐禪人約，飲血有時節等。	卷四十七～四十八
13	地獄部	敘述地獄的各種因緣果報、種類、苦相等。如閻羅王等獄司往緣；十八地獄各種苦相等。	卷四十九～五十

關於《經律異相》所有收錄的記事數量，以其細目來翻閱做實際統計，共為 782 條，以下列表格說明：

序　號	部	卷　數	記事數量	合　計
1	天地	1～3	75	
2	佛	4～7	61	
3	菩薩	8～11	63	
4	聲聞	12～23	194	
5	國王	24～30	76	
6	太子	31～34	32	
7	長者	35～36	34	
8	優婆塞優婆夷	37～38	23	
9	外道仙人	39～41	44	
10	居士庶人	42～45	76	
11	鬼神	46	22	
12	畜生	47～48	66	
13	地獄	49～50	16	782

　　《經律異相》的故事數量統計，目前不同的學者各有不同說法，無法統一。例如：蔣述卓〔註3〕與劉守華〔註4〕的二篇文章當中，都是提到其故事總數為六百六十九則；陳士強〔註5〕將其分為三十九部，以下又分細目，統計為七百五十六則故事。惟顏尚文〔註6〕將其分為十三大部，以下載幾十條細目，統計共為七百八十二條。最後，探究其故事統計數目無法統一的主要原因，應為使用版本不同之故。據筆者統計，扣除屬於是記一些單純記佛教事物、名稱的條列內容，共有六百六十九則故事。

　　《經律異相》目次編排主要是參照佛教的宇宙觀以及佛教傳入中國，並在魏晉南北朝時期得到發展，其中依儒家的「天地人」三才之觀念來編排纂類書也是重要的依據，《經律異相》也都隱含夾雜中、印思想的觀念，儒佛家的觀念互不牴觸，其開頭有天、地部，主幹在人部。而通常一部佛經完整的敘述有，「序分」、「正宗分」和「流通分」三個部分組成。寶唱編輯《經律異相》時，為了凸顯主題，於是將內容精簡，刪去或省略「序分」和「流通分」的部分，直接擷取「正宗分」重要內容，使其符合主題。觀察其行文體裁，乃是採用當時最流行的四六駢體文，並以注的方式，解釋佛教術語，雖如此卻不流於華麗，大致讀來明白流暢，能流傳至今，實屬難得。《經律異相》對於內容選材的來源，除卷四十九〈金剛山間八大地獄有十六小獄十一〉、卷五十〈阿鼻地獄受苦相一〉外，在每一事的最後都標明原經出處，通常以「出某經」標注，若亦見於他經，則標「又出某經」；遇到異文現象，即標明「某經與某經大同」或「某經與某經大同小細異」，以上這些標示都能提供後世很好的校勘資源；標示原經已亡佚的，則保留了已亡佚佛經的部分內容，在目錄版本學、文獻學方面，也提供了珍貴的輯佚材料。

二、編輯者

　　寶唱俗姓岑氏，吳郡（江蘇省吳縣）人，南朝梁僧，生卒年不詳，經學

〔註3〕蔣述卓：〈《經律異相》對梁陳隋唐小說的影響〉，《中國比較文學》第4期，1996年，頁71～84。

〔註4〕劉守華：〈從《經律異相》看佛經故事對中國民間故事的滲透〉，《佛學研究》第7期，1998年，頁188～196。

〔註5〕陳士強：《佛典精解》（臺北：建宏出版社，1995年7月），頁746～747。

〔註6〕顏尚文：《梁武帝》（臺北：東大圖書股份有限公司，1999年10月），頁294～295。

者考證有二種說法：王孺童認為其生年約於南朝劉宋泰始元年（465）前後。
〔註7〕另一種說法為白化文的推論，其大約生於南朝宋明帝泰始二至三年間
（466～467）。〔註8〕目前對寶唱的生平事蹟記載最詳細的是《續高僧傳‧寶唱
傳》，傳記分成三部分敘述：首先記述寶唱前半生情形和參與敕撰內典的
活動，是受到拔擢時期；第二部分是梁武帝興崇佛法的記錄；第三部分是寶
唱自己編纂工作與受譴責的情形。以下擇《續高僧傳》中，寶唱生平的第一
和第三部分重點說明之。《續高僧傳‧寶唱傳》記載如下：

> 釋寶唱，姓岑氏，吳郡人，即有吳建國之舊壤也。少懷恢敏，清貞
> 自蓄。顧惟隻立勤田為業，資養所費，終於十畝。至於傍求，傭書
> 取濟。寓目流略，便能強識。文采鋪贍，義理有聞。年十八，投僧
> 祐律師而出家焉。祐江表僧望，多所製述，具如前傳紀之，唱既始
> 陶津，經律諮稟。承風建德，有聲宗嗣。住莊嚴寺。博採群言，酌
> 其精理。又惟開悟土俗，要以通濟為先，乃從處士顧道曠、呂僧智
> 等，習聽經、史、《莊》、《易》，略通大義。時以其遊涉世務，謂有
> 俗志，為訪家室，執固不迴。將及三十，天廕既崩，喪事云畢。
> 建武二年，擺撥常習，出都專聽。涉歷五載，又中風疾。會齊氏云
> 季，遭亂入東，遠至閩越，討論舊業。天監四年，便還都下，乃勑
> 為新安寺主。帝以時會雲雷，遠近清晏，風雨調暢，百穀年登。豈
> 非上資三寶，中賴四天，下藉神龍，幽靈叶贊，方乃福被黔黎，歆
> 茲厚德。但文散群部，難可備尋。下勑，令唱總撰集錄，以擬時要。
> 或建福禳災，或禮懺除障，或饗接神鬼，或祭祀龍王。部類區分，
> 近將百卷。八部神名，以為三卷。包括幽奧，詳略古今。故諸所祈
> 求，帝必親覽，指事祠禱，多感威靈。所以五十許年，江表無事，
> 兆民荷賴，緣斯力也。天監七年，帝以法海浩汗，淺識難尋，勑莊
> 嚴僧旻，於定林上寺續《眾經要抄》八十八卷；又勑開善智藏續眾
> 經理義，號曰《義林》，八十卷；又勑建元僧朗注《大般涅槃經》七
> 十二卷。並唱奉別勑，兼贊其功，綸綜終始，緝成部帙。及簡文之

〔註7〕（梁）釋寶唱著、王孺童校注：《比丘尼傳校注‧前言》（北京：中華書局，
2006 年），頁 1。

〔註8〕白化文、李鼎霞：〈《經律異相》及其主編釋寶唱（上）〉，《九州學刊》第 24
期，1995 年 3 月，頁 143～152。

在春坊，尤耽內教，撰《法寶聯璧》二百餘卷，別令寶唱綴紕，區別其類，《遍略》之流。帝以佛法沖奧，近識難通，自非才學，無由造極，又勅唱：「自大教東流，道門俗士有敘佛理著作弘義，並通鳩聚。」號曰《續法輪論》，合七十餘卷。「使夫迷悟之賓，見便歸信。」深助道法，無以加焉。又撰《法集》一百四十卷。並唱獨斷專慮，續結成部。既上親覽，流通內外。十四年，勅安樂寺僧紹撰《華林佛殿經目》。雖復勒成，未愜帝旨。又勅唱重撰。乃因紹前錄，注述合離，甚有科據，一愜四卷。雅愜時望，遂勅掌華林園寶雲經藏。搜求遺逸，皆令具足，備造三本，以用供上。緣是又勅撰《經律異相》五十五卷，《飯聖僧法》五卷。

……

初唱天監九年先疾復動，便發二願：遍尋經論，使無遺失；搜括列代僧錄，創區別之，撰為部帙，號曰《名僧傳》三十一卷。……初以腳氣連發，入東治療。去後勒追，因此抵罪，謫配越州。尋令依律，以法處斷。僧正慧超任情乖旨，擯徙廣州：「先懺京師大僧寺遍，方徙嶺表，永棄荒裔。」遂令鳩集，為役多闕。畫則伏懺，夜便續錄。加又官私催遍，惟日弗暇。中甄條流，文詞墜落。將發之日，遂以奏聞。有勅停擯，令住翻譯。而此僧史方將刊定，改前宿繁，更加芟定。故其傳後自序云：「豈敢謂僧之董狐，庶無曲筆耳。」然唱之所撰，文勝其質。後人憑據，揣而用之。故數陳賞要，為時所列。不測其終。〔註9〕

寶唱出身於農耕，早年靠自學以抄書謀生，藉此累積知識，於十八歲時投入僧祐門下，出家後隨師住建康（今南京市）宣陽門外莊嚴寺，師承僧祐努力學習經律，在眾多弟子中表現突出，並且又隨處士顧道曠、呂僧智等學習儒、道經典，用十年時間（485～494）來充實自己。約在建武二年（495），辦完親人喪事後，離開建康雲遊五年，之後就中風了，此時年約三十五歲。天監九年（510）約四十四、五歲左右，舊疾復發，接著患腳氣病，在四十歲至五十七歲期間當中，大部分時間是帶病工作，綜觀寶唱一生，談及面對佛教編輯事業上的態度，即使正遇到人生的困境，也能始終秉持孜孜不倦的精神，實

〔註9〕 （唐）道宣：《續高僧傳‧卷一》見《大正新脩大藏經》（臺北：新文豐出版公司，1983 年元月），冊 50，頁 426～427。

屬難能可貴。

　　寶唱生平大約追溯到中大通四至六年（532～534）為止，當時他年約六十五歲至六十八歲之間，此後不測其終。雖然寶唱在梁朝僧人地位中不是最高的，但其在編纂、著錄，典藏內典等方面的工作成果，具有極高貢獻與價值。

　　關於寶唱著作方面，他於天監四年（505）奉敕為新安寺主持，已有相當的聲望，直到天監十七年（518）為止，受到梁武帝寵眷，為御用僧人，承接大量佛經編纂的工作，期間持續十三、四年，此時是寶唱一生中最輝煌的時期，大約就是在其四十三歲至五十七歲之間。

　　他主要的編纂工作大致如下：

　　（一）約天監四年（505）至七年前（508），年約四十至四十三歲左右：

　　奉敕參與建元寺釋法朗為《大般涅槃經》作「子注」的工作。

　　（二）天監七年（508）十一月至八年（509）四月，年約四十三至四十四歲左右：

　　參與僧旻主編《眾經要抄》八十八卷的工作，與同事僧亮、僧晃、劉勰、在定林寺進行，而劉勰長期主持圖書分類圖書館收藏經藏最完備的時候，寶唱有了此階段的工作鍛鍊，增加他對圖書館業務處理能力，與類書編纂經驗。

　　（三）天監十四年（515），年約五十歲左右：

　　敕命安樂寺僧紹撰寫皇家佛經圖書館館藏圖書目錄《華林佛殿眾經目錄》四卷。此部雖完成，卻不符皇帝旨意，又敕寶唱重新改編，在天監十七（518）年完成，成為第一部國家佛教專業圖書館館藏分類目錄，此時寶唱儼然是國家佛教圖書館的第一位專家。

　　（四）天監十五年至十六年（516～517），年約五十一歲左右：

　　奉敕編纂八部書，以寶唱為主編，含《經律異相》在內，寶唱自編有《名僧傳》、《比丘尼傳》兩部，合共十部。

　　（五）奉敕編纂《續法輪論》七十餘卷、《法集》一百四十卷，《續高僧傳》中提到的敘述，〔註10〕可知其專業程度，與受到皇帝的青睞。

　　（六）天監五年（505）至普通元年（520），年約四十至五十五歲左右：

　　在上述時段中，寶唱除了學習作注，了解圖書分類的方法，進行編纂並

〔註10〕（唐）道宣：《續高僧傳・卷一》，頁 426：「並唱獨斷專慮，纘竭成部，既上親覽，流通內外。」。

將皇家佛典編目之外，在此期間亦奉敕列席僧伽婆羅為譯主的議場，擔任筆受。共譯出十一部三十八卷，參譯同事都是一時之選，有慧超、僧智、法雲、袁曇等，於此同時寶唱還抽空學會梵文。

（七）普通元年（520）至三年（522），年約五十五至五十七歲左右：

參與敕命開善寺釋智藏（458～522）等，「二十大德」編纂《義林》八十卷。

以上七大項工作，大致在天監五年（506）至普通三年（506～522）之間，獨自或與眾完成，此正值梁朝政治安定，佛法興盛之時，為寶唱提供了良好的條件與環境，成就其翻譯佛經編纂與整理之工作。《經律異相》之所以能編輯成書，與釋寶唱一生豐富的遊、經歷與學習歷練相關，若無這些經驗值，或許看不見如此令人傳頌之作。

約在普通三至四年間（522～523）之間，寶唱發生了因病擅離之罪，而受到嚴重的譴責。〔註11〕慧超叫寶唱在各大寺懺悔，幸梁武帝後來發現，停止謫配。最後，寶唱只能轉到太子蕭綱處服務，參與蕭綱主持的佛教大類書《法寶聯璧》的編纂工作。以下表列釋寶唱之著述：

釋寶唱著作一覽表

序號	書　名	年　代	主編	卷數	編撰	存佚	備　註
1	《眾經要抄》	天監八年夏四月	僧旻 寶唱	88	合編	佚	
2	《注大般涅槃經》	天監七～十年	僧朗 寶唱	72	合編	存	收入《大正新修大藏經》第37冊
3	《續法輪論》	天監年間	寶唱	70餘	獨撰	佚	
4	《法集》	天監年間	寶唱	140	獨撰	佚	
5	《出要律儀》	天監年間	寶唱	20	獨撰	佚	
6	《經律異相》	天監十五年	寶唱	50	獨撰	存	收入《大正新修大藏經》第53冊
7	《飯聖僧法》	天監十五年	寶唱	5	獨撰	佚	
8	《眾經護國鬼神名錄》	天監十五年	寶唱	3	獨撰	佚	

〔註11〕（唐）道宣：《續高僧傳・卷一》，頁427：「以腳氣連發，入東治療。去後敕追，因此抵罪，謫配越州。尋令依律以法處斷。僧正、慧超任情乖旨，擯徙廣州。」

9	《眾經懺悔滅罪方法》	天監十五年	寶唱	3	獨撰	存	收入《大正新修大藏經》第 45 冊
10	《眾經諸佛名》	天監十五年	寶唱	3	獨撰	佚	
11	《眾經擁護國土諸龍王名錄》	天監十六年	寶唱	3	獨撰	佚	
12	《比丘尼傳》	天監十六年	寶唱	4	獨撰	存	收入《大正新修大藏經》第 50 冊
13	《眾經目錄》	天監十七年	寶唱	4	獨撰	散佚	
14	《名僧傳》	天監十八年	寶唱	31	獨撰	散佚	其中《名僧傳抄》收入《卍新纂續藏經》第 77 冊
15	《義林》	普通年間	寶唱智藏	80	合編	佚	
16	《法寶聯璧》	中大通六年	寶唱蕭綱	200餘	合編	佚	

資料來源：《續高僧傳》、《歷代三寶紀》、《大唐內典錄》、《開元釋教錄》皆收入於《大正新脩大藏經》（臺北：新文豐出版公司，1983 年元月）。

　　寶唱於天監十五年完成《經律異相》編纂，其記載為梁沙門僧旻、寶唱等集，但觀察其序中：

> 又以十五年末，勅寶唱鈔經律要事。皆使以類相從，令覽者易了。
> 又勅新安寺釋僧豪、興皇寺釋法生等，相助檢讀。於是博綜經籍擇採祕要，上詢神慮取則成規。凡為五十卷，又目錄五卷。分為五秩，名為《經律異相》。〔註 12〕

可得知實際上主編為寶唱，協助檢讀者為僧豪、法生等，尚未有敘述到僧旻的參與。隋・彥悰《眾經目錄》亦云：

> 《經律異相》五十卷，梁武帝令沙門寶唱等撰。〔註 13〕

　　《歷代三寶紀》中又云：

〔註 12〕（梁）釋寶唱：《經律異相》見《大正新脩大藏經》（臺北：新文豐出版公司，1983 年元月），冊 53，頁 1。

〔註 13〕（隋）彥悰：《眾經目錄》見《大正新脩大藏經》（臺北：新文豐出版公司，1983 年元月），冊 55，頁 172。

敕沙門僧旻、寶唱等錄經律要事，以類相從，名《經律異相》，凡五
十卷。〔註14〕

《大唐內典錄》提到：沙門釋寶唱奉敕撰《經律異相》并目五十五卷。
〔註15〕

《大藏聖教法寶標目》中云：

《經律異相》五十卷，右梁天監中，敕僧旻等及稟武帝，節略經律
論事。〔註16〕

由現存文獻統整發現，關於編纂者的記載說法不一，有提到「僧旻、寶
唱」或直接標明「僧旻等」字樣，因此有學者白化文、李鼎霞考證指出，從後
人費長房抄錄《經律異相》序言時，抄漏了三行，每行十七字共五十一個字
的證據，來說明主編是為寶唱而僧旻未參與。〔註17〕

此外又有旁證，在《續高僧傳》卷五〈僧旻傳〉〔註18〕提到：

……六年（按：天監六年）……仍選才學道俗釋僧智、僧晃、臨川
王記室東莞劉勰等三十人，同集上定林寺，抄一切經論，以類相從，
凡八十卷（按：此是《眾經要抄》）皆令取衷於旻。十一年春，忽感
風疾。後雖小間，心猶忘語，言語遲塞。……

據上所知，僧旻曾經歷腦中風，後遺症為失語，其原本之專長與興趣是
講經，與寶唱致力編纂不同。據本傳，他在天監末年（當指天監十七、十八
年），病初癒後復出，主要還是講經，因此，僧旻在天監十五年參加編纂《經
律異相》的可能性不大。〔註19〕筆者認為，從文字考證與傳記旁證資料可知，
寶唱是《經律異相》主要編纂者。

〔註14〕（隋）費長房：《歷代三寶紀》見《大正新脩大藏經》（臺北：新文豐出版公
　　　　司，1983 年元月），冊 49，頁 94。

〔註15〕（唐）道宣：《大唐內典錄》見《大正新脩大藏經》（臺北：新文豐出版公司，
　　　　1983 年元月），冊 55，頁 331。

〔註16〕（宋）王古：《大藏聖教法寶標目》，上海影印宋版藏經會影印宋平江府陳湖
　　　　磧砂延聖院刊本，1936 年。

〔註17〕白化文、李鼎霞：〈《經律異相》及其主編釋寶唱（上）、（下）〉，《九州學刊》
　　　　第 24 期，1995 年 3 月，頁 143～152；第 25 期，1995 年 6 月，頁 9～12。

〔註18〕（唐）道宣：《續高僧傳》見《大正新脩大藏經》（臺北：新文豐出版公司，
　　　　1983 年元月），冊 50，頁 461～462。

〔註19〕白化文、李鼎霞：〈《經律異相》及其主編釋寶唱（上）〉，《九州學刊》第 24
　　　　期，1995 年 3 月，頁 14。

三、成書過程

　　《經律異相》的成書背景在魏晉南北朝時期。相較於北朝，南朝在政治上偏安，百姓得以養生休息，加上帝王崇信佛教，更有利於佛教文獻的整理與編撰，早在曹魏時期即有編撰的《皇覽》等幾十部類書的基礎，這些佛典編纂的豐富經驗，促進佛教類書《經律異相》的形成。〔註 20〕成書的原因與目的在序中亦有曾提到：

> 如來應跡投緣，隨機闡教，兼被龍鬼，匪直天人，化啟憍陳，道終須跋，文積巨萬簡累大千，自西徂東固難得而究也。若乃劉向校書，玄言久蘊；漢明感夢，靈證彌彰。自茲厥後，傳譯相繼。三藏奧典，雖已略周；九部雜言通未區集。皇帝同契等覺比德遍知，大弘經教並利法俗；廣延博古旁採遺文。於是散偈流章，往往而出。今之所獲蓋亦多矣。聖旨以為，象正浸末信樂彌衰，文句浩漫鮮能該洽。以天監七年，勑釋僧旻等，備鈔眾典，顯證深文控會神宗，辭略意曉，於鑽求者已有太半之益。但希有異相，猶散眾篇，難聞祕說，未加標顯。又以十五年末，勑寶唱鈔經律要事，皆使以類相從，令覽者易了。又勑新安寺釋僧豪、興皇寺釋法生等，相助檢讀。於是博綜經籍，擇採祕要，上詢神慮取則成規，凡為五十卷，又目錄五卷，分為五秩，名為《經律異相》，將來學者，可不勞而博矣。〔註 21〕

由此可知，梁武帝在天監七年，敕令僧旻等人編撰主要是收錄「同相」材料的《眾經要抄》，因其對於鑽研者有很大益處，於是覺得應該再編一部收集「異相」材料為主的作品，即敕寶唱負責編撰了《經律異相》。

　　《經律異相》書名中的「經律」是指「經」與「律」兩部類的翻譯佛典，其總數量大約是兩百多種左右，本書主要引用的材料，大部分是從此而來，也有一些是從論藏選出來的，少數則是漢僧人的著作，總而言之，選材都不超出漢譯經、律、論的範圍。

　　《經律異相》所引用各類佛教經典文獻，多達二百七十種，周叔迦為《經律異相》寫的提要中即曾提到：

> 是書乃總集經論所說十法界中一切依正二報，以及如來並諸弟子本

〔註 20〕陳士強：《佛典精解》（上海：上海古籍出版社，1992 年），頁 733～735。
〔註 21〕（梁）釋寶唱：《經律異相》，頁 1。

生本事之文，分為四十部：天地有三部，佛有四部，菩薩有四部，
聲聞有六部，人趣中國王夫人王子王女長者仙人庶民等凡有十八
部，鬼神一部，畜生有三部，地獄有一部。各部復有子目，凡有六
百五十六目，而子目之中或復有科目焉。凡集經論二百七十種，間
有佚經之文，而震旦感應之緣不預焉。〔註22〕

關於《經律異相》所分的部類、子目及收集佛典的種類數量，在此已有
詳細之說明。整理其題材來源即有真經、疑偽經、抄經及中土著述等四個方
面，大概的內容，以下列表格明示：

1. 真經，即為佛所說的、屬真義的經典

序號	類　別	名　稱	譯　者	時　間	引用卷次
1	大乘佛教經典	《華嚴經》	佛馱跋陀羅	東晉義熙六年至劉宋永初二年（410～422）	第22、26、29、30、40、42卷
		《大集經》	北涼曇無讖	劉宋初年（421）	第3、17、21、24、26、27卷
		《涅槃經》	北涼曇無讖	劉宋初年（421）	第3、11、13、14、20、22、25卷
	小乘佛教經典	《長阿含經》	罽賓僧人佛陀耶舍	姚秦弘始十四年至十五年（412～413）	第1、8、18、19、20、21、22卷
		《雜阿含經》	印度僧人求那跋陀羅口誦梵本，寶雲傳譯，慧觀筆受	劉宋初年	第5、16、20、25、29、34、42、47、49卷
		《增一阿含》	罽賓僧人瞿曇僧伽提婆譯，道祖筆受	東晉隆安元年（397）	第1、8、15、19、20、24、27、30、31、32、39、41卷
		《中阿含經》	罽賓僧人瞿曇僧伽提婆譯	東晉隆安二年（398年）	第9、12、27、28、39卷
		《樓炭經》	法立共法炬	西晉	未註明出自何卷

〔註22〕周叔迦：《周叔迦佛學論著全集》（北京：中華書局，2006年12月），頁1901。

2	律典	《四分律》	罽賓僧人佛陀耶舍與竺佛念等	姚秦弘始十年（408）	內容涉及《四分律》全部
		《十誦律》	姚秦弗若多羅與鳩摩羅什	姚秦弘始六至七年（404～405）	序、善誦、雜誦、二、三、四誦等
		《彌沙塞律》	佛陀什與竺道生	劉宋景平元年（423）	第3、4、5、6、10、30、31卷
		《僧祇律》	佛陀跋陀羅與法顯	東晉義熙十年至十四年（416～418）	第1、2、6、7、8、11、19、21、24、27、29、33、40卷
		《曇無德律》	康僧鎧	曹魏	第7卷
		《善見律毘婆沙論》	伽跋陀羅	北齊	第2、3、6、10卷
3	論部	《大智度論》	印度龍樹造與鳩摩羅什	姚秦弘始四年（402）	第2、3、4、9、10、11、12、14、16、17、33、36、57、59、78、80、84、90、91、93卷

2. 疑偽經，即非原文或非由西域胡本譯成漢文的經典：

（1）《善信經》

《經律異相》卷三中：「有神藥樹，名曰摩陀祇主厭。……諸毒聞此蛇臭，諸惡毒氣皆消滅。」〔註23〕引用《善信經》的部分，就僅此一處。關於此經相關記載，最早出現於《出三藏記集》卷五：「《善信經》二卷（或云《善信經》）。」〔註24〕將此經列為疑偽經。《歷代三寶紀》卷九：「《信善經》二卷（或云《善信女經》，祐云疑）。」〔註25〕列為疑偽經。

法經《眾經目錄》卷四：「《善信神呪經》三卷，《善信女經》二卷（一名《善信經》）……右二十九經，多以題注參差，眾錄致惑，文理復雜，真偽未分，事須更計，且附疑錄」〔註26〕亦列為疑偽經。靜泰《眾經目錄》卷

〔註23〕（梁）釋寶唱：《經律異相》，頁12～13。
〔註24〕（梁）僧祐：《出三藏記集》見《大正新脩大藏經》（臺北：新文豐出版公司，1983年元月），冊55，頁38。
〔註25〕（隋）費長房：《歷代三寶紀》，頁84。
〔註26〕（隋）法經《眾經目錄》見《大正新脩大藏經》（臺北：新文豐出版公司，1983年元月），冊55，頁138。

四所錄亦同。

《大唐內典錄》卷十、《開元釋教錄》卷十八、《貞元新定釋教》卷二十八承襲《開元釋教錄》列為疑偽經。《善信經》被歷代經錄列為疑偽經,故不收入大藏經,亡佚的情形居多,目前無法找到與《經律異相》不同的記載,因此正好保留了此經珍貴的片段資料。

（2）《現佛胸萬字經》

《經律異相》卷五中,曾引《現佛胸萬字經》如下:「如來遊於妙樂世界,欲現智慧,廣度無極,……天地震動,修菩薩行（出現佛胸萬字經）。」〔註27〕

佛教經錄未見過《現佛胸萬字經》的相關記載,據學者推論可能與疑偽經《胸有萬字經》為同一部,關於此經最早記載於道安《綜理眾經目錄》,之後的《出三藏記集》、《法經錄》、《仁壽錄》、《靜泰錄》、《內典錄》、《大周刊定眾經目錄》、《開元釋教錄》和《貞元錄》中皆有記載。

（3）《貧女難陀經》

《出三藏記集》卷五:「《貧女人經》一卷（名難陀者,舊錄云《貧女難陀經》闕）。」〔註28〕之後在《歷代三寶紀》卷十四中,又將此列入小乘錄入藏目,《大唐內典錄》卷二又將其列入失譯經。《開元釋教錄》卷十八記載:「《貧女人經》一卷（名難陀者,舊錄云《貧女難陀經》,謹按《賢愚經》第十一卷有貧女難陀緣起,若與彼同,即非是偽。」〔註29〕可知此經從疑偽經入藏經典,但又到失譯至偽經的地步。

《經律異相》卷三十八中記載:「佛遊在給孤獨精舍,波斯匿王供養於佛及諸大眾眷屬,……二十劫後,當得作佛,號三曼陀優訶。（出《賢愚經》又云比丘出《貧女難陀經》）。」〔註30〕曾引用了《貧女難陀經》。

（4）《犢子經》

此經最早見於《出三藏記集》第四卷,沒標明性質真偽。《大周刊定眾經目錄》卷四承襲《達摩鬱多羅錄》中所載,認為是吳支謙翻譯。《開元釋教錄》也是如此。《歷代三寶紀》中指明該經還有一名為《犢子經》。

〔註27〕（梁）釋寶唱:《經律異相》,頁19。

〔註28〕（梁）僧祐:《出三藏記集》,頁38。

〔註29〕（唐）智昇:《開元釋教錄》見《大正新脩大藏經》（臺北:新文豐出版公司,1983年元月）,冊55,頁673。

〔註30〕（梁）釋寶唱:《經律異相》,頁204~205。

《經律異相》卷十五中記載：「佛在舍衛國，時患中風，呼阿難，往婆羅門家乞牛乳，……佛度脫天下萬民。（出《犢子經》）。」〔註31〕僅引用了《犢子經》一處。

（5）《情離有罪經》

此經最早見於《出三藏記集》卷五中：「《情離有罪經》一卷……右十二部經記，或義理乖背，或文偈淺鄙，故入疑錄，庶耘蕪穢，以顯法寶。」〔註32〕該經被列為疑經，之後《眾經目錄》將此歸入偽經。〔註33〕《經律異相》卷四十四中記載：「昔有耆闍崛國，有一少女，姿形美妙才智絕倫，……皆從阿僧祇劫已來，久結願約故得爾耳。（出《情離有罪經》）。」〔註34〕僅引用了《情離有罪經》一處。

（6）《淨度三昧經》

大周入藏錄中有《淨度三昧經》又名《淨度經》、《淨度菩薩經》、《淨土三昧經》有一、二或三卷，尋其文詞疏淺，義理差違，事涉人謀，難為聖典，故編疑錄，別訪真經。此經在日本寫經與敦煌遺書中存有全經。〔註35〕

《經律異相》卷四十九有三條引用《淨度三昧經》的部分為以下：

〈閻羅王等為獄司往緣一〉：「閻羅王者，昔為毘沙國王，緣與維陀始王共戰，……十八人者，諸小王是，百萬之眾，諸阿傍是，隸北方毘沙門天王。（出問地獄經淨度三昧經云總治一百三十四地獄）。」〔註36〕

〈三十地獄及獄主名字五〉：「一曰平潮王，典主阿鼻大泥犁；二曰晉平王，典治黑繩重獄，……人民盲冥了自不知，不預作善收付地獄。（出淨度三昧經）。」〔註37〕

〈五官禁人作罪六〉：「五官者：一鮮官禁殺、二水官禁盜、三鐵官禁婬、四土官禁兩舌、五天官禁酒。（出淨度三昧經）。」〔註38〕

以上內容大多記載地獄的景況與思想，是研究佛教中地獄部分很重要的

〔註31〕（梁）釋寶唱：《經律異相》，頁81。
〔註32〕（梁）僧祐：《出三藏記集》，頁39。
〔註33〕曹凌編：《中國佛教疑偽經綜錄》（上海：上海古籍出版社，2011年12月），頁46。
〔註34〕（梁）釋寶唱：《經律異相》，頁230～231。
〔註35〕（梁）釋寶唱：《經律異相》，頁423～427。
〔註36〕（梁）釋寶唱：《經律異相》，頁258。
〔註37〕（梁）釋寶唱：《經律異相》，頁259。
〔註38〕（梁）釋寶唱：《經律異相》，頁259。

資料來源。

3. 抄經

南朝梁時期因印刷術尚不發達，政府藏書以抄寫為主，梁武帝曾敕人抄寫許多重要大部頭圖書與佛典，僧人中亦不乏以抄經為業，《經律異相》的作者釋寶唱也不例外，抄經促進當時佛教經典的流傳。

抄經又稱別生經、支派經。《出三藏記集》：「抄經者，蓋舉撮舉義要也。」〔註 39〕早期佛經翻譯時遇見大部頭或卷數較多的時候，若全部一字不漏地翻譯起來保存，會有很大的困難，於是僅取其大略意義翻譯出來，但絕非任意抄寫，而是要保持整部佛經的連貫性，不妨礙其經義的適當剪裁，安世高、支謙等人都曾以抄經的方式來翻譯佛經，這樣有助於佛經的普及與傳播。

《經律異相》所引用的抄經部分有：《小劫經抄》、《抄毗曇毗婆沙》、《集經抄》、《經集抄》等。

4. 中土著述

《釋迦譜》為梁僧祐撰，該書現收於《大正新脩大藏經》第五十冊，共五卷。其內容記述釋迦族的傳說、佛陀一生的事蹟，及其涅槃後佛法流傳之情形，是一部「以事為類」的類書。《經律異相》引用了《釋迦譜》第一至第十卷中的部分內容。

5. 其他

《經律異相》在其他文獻引用部分，共計有一百七十五部，這些或見於歷代經錄或收藏於歷代藏經中。另外，也有不見於任何經錄記載的佛經，共有七十二部，這些可能是現存經典的不同版本，或是其文本中的略出。〔註40〕

《經律異相》成書於梁武帝天監十五年至十六年間（516～517），比另一部佛學類書《法苑珠林》成書於唐高宗總章元年（668）早一百五十餘年，比現存較早的著名類書《北堂書鈔》成書於隋煬帝大業年間（605～618），也早了近百年。《經律異相》確實為中國現存最早的類書之一，往後，唐·道世的《諸經要集》與《法苑珠林》均以《經律異相》為藍本編纂而成，可見寶唱的佛典類書編纂方式影響後世的編排甚為深遠。

〔註39〕（梁）僧祐：《出三藏記集》，頁 37。
〔註40〕董志翹主編：《《經律異相》整理與研究》（成都：巴蜀書社，2011 年 7 月），
　　　　頁 47～54。

第二節　版本概況與歷代經錄定位

一、版本概況

　　《經律異相》目前各版本的《大藏經》皆收錄，至於最早版本屬北京圖書館所藏北宋政和二年（1112）開雕的《毗盧藏》殘卷。以下列表說明《經律異相》之入藏情形。

《經律異相》入藏情形表

序號	入藏名稱	刊刻時間	帙　號	存佚	備　註
1	《開寶藏》	北宋太祖開寶四年至太宗太平興國八年（971～983）	仙、靈、丙、舍、傍。	亡佚	又稱蜀本《大藏經》
2	《高麗藏》	高麗王朝高宗二十三年（1235）	仙、靈、丙、舍、傍。	存	《開寶藏》的仿刻本
3	《趙城金藏》	金熙宗完顏皇統九年（1149）	仙、靈、丙、舍、傍。	部 分殘缺	又稱《金藏》
4	《崇寧藏》	北宋元豐三年至崇寧 三 年 （ 1080 ～1104）	靈、丙、舍、傍、啟。	存	
5	《毗盧藏》	北宋政和二年至南宋紹興二十一年（1112～1151）	丙、舍	殘存	
6	《圓覺藏》	約北宋末年至南宋紹興二年（ ？～1132）	靈、丙、舍、傍、啟。	存	
7	《資福藏》	南 宋 淳 熙 二 年（1175）	靈、丙、舍、傍、啟。	存	
8	《磧砂藏》	端平元年（1234）	靈、丙、舍、傍、啟。	存	部分用《普寧藏》和《思溪藏》版影配印。
9	《普寧藏》	元世祖忽必烈至元十四年（1277），至二十七年（1299）	靈、丙、舍、傍、啟。	存	
10	《洪武南藏》	明洪武五年至三十一年（1372～1398）	路、俠、槐、卿、戶。	存	又名《初刻南藏》

11	《永樂南藏》	明永樂十至十五年（1412～1417）	經、府、羅、將、相。	存	據《洪武南藏》重刻本
12	《永樂北藏》	明永樂十九年至明正統五年（1421～1440）	經、府、羅、將、相。	存	
13	《乾隆版大藏經》	一九一三年，上海頻伽精舍編印	雨	存	又稱《龍藏》。
14	《大正新修大藏經》	日本大正十三年（1924）	第五十三卷	存	又稱《大正藏》。

目前根據童瑋所編《二十二種大藏經通檢》可知，《經律異相》在以上經藏皆有刊刻。〔註41〕《中華大藏經》影印《趙城金藏》廣勝寺本《經律異相》，所缺以《高麗藏》補齊，並用《資福藏》、《磧砂藏》、《普寧藏》、《永樂南藏》、《徑山藏》、《清藏》為校本。《大正新修大藏經》以《高麗藏》為底本，校以宋、元、明、宮諸本。本論文以《大正新修大藏經》版本為主要論述版本。

二、歷代經錄的定位

《經律異相》入歷代經錄的情形，目前以《大正新修大藏經》為例，主要有十三種佛教目錄，以下表說明：

序 號	名 稱	朝 代	作 者	收錄卷數
1	《歷代三寶紀》	隋	費長房	55
2	《眾經目錄》	隋	法經等撰	50
3	《眾經目錄》	隋	彥悰	50
4	《大唐內典錄》	唐	道宣	55
5	《北山錄》	唐	神清撰、慧寶注	未詳述卷數
6	《續高僧傳》	唐	道宣	55
7	《釋門自鏡錄》	唐	懷信述	未詳述卷數
8	《法苑珠林》	唐	道世	55
9	《一切經音義》	唐	慧琳	50
10	《眾經目錄》	唐	靜泰	50
11	《開元釋教錄》	唐	智昇	50
12	《開元釋教錄略出》	唐	智昇	50
13	《貞元新定釋教目錄》	唐	圓照	50

〔註41〕童瑋編：《二十二種大藏經通檢》（北京：中華書局，1997年7月），頁372。

　　現存隋《歷代三寶紀》是東晉以來集目錄大成之寶庫，與法經《眾經目錄》是很重要的經錄，其綜合了南北朝文化的特點，可以看見佛法傳入中國的發達情形。透過以上諸表可知《歷代三寶紀》、《大唐內典錄》、《續高僧傳》、《法苑珠林》記載《經律異相》卷數均為五十五卷，與其他經錄記載五十卷略有不同，兩者之間所差五卷，實為《經律異相》的目錄，目前已亡佚。

第三章 《經律異相》之因緣故事

第一節 因緣的定義與故事內容

一、因緣的定義

　　因緣，梵文是 nidanā，音譯尼陀那，又稱之為本緣、緣起，通常是指佛陀說法時，藉由某種因緣條件而說的故事或指佛陀制定戒律的事緣，例如，佛教大乘經典《大般涅槃經》卷一五云：

> 何等名為尼陀那經？如諸經偈所因根本為他演說。如舍衛國有一丈夫羅網捕鳥，得已，籠繫隨與水穀而復還放。世尊知其本末因緣而說偈言：「莫輕小罪，以為無殃；水渧雖微，漸盈大器。」是名尼陀那經。〔註1〕

以上是世尊藉由人捕鳥籠繫後，又隨與水草放生的因緣而說法，告訴眾生，莫因善小而不為，因惡小而為之。另有《成實論》卷一，對因緣的解說：

> 尼陀那者，是經因緣。所以者何？諸佛聖賢所說經法要有因緣，此諸經緣，或在修多羅中，或在餘處，是名尼陀那。〔註2〕

體現說法也必須藉由某種因緣，才能發揮最大的勸化效果，因緣有的在經中

〔註1〕（北涼）天竺三藏曇無讖譯：《大般涅槃經》見《大正新脩大藏經》（臺北：新文豐出版公司，1983 年元月），冊 12，頁 451。
〔註2〕訶梨跋摩著、姚秦三藏鳩摩羅什譯：《成實論》見《大正新脩大藏經》（臺北：新文豐出版公司，1983 年元月），冊 32，頁 245。

或在其他之處。又有佛教小乘論典《阿毘達磨大毗婆沙論》卷一二六中，對因緣的解釋：

> 因緣云何？謂諸經中，遇諸因緣而有所說。如義品等種種因緣，
> 如毘奈耶作如是說，由善財等最初犯罪，是故世尊集苾芻僧制立
> 學處。〔註3〕

在此屬於經的因緣如義品，屬於律的如善財童子犯戒的故事。

因緣故事的因果觀念，早在佛教發展之前，古代印度之外道哲學已有相關論述，其可分為四類，佛教稱為外道四執，即邪因邪果、無因無果、因中有果、因中無果。〔註4〕當時論述尚未成熟與完備，佛教之因果論有系統的因果論述，包括大小乘二系統，從緣、因、果層面深入闡釋，因此產生各派的因果論述系統。〔註5〕因果論在佛法中有相當嚴謹的解釋，初期小乘佛教以「業感緣起說」〔註6〕為基礎，來說明人生主要實相，即人事物流轉與演變的過程。一切法皆由因緣而生，因緣產生結果，相倚相生，永無止息。

《經律異相》中的因緣故事內容指小乘佛教中制戒事緣與業報的故事，其形成是受古印度社會盛行的「因緣業報」思想影響，其佛教接受後並將它與「業感緣起」理論相結合，成為完整的「因果報應」觀念。關於緣起說和因

〔註3〕 五百大阿羅漢等著、三藏法師玄奘譯：《阿毘達磨大毗婆沙論》見《大正新脩大藏經》（臺北：新文豐出版公司，1983 年元月），冊 27，頁 660。

〔註4〕 釋慈怡編：《佛光大辭典》（高雄：佛光出版社，1988 年），頁 2293。

〔註5〕 釋慈怡編：《佛光大辭典》，頁 2293，「佛教之因果論大抵可分為大小乘二系統，小乘以俱舍宗為典型，提出四緣、六因、五果之說；大乘則以唯識宗為代表，以四緣、十因、五果為其因果論之主要內容，而於四緣、五果之闡釋，大小二乘之觀點亦相迥異。以唯識家而言，既認為宇宙萬有皆由含藏於阿賴耶識中之種子所變現，而由種子變現成諸法之間，須經由種子生現行、現行熏種子、種子生種子等的三法兩重之因果關係，輾轉作用而變現為森羅萬象。其中，種子生種子之關係為因果異時；種子生現行、現行熏種子之關係為因果同時。此外，於六因、五果之中，異熟因與異熟果之關係，以及同類因、遍行因與流果之關係，皆為因果異時。至於俱有因，相應因與士用果之關係，則為因果同時。又能作因與增上果之關係，通於因果異時與因果同時。又同類因與等流果之關係，係以自類之法為因，引生等同流類之果，故稱自類因果。眾生之行為能引生異時之因果，即善之業因必有善之果報，惡之業因必有惡之果報，此稱善因善果、惡因惡果。然嚴格言之，應稱為善因樂果、惡因苦果。」

〔註6〕 《佛所行讚》〈大弟子出家品第十七〉，見《大正新修大藏經》第 4 冊，頁 33 中。

果觀，佛教提出「十二因緣」〔註7〕與「三世兩重因果」〔註8〕，十二因緣可以分為三個階段，就是過去世、現在世和未來世。其中無明和行屬於過去世，識、名色、六根、觸、受、愛、取、有屬於現在世，生和老死是屬於未來世。兩重的因果：過去因現在果，現在因未來果。因果報應實現的動力來自於「業力」，是指行為、行動、意志的身心活動。人藉由十二因緣，透過身、口、意造善得樂果，造惡得惡果，並強調「自作自受，無誰能代」，但佛教也提出非一切業都能決定果，可透過修行、懺悔來使重業輕報。因緣故事中的因果報應觀，皆為佛教對世界萬事萬物的看法，即一切人、事、物是互相緊密關聯的自然法則，靠一定的條件與關係，相生相滅，互為流轉，這也是因緣故事產生與存在的基礎。

二、因緣故事的內容

　　《經律異相》中的因緣故事，內容包括佛說法、制定戒律與因果業報，經筆者統計因緣故事全數，占全書篇幅一半以上，共五百四十則左右，占所有故事數量近七成，將其分類歸納後，可分善報因緣、惡報因緣、說法因緣三個主題來討論，由於數量很多，以下暫舉其中數個例子說明。

　　（一）善報因緣故事內容舉例如下：

序　號	卷　數	篇　名	內容大意
1	卷二	〈天女坐花資生之具盡從花出九〉	天女建七寶塔，發心念佛，供花獻佛得善報。
2	卷十三	〈須菩提前身割口施僧得生天上九〉	前世曾供養一比丘獲福投生長者子家。
3	卷十八	〈華天先世採花供養今天雨其花五〉	窮人先世採花供養佛僧，得天雨眾花積滿舍內果報。

〔註7〕無明、行、識、名色、六處、觸、受、愛、取、有、生、老死這十二個緣生法。

〔註8〕五百大阿羅漢等著、三藏法師玄奘譯：《阿毘達磨大毘婆沙論》：「以現在因者，謂愛、取、有。推未來果者，謂生、老死。以現在果者，謂識、名色、六處、觸、受。推過去因者，謂無明、行。世尊欲令無慧眼者，以現因果，推有去來，由此即能辦所作事，過去世果，未來世因，由此為門，亦可知有。故此論者，但作是說。」見《大正新修大藏經》（臺北：新文豐出版公司，1983年元月），冊27，頁117。

4	卷十八	〈寶天前身以一把石擬珠散僧故生時天雨七寶六〉	貧人前世以一把石擬珠散僧，故後世生時天雨七寶。
5	卷二十二	〈沙彌救蟻延壽精進得道四〉	沙彌救蟻得延壽善報。
6	卷三十六	〈長者後貧舉財供施耕遇千鼎用之不盡十一〉	夫婦權舉百兩金供養道人，得金便施盡乃往作，遣夫耕田婦廚下炊，耕得大石似磨蓋，發視見金千鼎，布施不盡。
7	卷三十六	〈以擣衣石施人起塔生天十五〉	有一長者昔因施一擣衣石建寺而死後升天。
8	卷四十四	〈阿難邠坻井出珍寶二〉	人因心善不欺，汲井得寶。
9	卷四十四	〈貧人供僧僧報致富二十八〉	貧家供養道人，一年便去，用一銅瓶乞主人言，此瓶是神打，此瓶口所索皆得。
10	卷四十五	〈母人為比丘起屋壽終生天手出眾物五〉	母人為比丘起屋，死後升天，手出百味飯。

　　《經律異相》中善報因緣故事，主要敘述眾生因行十善業，所得到的各種善果，其善果都具有不可思議的情節，例如：天雨花、天雨寶、獲得寶物金千鼎、銅瓶、手出百味飯等，諸多神奇的異相等。

　　（二）惡報因緣故事內容舉例如下：

序　號	卷　數	篇　名	內容大意
1	卷十四	〈舍利弗入金剛定為鬼所打不能毀傷六〉	大力鬼打舍利佛頭，使其頭痛。
2	卷十六	〈羅旬踰乞食不得佛許開律以為五部八〉	前世不願施沙門，今乞食不得。
3	卷十七	〈摩訶盧惜義招鈍改悔得道七〉	前世輕慢人，得為人闇塞果報。
4	卷十九	〈珍重沙門母為餓鬼以方便救濟十八〉	前世慳貪得餓鬼報。
5	卷二十二	〈均提沙彌出家并前身因緣三〉	前世罵人聲如狗，故五百世中常受狗身果報。
6	卷三十四	〈波斯匿王女金剛形醜以念佛力立改姝顏二〉	前世罵修道人得醜惡報。
7	卷四十二	〈魚身得富緣三〉	前世未誠心飯佛，得無手足果報。

8	卷四十三	〈優波斯納兄妻後悔為道兄射殺弟矢反自害五〉	前世以毒箭傷人，五百世常被毒死。
9	卷四十五	〈換貸自取多還少命終為犢十五〉	前世借貸多還少，命終為犢。
10	卷四十八	〈眷屬先少後多三〉	佛法出家，違戒犯行不捨破戒者多生龍中。

惡報因緣故事，主要敘述眾生因行十惡業，所得到之各種惡果，較具特殊性的故事情節，例如：大力鬼打舍利佛頭使其頭痛、借貸多還少命終為犢、戒犯生龍中、罵人聲如狗，故五百世中常受狗身果報等。

（三）說法因緣故事內容舉例如下：

序　號	卷　數	篇　名	內容大意
1	卷五	〈化作沙門度五比丘九〉	佛幻化一道人，向五比丘說法，使其得道。
2	卷十二	〈女人在胎聽法轉身為丈夫出家修道八〉	女子在娘胎中聽佛法，後轉男子身。
3	卷十五	〈阿難為旃陀羅母以呪力所攝十一〉	阿難為旃陀羅母以咒力所攝，佛說偈救阿難。
4	卷十六	〈分那先為下賤善知方宜遇佛得道十二〉	佛為住人及國王、百官說法，使其受五戒。
5	卷十九	〈比丘居深山為鬼所嬈佛禁非人處住十六〉	比丘在深山修行，屢次遇見鬼化女人來誘惑騷擾，因此佛告訴比丘，不得入深山林中空處可畏處無人處住。
6	卷二十三	〈花色得道後臥婆羅門竊行不淨四〉	連花色遇到佛說法，決定出家。
7	卷三十五	〈長者新生一子即識本緣求母請佛甘味自下十四〉	佛與眾僧既入其舍，甘味飯食自然而下種種豐饒，佛為說法，闔家大小盡得初果。
8	卷三十八	〈婦人喪失眷屬心發狂癡五〉	佛大會說法，時發狂婦見佛意即得定，不復愁憂。
9	卷三十九	〈四仙人得道緣九〉	佛向四仙人說法，使其作沙門得道。
10	卷四十	〈梵志喪兒從閻羅乞活兒不親從詣佛得道五〉	佛為梵志講生死因緣，令其得阿羅漢道。

　　說法因緣故事以佛、菩薩及不同層次的修行者，藉各種因緣說法為多，其中以「神通」與「夢」的情節，最為特殊，引人入勝，例如：神力變化、解夢、佛出現長舌、遊歷他界等。神力變化內容，是敘述佛或修道者幻化成一切的人、事、物，以不可思議的事蹟來度化眾生，或者佛以神力與神魔鬥法；夢的情節是敘述佛藉夢來為人說法、夢裡奇幻神獸助人等，其充滿聲音、幻象的刺激感官效果；遊歷他界是佛或天神藉由帶人去遊歷天宮與地獄而說法，或是人入海求寶遇羅剎的事蹟等。以上情節的運用，促進了佛法傳播的久遠。

第二節　善報因緣

　　善報源於善業，即是良善的行為造作所得之結果。善之身、語、意業有：不殺生、不偷盜、不邪淫、不妄語、不惡口、不綺語、不兩舌、不貪欲、不瞋恚、不愚癡是為十善業。〔註9〕佛教主張成就善業者可上昇人天；欲證成無上菩提，轉凡入聖，亦須依此修證，因修證而超越解脫。以下舉《經律異相》中的例子加以說明。

一、佛教修行

　　佛教有六度修行包含：布施、持戒、忍辱、精進、禪定及般若。〔註10〕修行過程中以六度去除貪、毀犯、瞋恚、懈怠、散亂及愚癡等，修行十善可以生在三善道：天、阿修羅、人。

（一）布施

　　佛教布施有三種：財布施、法布施及無畏布施。財布施又分外財與內財。身外之物是外財，衣服、財產、金銀珠寶、動產、不動產、妻子兒女皆是外財。內財布施有三種：1.用自身的勞力替別人服務，這是以體力布施。2.用自身的智慧替別人籌劃。3.肢體器官、頭目腦髓，若他人有需要也能布施。〔註11〕

〔註9〕丁福保編：《佛學大辭典》（臺北：天華出版，1987年7月），頁2082。「五戒十善等善事之作業也。」
〔註10〕丁福保編：《佛學大辭典》，頁1574。
〔註11〕丁福保編：《佛學大辭典》（臺北：天華出版，1987年7月），頁860。

《經律異相》中的布施情節整理如下：

身　分	布施種類	內　容	編　號
人	身軀（內財）	捨身聞法	8-12、8-14（參「肢體器官」）8-13、8-16、25-9、（參「佛」）32-6
		布施手臂	（參「肢體器官」）8-2、25-6、43-7
		布施雙乳	（參「肢體器官」）10-2
		布施雙眼	（參「國王」）10-9
		割肉餵鷹	（參「國王」）25-4
		布施血肉	（參「佛」）31-4、31-5、38-1、44-13
	頭顱（內財）	布施頭	（參「國王」）25-3、32-3
		捨眼髓	（參「佛」）31-3
		布施頭髮	45-1
	人（外財）	布施子女	10-11、25-9、25-10、42-2
		布施妻子	10-11、25-9、25-10
	國土（外財）	布施國土	（參「國王」）26-3、31-8
	財寶物品（外財）	隨民所願皆予布施	（參「國王」）2-4、10-8、27-8、25-8、31-7、32-2
動物	身軀（內財）	牛供佛牛奶	15-12

　　以上較特別的是身體或肢體器官的布施，比起外在物質的布施更引人入勝與驚奇。動物的布施情節，呈現布施並無任何形態的限制，不管身分的差異與各種形式，只要有誠心都能成就善業。關於外財布施有提到布施子女、妻子、國土，甚至隨民所願皆予布施等；內財布施則有布施頭、手臂、身軀血肉、雙乳等，以下舉例說明：

（1）外財布施

例如，卷二十七〈婆羅門王捨於國俸布施得道八〉中敘述：

> 多昧國有婆羅門王，捨其王俸，多事異道，王歘一日，自發善心，欲大布施，如婆羅門法，積寶如山，有來乞者，令其自取。手重一撮，如是數日，其積不減。佛知是王，宿福應度，化作梵志，往到其國，王出相見，禮問起居曰：「何所求索，莫自疑難？」梵志答言：「吾從遠來，欲乞珍寶，持作舍宅。」王言：「大善，自取重一撮。」梵志取一撮行，七步還著故處。王問：「何故不取？」

梵志答曰：「此裁足作舍廬耳，復當取婦，俱不足用，是以不取。」
王言：「更取三撮。」梵志即取，行七步復還著故處。王問梵志：
「何以復爾？」答言：「此足取婦，復無田地，奴婢牛馬，計復不
足，是以息意也。」王言：「更取七撮。」梵志即取，行七步復還
著故處。王言：「復何意故？」梵志答言：「若有男女，當復嫁娶，
吉凶用費，計不足用，是以不取。」王言：「盡以積寶，持用相上。」
梵志受而捨去。王甚怪之，重問意故。梵志答曰：「本來乞匄，欲
用生活，諦念人命，處世無幾，萬物無常，旦夕難保，因緣遂重，
憂苦日深，積寶如山，無益於己，貪欲規圖，唐自勤苦，不如息
意，求無為道，是以不取。」〔註12〕

佛化一梵志，向行大布施的婆羅門王化緣，他告訴國王想要有舍宅、娶妻、
生兒育女、一切生活所需等願望，國王也願意無限滿足他，但梵志最後深思，
察覺生命無常、旦夕難保，於是皆捨棄之，也以此過程來度化國王。婆羅門
王不顧一切地將其所有珍寶行大布施，滿足梵志所有願望，其至誠之心也幫
自己求得真正的解脫之道。

在印度神話故事〈石榴公主〉〔註13〕中，也有外財布施的故事情節，敘
述有一君王，挖開一個塔底的寶庫，發現無數的金、銀、鑽石、財寶，但他沒
有據為己有，將此布施給貧民。

於中國筆記小說《獨醒雜志》卷十，〈某氏異珠〉中也敘述到相似情節：

某氏忘其姓，亦隨舶舟至蕃部，偶攜陶甓犬難提孩之屬，皆小兒戲
具者。登市，群兒爭買，一兒出珠相與貿易，色徑與常珠不類，亦
謾取之，初不知其珍也。舶既歸，忽然風霧晝晦，雷霆轟吼，波濤
洶湧，覆溺之變在頃刻。主船者曰：「吾老於遵海，未嘗遇此變，是
必同舟有異物，宜速棄以厭之。」相與詰其所有，往往皆常物。某
氏曰：「吾昨珠差異，其或是也。」急啟篋視之，光彩眩目。投之於
波間，隱隱見虬龍攫拿以去。須臾變息，暨舶止，主者諭其眾曰：
「某氏若秘所藏，吾曹皆葬魚腹矣！更生之惠，不可忘。」客各稱

〔註12〕（梁）釋寶唱：《經律異相》，見《大正新脩大藏經》（臺北：新文豐出版公司，
1983年元月），冊53，頁148。

〔註13〕葉昂夫人著，草子葉譯：《印度神話故事‧哈安的故事》（臺北：時報文化出
版事業有限公司，1975年4月），頁7。

所攜以謝之，於是舶之凡貨皆獲焉。〔註14〕

故事主角慷慨獻出異珠，得以救助全船人之性命。而得寶行善的故事尚有《夷堅癸志》卷四〈祖圓接待庵〉〔註15〕中，敘述某僧發現一種化鐵為金之異草，致富後，不斷擴建道場，布施僧人，從不為己用；《夷堅丙志》卷十一〈程佛子〉〔註16〕描述程翁去打漁得到一大卵石，妻兒用它變現出許多財物，但程翁得到寶石發財後，便發願請神明收回寶石，並賑施貧乏的人們。以上得知，中國小說的創作是受到佛經故事之影響，佛經故事亦有印度神話之元素。

（2）內財布施

例如，卷二十五〈尸毘王割肉代鴿四〉中提到：

> 王大精進，視一切眾生，如母愛子，世中無佛，……釋提桓因語毘首羯摩，今當試之言，毘首羯摩變身作一赤眼赤足鴿。釋提桓因變身作鷹，急飛逐鴿，直來入腋下，舉身戰怖，動眼促聲，是時眾多人，相與而語：「是王慈仁，一切宜保護，如鴿小鳥，歸之如人入舍。」爾時鷹在近樹上，語尸毘王：「還與我鴿，此我所受。」王時語鷹：「我前受此，非是汝受，我初發意時，受一切眾生皆欲度之。」鷹言：「王欲度一切眾生，我非一切耶？何以獨不愍而奪我食。」王答言：「汝須何食？我作誓願，其有眾生，來歸我者，必救護之，汝須何食？亦當相給。」鷹言：「我須新殺熱肉。」王心念言：「如此難得，自非殺生，無由得也。」我當云何：「殺一與一。」……時王誓顏：「若我割肉，血流不瞋不惱，一心不悶，以求佛者，願令我身，即當平復。」即時如本。〔註17〕

故事敘述天神釋提桓因告訴巧變化師毘首羯摩變身作一鷹，去試探優尸那種尸毘王的慈悲心，鷹欲食鴿，國王為了保護鴿免受害，願意布施自身血肉代替鴿給鷹吃並且不後悔，最後身體平復如本。這則故事也記載於《六度集經》中，佛陀《割肉餵鷹》的故事，表現了菩薩悲憫有情的慈忍心，菩薩視一切眾生平等，生命一樣尊貴，都值得尊重，展現佛教同體大悲的救度精神。

在敦煌遺書中有《孝子傳》的故事，相似情節有割肉療親的敘述：

〔註14〕（宋）曾敏行：《獨醒雜志》見《景印文淵閣四庫全書·子部·小說家類》（臺北：臺灣商務，1983～1986年），冊1039，頁585～586。

〔註15〕（宋）洪邁：《夷堅志》（臺北：明文書局出版，1994年9月），頁1246。

〔註16〕（宋）洪邁：《夷堅志》，頁460。

〔註17〕（梁）釋寶唱：《經律異相》，頁137。

> 王武子者，河陽人也。以開元年中征涉湖州，十年不歸。新婦至孝，
> 家貧，日夜織履為活。武母久患勞（癆）瘦，人謂母曰：「若得人肉
> 食之，病得除差。」母答人曰：「何由可得人肉？」新婦聞言，遂自
> 割眼（股）上肉作羹，奉送武母。〔註18〕

故事敘述婆婆生病，丈夫十年未歸，因家貧，媳婦自割身肉給婆婆吃，一樣
是運用割肉布施的情節，將慈悲心展現於孝道，將自身血肉布施給婆婆，強
調人倫關係。

又如，《太平廣記》卷一六二，引唐·王轂《報應錄·劉行者》中，亦有
描述為親療疾的相似情節：

> 唐廬陵閭閻中，以一劉行者，以釘鉸為業。性至孝，母親患眼二十
> 餘年，行者懇苦救療。一日，忽有衲僧為淨水銅瓶子覓行者磨洗，
> 出百金為酬。行者不受，告云：「家有母親，患眼多年。和尚莫能有
> 藥療否？」僧云：「待磨洗瓶子了與醫。」磨洗畢，便出門，而行者
> 隨問之。僧云：「但歸去，已與醫了。」言訖失僧所在。行者奔還家，
> 見母親忽自床墜地，雙目豁開。闔家驚喜，方知向者僧是羅漢。遂
> 畫其形影供養，至今存焉。〔註19〕

至孝的劉行者在因緣際會之下，遇見一高僧，高僧藉由讓行者幫他磨洗
瓶子的過程，神奇地治癒了行者的久病母親，劉行者以高尚的品德與至誠的
勞力布施，得到僧人給予雙目失明之母親不可思議的療癒，十足呈現著善有
善報的精神。

宋元時期則有《夷堅丙志》卷十五〈周昌時孝行〉〔註20〕描述臨江軍富
人周昌時至孝，因母親久病不癒，向天祈禱，欲自行剖腹挖肝給母親吃，因
孝心感動天神阻止其行並賜藥，其母服藥後痊癒。以上均是屬於內財布施的
例子。

（二）持戒

《大般涅槃經》卷三十一，曰：「戒是一切善法勝幢，如天帝釋所立勝幢；

〔註18〕石國偉：〈二十四孝圖本事及其文化價值〉，《孝感學院學報》第 5 期，2005 年
　　　　9 月，頁 10。

〔註19〕（唐）王轂：《報應錄》見《叢書集成三編》（臺北：新文豐出版，1996 年），
　　　　冊 69，頁 533。

〔註20〕（宋）洪邁：《夷堅志》（臺北：明文書局出版，1994 年 9 月），頁 490。

戒能永斷一切惡業及三惡道，能療惡病猶如藥樹；戒是生死險道資糧，戒是摧結破賊鎧仗，戒是滅結毒蛇良呪，戒是度惡業行橋梁。」〔註21〕持戒是遵守佛法不作諸惡，不殺生、不偷盜、不淫邪、不妄語、不飲酒等，攝善法戒是奉行一切之善，而饒益有情戒，是廣修一切善法以利益眾生。〔註22〕

《經律異相》中有因持戒不淫邪而捨身命的情節，來凸顯人為了保持潔身的一種高度情懷，例如：卷二十二〈沙彌護戒捨所愛身九〉中故事大要敘述：

有一親善居士，隔日客會，女即白父願閉門獨住家內，時優婆塞是日匆匆，忘不送食，爾時尊者遣沙彌往取。是女端正容貌，於沙彌前色誘他，沙彌見之，以為此女有風癩病。後來此女以很多方式誘惑沙彌，其皆不受且捨身命。〔註23〕

佛教中所主張的戒律不是勉強而來的，是從內心心甘情願的自我要求，戒就是一種尊重，守戒是為了規範身、口、意不造作惡業，時時刻刻保持清淨，就能與菩提心相應。沙彌守戒拒絕女子的誘惑，保護自己與他人之清白，不造惡業，雖捨身命也願意，也是一種慈悲精神的展現方式。

印度寓言集的《五卷書》中有一則〈自己製造的錯誤〉提到有個織工懷疑他的女朋友不貞節，拿刀子將其鼻子割下，但她卻說如果她是貞節的，神仙將會恢復她的鼻子，之後果然恢復了。〔註24〕故事中女子因不淫邪而能不被傷害。不邪淫的守戒精神與佛經故事是相同的。

中國筆記小說中則有戒殺放生得善報的故事，例如，《夷堅志·屈師放鯉》敘述一釣魚者放生數百尾小鯉魚並不再補魚，其人病死後竟延壽復生；《湖海新聞夷堅續志·救蠅免死》寫蠅屢搶筆頭，使官吏疑有冤情，從而搭救了一長年救蠅酒匠的性命。〔註25〕其守戒得善報的精神是佛教精神所提倡的，可見中國小說創作受其影響。

（三）忍辱

忍辱有二種：一者生忍，謂於恭敬供養中，不生憍逸，於瞋罵打害中，

〔註21〕（北涼）曇無讖譯：《大般涅槃經》見《大正新修大藏經》，冊12，頁553。
〔註22〕丁福保編：《佛學大辭典》（臺北：天華出版，1987年7月），頁1101。
〔註23〕（梁）釋寶唱：《經律異相》，頁120～121。
〔註24〕季羨林譯：《五卷書》，（臺北：丹青圖書公司，1983年3月），頁12。
〔註25〕祁連休：《中國民間故事史·宋元篇》（臺北：秀威資訊科技，2011年9月），頁43。

不生怨恨也。如，《大乘莊嚴經論》中云：「謂在第八地中得無生忍時，由斷自言我當作佛慢故。」〔註26〕二者法忍，謂於寒熱風雨饑渴等惱害之時，能安能忍。如，《佛遺教經解》：「能行忍者，乃可為有力大人。若其不能歡喜忍受惡罵之毒，如飲甘露者，不名入道智慧人也。」〔註27〕能除去五毒中的「瞋」。

《經律異相》中有因忍辱而割自身器官，例如：卷三十九〈羼提仙人修忍行慈為迦利王所割截七〉中敘述：

> 羼提仙人在大林中，修忍行慈，時迦利王將諸婇女入林遊戲，……
> 仙人答言：「我今在此，修忍行慈。」王言：「我今試汝，當以利劍，
> 截汝耳鼻，斬汝手足，若不瞋者，知汝修忍。」仙人言：「任意。」
> 王即拔劍，截其耳鼻，斷其手足，而問之言：「汝心動不。」答言：
> 「我修慈忍，心不動也。」王言：「汝一身在此，無有勢力，雖口言
> 不動，誰當信者。」是時仙人，即作誓言：「若我實修慈忍，血當為
> 乳。」即時血變為乳。〔註28〕

此故事凸顯仙人被截其耳鼻，斷其手足，也不後悔的強大意志，強調人碰到毀謗、羞辱，以諍止諍，只會增加冤仇，無法止息，唯有忍辱功夫，始能圓滿。

以上情節同於與印度寓言《五卷書》中的〈自己製造的錯誤〉〔註29〕故事裡，敘述有一個織工懷疑理髮師老婆邪淫，欲將理髮師的老婆鼻子割了，於是她說願意被割鼻子以示清白，最後因為她守貞節，神仙讓她又恢復了原狀。《五卷書》是古印度韻文寓言集，原以梵文和巴利文寫成，最老的故事至遲在現存的文本中，可以追溯到西元前六世紀，〔註30〕在此可知，佛經故事也受到《五卷書》的深刻影響。

在中國明代小說有江盈科所撰的《雪濤小說·戒吞產》中，亦有相關敘述：

> 聞世廟時江右一顯者宦於朝，其子數寄書曰：「鄰人每歲占墻址，不

〔註26〕（唐）天竺三藏波羅頗蜜多羅譯：《大乘莊嚴經論》見《大正新修大藏經》，冊 31，頁 652。

〔註27〕（明）吳蕅益釋：《佛遺教經解》見《大正新修大藏經》，冊 37，頁 642。

〔註28〕（梁）釋寶唱：《經律異相》，頁 208。

〔註29〕季羨林譯：《五卷書》，頁 54。

〔註30〕薛克翹：〈《五卷書》與東方民間故事〉，《北京大學學報》第 4 期，2006 年 7月，頁 75。

肯休。」顯者得書，題其尾曰：「紙紙家書只說墙，讓渠徑尺有何妨？
秦王枉作千年計，只見城牆不見王。」遂緘封卻寄。子誦其詩，謂
父驚下，不能助已洩忿，遂棄其書於地。鄰人偶拾得之，感服顯者
盛德，自毀其墙，恣顯者之子所取。已而兩相讓，各得其平，相安
如舊。〔註31〕

上述在朝官宦得知鄰人占墙，卻不以勢壓人，反而以禮讓態度來化解彼此矛
盾，其豁達與明智感化了他人向善，使鄰里關係能夠圓滿。由上可知，在中
國故事中的忍辱情節，由身體器官的割捨變成外物的忍讓，但忍辱修行之精
神是相同的。

（四）精進、苦行

　　精進包括身與心的精進，以修持其餘五度。意指身體力行善法、勤斷惡
根，對治懶惰鬆懈。如同《大智度論》卷八十：「身、心勤精進。身精進者，
如法致財，以用布施等；心精進者，慳貪等諸惡心來破六波羅蜜者，不令得
入。」〔註32〕

　　《經律異相》故事中，敘述佛前世在船難中犧牲自己，救渡眾生的情節，
例如，卷九〈大薩他婆渡海船壞殺身濟眾八〉中敘述：

　　　釋迦牟尼佛為菩薩時，名大薩他婆。當渡大海，惡風壞船，語眾賈
　　　人：「捉我頭髮手足，當渡汝等。」人人捉已，以刀自殺，大海水法，
　　　不停死屍，即時疾風，吹至岸邊。〔註33〕

釋迦牟尼佛為菩薩時，名大薩他婆，當渡大海惡風壞船，告訴眾賈人捉他頭
髮、手足等等，人人捉他後，他卻以刀自殺，因大海水法不停死屍，即時疾風
吹至岸邊，使眾人得救。此故事情節同於卷九〈坐海以救估客十一〉中的敘
述：

　　　昔者菩薩，與五百商人入海採寶，入海數月，獲寶重載，將旋本土，
　　　道逢飄風。……菩薩愴然，心生計曰：「吾之求佛，但為眾生耳。海
　　　神所惡死屍，為其危命濟眾，斯乃開士之尚業矣。吾不以身血注海，
　　　惡海神之意者。」船人終不被于岸，謂眾人曰：「爾等屬手相持，并

〔註31〕（明）江盈科：《雪濤小說》（上海：上海古籍出版社，2000 年 5 月），頁 39。
〔註32〕（後秦）鳩摩羅什譯：《大智度論》見《大正新修大藏經》（臺北：新文豐出
　　　　版公司，1983 年元月），冊 25，頁 625。
〔註33〕（梁）釋寶唱：《經律異相》，頁 48。

援吾身。」眾人承命，菩薩即引刀自害，海神德焉，漂舟上岸，眾
人普濟。〔註34〕

昔者菩薩與五百商人入海採寶，數月獲寶重載，遇海難，菩薩求佛助眾，知
海神惡死屍，菩薩於是自殺救眾。從此故事來看，海神主要掌管風浪水潮舟
航之事，並有厭惡死屍的特點，除此之外，古人認為海神管領水中各種寶藏、
助人得財、好為人媒、保人舟旅等功能，在《法苑珠林》卷三十五中，記載：
「入海取明月寶珠，以濟眾生。」〔註35〕是海神助人的例子，其流傳至今成
為故事類型之一。

上述故事類似情節亦見於中國筆記小說中，如，《夷堅戊志》卷六〈青田
富室〉敘述：

處州青田縣嘗有水患，盡浸民廬。富室某氏，素蓄數船於江岸，一
家畢登，避於高處。既免，而生生之具，毫毛未能將。方擬回船裝
取，望水勢益長，一邑之人皆騎屋叫呼，哭聲震野。富翁曰：「吾家
貲正失之，容可復有，豈宜視人入魚腹，置而不問哉？」即分命子
弟，各部一艘，自下及高，以次救載，並其所挈囊篋，聽以自隨。
至則又往，凡往來十餘返。毋慮千人，悉脫沉溺之禍。明日水退，
邑屋無一存，但莽莽成大沙磧。富翁所居，沙突如堆阜。遣僕併力
肇棄，則一區之宅，儼然不動。什器箱筥，按堵如初，惟書策衣衾
稍沾濕而已。是時翁之子就學於永嘉，聞難亟歸，已而復至，言其
事如此。惜不得翁姓名。有陰德者必獲天報，獨未知之云耳。〔註36〕

敘述主角在突如其來的水患中，不顧自己財物損失，一再搭救鄉親，使上千
人免葬魚腹，尚且還顧及他人隨身攜帶財物，與佛經故事比較，雖無以自殺
方式救人但奉獻自我救人亦展現精進、苦行之精神。

（五）禪定

禪定能除去散亂，心無雜念，不為俗物迷惑顛倒。〔註37〕《經律異相》

〔註34〕（梁）釋寶唱：《經律異相》，頁48～49。
〔註35〕釋道世撰：《法苑珠林》見《大正新修大藏經》（臺北：新文豐出版公司，1983
年元月），冊53，頁481。
〔註36〕（宋）洪邁：《夷堅志》見《景印文淵閣四庫全書‧子部‧小說家類》（臺北：
臺灣商務，1983～1986年），冊1047，頁542。
〔註37〕丁福保編：《佛學大辭典》（臺北：天華出版，1987年7月），頁1265：「定止
心於一境，不使散動，曰定。」

中的故事，有入定後，鬼不能傷之情節。在卷十四〈舍利弗入金剛定為鬼所打不能毀傷六〉中敘述：

> 佛在羅閱城迦蘭陀竹園，時尊者舍利弗，在耆闍崛山中，入金剛三昧，是時有二鬼。……伽羅鬼謂彼鬼言：「我今堪任，以拳打此沙門頭。」……是時惡鬼曰：「我今堪任，辱此沙門。」善鬼聞已，便捨而去，時彼惡鬼，即打舍利弗頭。是時天地大動，四面暴風，疾雨尋時來至，地分為二分，惡鬼全身墮地獄中，……若比丘得金剛三昧者，入水火刀劍，不能中傷。〔註38〕

有二鬼討論欲打舍利弗的頭，善鬼逃走，惡鬼打頭，時地分為二，惡鬼下地獄，因彼為大力鬼，所以舍利弗頭痛。若比丘得金剛三昧入定者，入水火刀劍，不能傷之。這是一種強調內在定力，可以超越外在能量的干擾狀態。

類似故事亦見於清·戴連芬撰《鸝砭軒質言》卷二，〈鬼梳頭〉記載戴公在貴州某大僚署中，夜半有女鬼捧頭置於案上梳理，公默誦讀《金剛經》使女鬼退卻。〔註39〕敘述人持續誦經亦可感應到達三昧入定，使外在邪氣無法入侵。

另一個是人入定，達三百年之久的例子，如：卷四十一〈婆羅門入定三百餘年〉中敘述：「昔有婆羅門，不樂世務，潛隱山間，一心思道，即入禪定，三百餘年。」〔註40〕從前有婆羅門潛隱山間，一心思道，即入禪定三百餘年。禪定是佛教主張的修行方法之一，故事傳到了中國，也影響其小說創作，在明·姚福《清溪暇筆·番僧》中，亦有記載：

> 近日一番僧自西域來，貌若四十餘，通中國語，自言六十歲矣，不御飲食，日啗棗果數枚而已。所坐一龕，僅容其身，如欲入定，則命人鎖其龕門，加紙密糊封之。或經月餘，磬欬之聲亦絕，人以為化去，潛聽之，但聞掐念珠歷歷。〔註41〕

上述一番僧入定情形，少食少睡，並能安定於龕中月餘不出。

佛教認為人於禪定之時，專心一致，沒有任何外相存在，這就是進入「真

〔註38〕（梁）釋寶唱：《經律異相》，頁70～71。
〔註39〕（清）戴連芬：《鸝砭軒質言》見《筆記小說大觀正編》（臺北：新興書局出版，1973年），冊8，頁5127～5128。
〔註40〕（梁）釋寶唱：《經律異相》，頁217。
〔註41〕（明）姚福：《清溪暇筆》見《叢書集成新編》（臺北：新文豐出版，1985年），冊119，頁547。

空」狀態。當人進入真空，就進入另一個心理的世界。一般而言，人都是在意識世界裡生活，每一個由感官接觸到的覺受，都會反射到意識，包括行住坐臥的一切活動，所以大腦從來沒有休息過，連睡覺的時候還會做夢，繼續消耗身體的能量。禪定狀態可使人保存能量，因此如上所述，人入定可達三百年之久。

（六）智慧

佛教認為智慧與定力同等重要，增長智慧，能除去愚癡。〔註42〕《經律異相》中有人「買智慧」的情節，例如：卷四十四〈有人買智慧得免大罪十八〉中敘述：

> 昔有一人，貧窮無用，治生入海，採寶還國。遇善知識言：「我素貧窮，今得此物，足以自諧，若母不可，我意當捨母居去，若婦不可，我意我當更索。」知識答曰：「近此間大智慧，人滿城中，可往就買智慧，不過千兩金。自當語卿，智慧之法。」其人如其言，入事佛聚落，具以問人。答曰：「夫所疑事，前行七步，却行七步，如是至三，智慧自生。」其人夜歸家，見母伴婦眠，謂是他男，拔刀欲殺，意中不掩，然大燈火，遙照思惟，朝買智慧，如是前却三反，母便覺悟，此人歎言：「真為智慧，何但堪千兩金。」即復與三千兩金。〔註43〕

其中「買智慧」的故事情節，由漢譯佛典傳入中國後，影響到中國民間故事發展，之後亦成為類型故事。〔註44〕

例如，哈薩克族有則故事《三句話》〔註45〕內容大要如下：

一個年輕人用一匹馬，換來老人三句話：「一、當飲過井裡的水後，不能往裡面吐唾沫；二、早餐一定要吃飽；三、當右手生氣時，左手一定要拉住它。」後來年輕人出外謀生，給國王當侍衛受到王后勾引，他記住第一句話來對抗邪惡；又記住第二句話，避免一場殺身之禍；闖蕩多年回家後，看見

〔註42〕丁福保編：《佛學大辭典》（臺北：天華出版，1987年7月），頁2203。「決斷曰智，簡擇曰慧。」

〔註43〕（梁）釋寶唱：《經律異相》，頁231。

〔註44〕金榮華：《民間故事類型索引》（增訂本）（新北市：口傳文學會，2014年3月），頁635～638。

〔註45〕劉守華：〈佛經故事與哈薩克民間故事〉，《西北民族研究》2010年第1期，頁180。

別人睡他的妻子旁邊，他記住第三句話，冷靜與妻子說話，發現是原來是自己的兒子。三句金玉良言最後拯救了他。

又如，柬埔寨有一則〈帶刀的人〉〔註46〕的故事，內容如下：

一對兄弟在佛寺學習了五年，離開前，住持建議哥哥去中國，預言他在那裡可以成為大臣。他告訴弟弟：「追求幸福的過程中感到疲倦時，不要睡覺。躺下來時，不要和妻子講話。結了婚要尊重岳父母，遵循這三個教示的話，你會得到二個王位。」

哥哥遵照住持的建議，果然在中國成了大臣。弟弟娶了妻，過得很貧窮，於是他乘船去找哥哥幫忙。哥哥聽相士說弟弟會成為國王，但要經過磨難，也就沒幫他什麼忙。弟弟回國途中，當全船人睡覺休息時，他想起住持說的：「如果感到疲倦，不要睡覺。」於是他沒敢入睡，因此半夜揪住了來吃人的惡魔，從他那裡得到能自動勒人的仙繩、自動打人的神棍、自己做飯的奇妙飯盒三樣寶物。

他一回家，就把寶物藏在梯子下，他躺下休息時，妻子問他帶些什麼回來，他曾想起主持的囑咐：「和妻子同睡時，不要回答她的話。」但在妻子的堅持下，他還是說了寶物所在，當時妻子的情人正躲在床下偷聽，半夜便偷走寶物。

第二天，弟弟驚異寶物不見了，便疑心妻子有情人。他去向國王申訴梯子的罪，國王聽出他的意思，明白他的妻子有了情人。國王贈送他華服金飾，指示說：「如果有人請你看歌舞，你不要去，把華服金飾交給你的妻子，讓她穿戴著去看歌舞。」弟弟照做了，妻子便讓情人穿戴丈夫的華服金飾，一同去看國王安排的歌舞，國王認出衣服而抓住了他們，拿回弟弟的寶物。弟弟轉而將寶物獻給國王，國王於是想以王位來回報這些無價之寶，弟弟先是婉拒，多年後成了別國的國王，才回來娶了公主，繼承王位。

以上透過警言來表達人處事之智慧，遇事冷靜三思，忌衝動行事，以免釀成大禍。

綜觀六度修行的故事情節，都具有驚奇、醒人之效果，例如：布施或割截自己身體器官、持戒奉獻身命、鬼打佛頭、人入定達三百年、人買智慧等，其有著不可思議、特殊性被佛經故事所運用，在精神層面結合了娛樂、教育

〔註46〕陳徽譯：《帶刀的人——柬埔寨民間故事》（北京：中國民間文藝出版社，1981年7月），頁1～35。

並鼓勵人積極從善的功能。

二、念佛誦經、善念與懺悔

（1）念佛誦經

　　印度古人對語言力量的崇拜，從咒語文化可見一斑，其最初是由印度古代巫師和祭司在舉行祭祀儀式時，以某種特別的順序或特殊的音節念誦出來，以促成或祈願某些神秘力量或特殊效果出現的語句。〔註47〕之後隨著印度佛教密宗文化傳入中國而產生深遠影響，念佛和誦經咒皆本著相同的精神，代表修行者如能一心虔誠持誦，久而久之自能得到神秘效力而成就一切不可思議之功德。「念佛」指稱唸「阿彌陀佛」（梵語：अमिताभ，Amitābha），意為無量光佛，另名無量壽佛（梵語：अमितायुस्，Amitāyus），又稱為無量清淨佛、甘露王如來（梵語：Amṛta-rāja），在大乘佛教信仰中，其是西方極樂世界的教主。〔註48〕大乘佛教各宗派普遍接受阿彌陀佛，而淨土宗則以專心信仰阿彌陀佛為其主要特色。「誦經持咒」，如：《般若波羅蜜多心經》〔註49〕最後有一句咒語：「揭諦揭諦，波羅揭諦，波羅僧揭諦，菩提薩婆訶。」同時經文上說明其：「是大神咒，是大明咒，是無上咒，是無上等等咒，能除一切苦，真實不虛。」咒語在大乘經典中被廣泛的運用。

　　《經律異相》中記載的念佛與誦經的敘述，舉例如下。

　　例1：卷二十九〈優填王惑於女人射其正后矢不能傷七〉中提到：

> 國人送美女上優填王，王大欣悅，拜女父為太傅，為女興宮，伎樂千人，以給侍之。王正后師事如來，得須陀洹道，王後受譖前后，以百箭射后，后見不懼，都不恚怒，一心念佛，慈意向王，箭皆遠后三匝，還住王前，百箭同爾。〔註50〕

在此強調專注的善念力量，可以強大到改變物質的動向，一種不可思議的潛能。故事中，除了「念佛免難」情節外，還有「射箭反向」的情節，在《太平廣記》卷十一的《神仙傳·劉憑》，敘述劉憑學仙道，壽至三百餘歲，有次他

〔註47〕張冬梅：〈印度古典梵語文學作品中的咒語〉，《東南亞南亞研究》第 2 期，2015 年，頁 55。

〔註48〕丁福保編：《佛學大辭典》（臺北：天華出版，1987 年 7 月），頁 1348。

〔註49〕（唐）玄奘譯：《般若波羅蜜多心經》見《大正新修大藏經》（臺北：新文豐出版公司，1983 年元月），冊 8，頁 848。

〔註50〕（梁）釋寶唱：《經律異相》，頁 157～158。

護送商賈途中，遇見盜賊包圍，嚴詞訓賊，後來射箭反向的情節內容：

> 於是賊射諸客，箭皆反著其身。須臾之間，大風折木，飛沙揚塵。憑大呼曰：「小物輩敢爾，天兵從頭刺殺先造意者。」憑言絕，而眾兵一時頓地，反手背上，不能復動，張口短氣欲死。其中首帥三人，即鼻中出血，頭裂而死。餘者或能語曰：「乞放餘生，改惡為善。」。〔註51〕

在劉義慶《宣驗記》中運用到此情節：

> 吳唐，廬陵人也。少好驅媒獵射，發無不中；家以致富。後春月，將兒出射，正值麚鹿將麑。母覺有人氣，呼麑漸出。麑不知所畏，逕前就媒。唐射麑，即死。鹿母驚還，悲鳴不已。唐乃自藏於草中，出麑致淨地。鹿母直來地，俯仰頓伏，絕而復起。唐又射鹿母，應弦而倒。至前場，復逢一鹿，上弩將放，忽發箭反激，還中其子。〔註52〕

以上可知佛經中現世報的意涵與射箭反向情節，明顯影響到六朝小說的創作。

例2：卷三十五〈曇摩留支先身為大魚十〉中內容敘述：

> 昔有長者曇摩留支問訊。佛言，……佛即記曰：「汝勇猛乃爾，却後阿僧祇劫，當得作佛。汝于時起恚心曰：『此人與畜生無異。』乃蹈他頭髮上過去。從起以來，阿僧祇劫，常墮畜生中，復在大海中，為摩竭魚，身長七千由延。時有五百賈客，乘船入海採寶，值此大魚，噏船垂欲入口，時五百人，各稱所行事，時賈客主，語眾人言：『今世有佛，名釋迦文。濟人危厄，無復是過，我等稱名，冀蒙得脫，即便齊聲稱喚，……』五百賈客，安隱而歸。」〔註53〕

與卷四十三〈五百賈人值摩竭魚稱佛獲免十五〉中的敘述，情節皆運用「念佛免難」：

> 昔有五百賈客，乘船入海，值摩竭魚出頭張口，欲食眾生，時日少風而船去如箭，……於是眾人，各隨所奉，一心歸命，求脫此厄，所求逾篤船去逾疾，須臾不止，當入魚口。於是薩薄主告諸人言：

〔註51〕（宋）李昉：《太平廣記》，見《叢書集成三編》（臺北：新文豐出版公司，1999年），冊69，頁239。

〔註52〕（南朝宋）劉義慶撰：《宣驗記》，見李劍國輯釋：《唐前者志怪小說輯釋》（上海：上海古籍出版社，2011年10月），頁525。

〔註53〕（梁）釋寶唱：《經律異相》，頁190～191。

「我有大神號名為佛，汝等各捨，本所奉神，一心稱之。」時五百人，俱發大聲稱：「南無佛。」魚聞佛名，自思惟言：「今日世間，乃復有佛，我當何忍，傷害眾生。」即便閉口，水皆倒流，轉得遠魚，五百賈人善心生，皆得解脫。〔註54〕

有五百賈客，乘船入海採寶，值此大摩竭魚張口欲食眾生，時五百人即便齊聲稱喚佛名。魚聞佛名即沒水，五百賈客安隱而歸。佛經故事傳入中國後，影響其小說創作，例如：《宣室志·當塗民》寫魚販劉某忽聞船中之魚呼阿彌陀佛，遂悉投魚入江，後得五十千緡，上題「償汝魚值」；《報應錄·熊慎》寫一魚販償聞船內諸魚念佛聲遂改業鬻薪，歷盡窮苦，後於江邊掘得黃金數斤。〔註55〕故事內容情節改為被人補之水中魚念佛，人於是將魚投回水中或漁夫改行，強調魚能念佛，顯示動物與人之佛性平等的觀念被接受而融入了中國文化中。

自古以來人類對域外世界探索總是充滿動力，除了政治、軍事、商貿等現實面之外，又附加了文化、宗教的傳播價值，故事中出現的大摩竭魚，透露先民對於海中大物的想像。中國先秦神話亦有此類大物敘述，例如：《莊子·外物》任公子所釣之巨魚、《神異經》之北海大鳥、《玄中記》所記之北海之蟹、東海巨魚、東海巨龜等，這些情節都是歷時不衰的，而人之於龐大未知的生物，相對於渺小，總是充滿好奇與恐懼，在無力對抗外在大勢力時，只能靠僅有的意念來對抗困難。

例3：卷三十七〈清信士始精進未懈後生慚愧鬼不能害六〉中內容敘述：

昔有清信士，始受戒時精進少雙，後年衰老，違遠賢眾，獨處山岨，志更陵遲，荒于田園，忘佛廢法，更成凡夫。其山中有梵志道士，渴欲求飲，田家事遑，無與之者，梵志有怨，遂爾恨去，梵志能起死人并使鬼神，即召殺鬼勅之曰：「彼人辱我，爾往殺之。」山中有羅漢，知之往至田家，田家見沙門，欣然稽首，為設一食。沙門曰：「汝今日夕早燃燈，勤三自歸誦，守口攝意偈，慈念眾生，可長安隱。」沙門去後，主人如教，通曉念佛，誦戒不廢。殺鬼至曉，伺

〔註54〕（梁）釋寶唱：《經律異相》，頁226。

〔註55〕祁連休：《中國民間故事史·先秦至隋唐五代篇》（臺北：秀威資訊科技，2011年8月），頁215。

其微，便欲以殺之，覩彼慈心，無緣殺焉。〔註56〕

有一梵志道士向山中的清信士求水喝不成，懷恨而去，梵志便招鬼神欲殺之，山中有一羅漢因受清信士供養，教他念佛誦戒，避鬼神之殺害。此「誦經念佛避鬼殺害」情節也運用於卷三十七〈持戒誦經續明供養鬼不能害九〉中，內容如下：

> 昔有兄弟五人，父教持戒，大兒獨不肯持戒。……於是即往問佛。佛言：「卿有宿命對怨家欲來取卿，卿若欲得免者，當持五戒，乃可得脫，卿歸益辦脂燭焚之，過十三日，即受歸戒，燃燈續明，終日竟夜，諷誦經偈，言：『南無佛，歸命佛。』慎莫休息，過十三日，便自得脫。」其夜即有二鬼，往共殺之。一鬼住百步外，使一鬼往殺，見燈火光明，但聞呼：「南無佛，歸命佛聲。」不敢前逆語，一鬼言：「此人不可復得，但呼：『南無佛，歸命佛。』我惡聞是聲，令我頭痛。」於是二鬼便相持走去，不復近之，從是以後，長得安隱。〔註57〕

以上故事由誦經念佛來強調人的意念傳遞到語言的能量，是強大到可消災解難。

印度神話故事有一則〈羅沙魯傳奇〉，敘述國王有一個小皇后羅娜愛上大皇后之子，但王子守節，羅娜怨恨王子向國王誣告王子，國王將其斷手足後，並監禁在井底，於是王子不斷念神咒恢復身體，後來去修行，多年後回到皇宮，發現其荒涼無比，又念起神咒使其恢復原來面目。〔註58〕其中王子心地善良守節，遇難時，念神咒是代表意念透過口語能量來解難的情節，與佛經故事的念佛免難消災之精神意涵是相同的，可見其互相影響之關係。

「誦經念佛」故事傳入中國後，影響其小說創作，例如：《冥報記‧唐盧文明》中，內容寫某吏患重病仍專心念經，之後觀音前來相救；《冥報拾遺‧徹師》寫一僧為穴中癩人送食誦經，使之瘡癒眉生，容色如故；《廣異記‧陳哲》寫陳某持《金剛經》，遇草賊劍刺時，忽有五色圓光蔽身因得倖免；《酉陽雜俎‧念經伏虎》寫一沙彌夜歸遇虎知不免，但閉目打坐念經，虎遂伏草守之；《報應記‧何老》寫某商專誦《金剛經》，山行時傭人為奪財而將其殺害，

〔註56〕（梁）釋寶唱：《經律異相》，頁200。
〔註57〕（梁）釋寶唱：《經律異相》，頁201。
〔註58〕葉昂夫人著，草子葉譯：《印度神話故事‧哈安的故事》，頁37～38。

竟得生還；《報應記·販海客》寫某商販海時被劫匪盛入籠中沉海，於海底念誦《金剛經》而獲救，後遂出家為僧。〔註59〕

以上皆敘述俗家或僧侶虔誠崇奉佛法，持念佛經，每遇各種天災人禍之時，往往能得到菩薩保佑，逢凶化吉，遇難呈祥。

（2）善念與懺悔

《六祖大師法寶壇經》中云：「懺者，懺其前愆。從前所有惡業、愚迷、驕誑、嫉妒等罪，悉皆盡懺，永不復起，是名為懺。悔者，悔其後過。從今以後，所有惡業、愚迷、驕誑、嫉妒等罪，今已覺悟，悉皆永斷，更不復作，是名為悔。」〔註60〕大乘佛教亦強調「神通不及業力，業力不及願力。」在諸佛菩薩前懺悔，通過祂們的願力，可以蠲除種種罪業。

以下討論的發善念，包含：人發善與惡念相應所得之善與惡報、由惡轉善與懺悔的例子。

例1：卷四十四〈供養沙門心有善惡獲報不同十一〉中敘述：

　　昔有跛腳道人，持戒乞食遇至一家，信大法久見其患腳，心悲愍一
　　年供養，道人辭去。主人言曰：「願數垂顧。」分離之際，客主悲淚。
　　道人去後，主人發床，唯見金寶，因此至富。隣比一家，見其大富，
　　問：「何因緣？」其人實答：「隣人惡念，希覓珍寶，便覓一跛人，
　　欲供養之，遍求無有。會一道人身體完具，縛還折腳，供養少時，
　　強驅令去，去後發床，惡心所感，毒蛇蜂蝎來螫合家，現世惡報後，
　　入地獄，得珍寶者，其心貞吉，被螫毒者，其心不仁。」〔註61〕

內容提到昔有跛腳道人持戒乞食，遇至一善心人家，見其患腳，心悲愍一年供養之，道人辭去後，主人發現床下有金寶，因此發財，隔壁家見其大富，問其何因緣？於是想學。後來鄰人遇見一道人身體完具，故意將他綁來並折斷他的腳，供養他不久，就驅逐，之後發現床上，有毒蛇和蜂蝎來螫全家，死後還下地獄。

上述惡人表面上學善人做善，但心念是惡，仍得入地獄惡報，發惡心假

〔註59〕祁連休：《中國民間故事史·先秦至隋唐五代篇》（臺北：秀威資訊科技，2011
　　　　年8月），頁221～222。
〔註60〕嗣祖比丘宗寶編：《六祖大師法寶壇經》，見《大正新修大藏經》，冊48，頁
　　　　353。
〔註61〕（梁）釋寶唱：《經律異相》，頁229～230。

作善也會得惡報，可知發心的可貴與重要。

上述內容與伊索寓言中《金斧頭銀斧頭》又名《誠實的樵夫》的故事情節相似：從前從前在一個森林裡住著一個老實樵夫，有天砍柴時不小心將斧頭掉進湖裡，湖裡住著一位湖神，沒多久湖神分別拿了一把全是黃金打造的斧頭和純銀打造的斧頭，問樵夫是否是他的？樵夫誠實回答不是，後來湖神將金銀斧頭都送給他。他的同伴，其中有一位貪心的樵夫知道了想模仿他，湖神果真拿了一把金斧頭出現了，貪心的樵夫一看到金斧頭，馬上說，這把斧頭是我的！湖神看到樵夫說謊便消失了，貪心的樵夫一無所有。〔註62〕

故事皆表達一位誠心善良的人，說了實話或助人，而得到了善報，後來被一位惡心或貪心的人發現，卻無法誠心地做善，只假裝模仿善人的行為，最後仍得到惡果。因此由《經律異相》的故事可知，其源於印度的民間故事，同時也見於《伊索寓言》中，其創作元素是很類似的。

卷三十五〈辯意請佛僧有二乞兒一死一為王九〉中的相同，其故事大要敘述：有二乞兒乞食，一乞兒來，從眾乞食，得飯食歡喜而去。即生念言，此諸沙門有慈悲心，我得為王供養佛僧。其後，得為王果報。另一乞兒，因發惡念，在深草內臥寐不覺，車轢斷其頭。〔註63〕此則故事意涵就是純粹的「善有善報，惡有惡報」的宗教精神。

例2：卷十三〈阿那律先身為劫以箭挑佛燈得報無量十三〉中敘述：

> ……有劫賊行劫所得過佛圖中，欲盜神寺中物，時佛前燈火，欲滅
> 闇無所見，賊以箭正燈炷，使明燈明，見威光曜目歔色強然毛豎，
> 心自念言：「眾人尚持寶物求福，我云何盜取乎？」即便捨去。九十
> 一劫，諸惡漸滅，福祐日增。〔註64〕

人本起惡念，欲偷盜佛寺中之物品，正當光線太暗時，用箭扶正燈火，看見佛之威光，當下由惡轉善，轉念而滅罪。其「懺悔」情節運用相同於卷十三〈阿那律端正或謂美女欲意往向自成女十一〉中敘述：

> 阿那律已得羅漢，有美顏容，似於女人，獨行草中。時有年少見之，
> 謂是女人，邪心既動，欲往犯之，知是男子，自視其形，變成女

〔註62〕王煥生譯，伊索著：《伊索寓言》，（北京：華夏出版社，2007年10月），頁72。

〔註63〕（梁）釋寶唱：《經律異相》，頁190。

〔註64〕（梁）釋寶唱：《經律異相》，頁68。

人。……此人便悔過自責，其身還成男子。〔註65〕

青年誤以為美男子是女子，而起淫心，不料自己卻變成女子，悔過後又變回男子。

在印度神話故事有一則〈羅沙魯傳奇〉〔註66〕故事中，也有「懺悔」情節，故事敘述有一個小皇后羅娜愛上大皇后之子，但王子守節，羅娜怨恨王子向國王誣告王子，使王子被砍斷手足並監禁，之後羅娜後悔，向王子懺悔，王子給她一粒神米，教她吃下，使長期不孕的她順利生了一子。

由此可知，佛經故事汲取了印度神話的元素，其傳入中國後亦影響中國筆記小說創作，如，唐·段成式撰《酉陽雜俎續集》卷七〈金剛經鳩異〉中敘述：

> 大曆中，太原偷馬賊誣一王孝廉，同情拷掠旬日，苦極強首，推吏疑其冤，未即具獄，其人惟念《金剛經》，其聲哀切，晝夜不息，忽一日有竹兩節，墜獄中，轉至於前，他囚爭取之，獄卒意藏刀，破視，內有字兩行云：「法尚應捨，何況非法？」書蹟甚工。賊首悲悔，具承以匿嫌誣之。〔註67〕

記述被誣舉的人靠念經與善念得到平反，有濃厚的佛教色彩，賊首被辦案者認真執法的態度震攝，又受到蒙冤者淒苦悲情所觸動，終於懺悔認罪。

又如，宋·張邦基撰《墨莊漫錄》卷四〈盜佛髻珠者〉中敘述：

> 高郵禪居寺大殿，佛髻珠一日為盜竊去，往來夜中不得出，僧怪之曰：「汝往來何求？」曰：「欲求門以出。」僧指曰：「此門也。」又復他之，竟不見也。僧詰問：「具以竊珠為對，即引盜納珠，令投哀引咎，乃識塗而去。〔註68〕

上述依盜賊因偷竊佛髻珠竟不得出寺門，後還珠認罪，才得以順利離去。

以上念佛誦經與善念、懺悔的情節，都是強調人靠意念上的運轉，即能產生好的結果，是一種形而上不可思議的力量，此種特殊性，不限定於物質環境的障礙，人只要願意皆可完成，為佛教鼓勵人正面思考的一種意識活動。

〔註65〕（梁）釋寶唱：《經律異相》，頁67。

〔註66〕葉昂夫人著，草子葉譯：《印度神話故事·哈安的故事》，頁38。

〔註67〕（唐）段成式：《酉陽雜俎續集》見《景印文淵閣四庫全書·子部·小說家類》（臺北：臺灣商務印書館，1983年），冊1047，頁824。

〔註68〕（宋）張邦基：《墨莊漫錄》見《叢書集成新編》（臺北：新文豐出版，1985年），冊86，頁699。

三、升天

人行善可得有人天的福報，〔註69〕《經律異相》中有敘述許多眾生升天的因緣，亦有詳述天人的生活環境與食、衣、住、行、生、死、壽等內容，由以下說明：

（一）升天因緣

佛教中的天，依其境界分為欲界、色界、無色界，欲界以情、色、食、婬欲為重，色界以情、色欲為重，無色界以情為重。升天因緣乃行十善而得，可由《經律異相》中得知：「佛言：『我法中學欲修福時，當勤精進，行六波羅蜜，護持十善，可得生天，向無上道。』」〔註70〕與「神言：『此是我故身。不殺生、不盜竊、不他婬、不兩舌、惡罵、妄言、綺語、不嫉妬、不瞋恚、不癡，死後得生天上。』」〔註71〕天人在三業的造作上多以供養佛陀、求佛加持、宣揚佛法、希求善知識、助人等為主，而天帝釋，除了以上作為外，也常以考驗修行者的姿態出現。而《經律異相》中也包含一些特殊的升天因緣故事，以下舉例說明：

1. **持齋不全亦能升天**。例如：卷四十一〈婆羅門持一齋不全生為樹神能出飲食施諸餓者十二〉中敘述：

> 昔有長者名須達，請佛及僧廣設大會，道逢一人，奉酪一瓶，見一婆羅門請令提歸，既到見佛及僧，歡喜便住，聽經持齋，至暮乃還。其家婦甚怪之，亦不食，至暮跎迫令食，不終齋法後命盡，其神乃在鬱多羅國，作大澤樹神。……樹神答言：「吾昔見佛在舍衛精舍，持八關齋，為婦所敗，不終齋法，神應生天。」〔註72〕

昔有長者請佛及僧，道逢一人，布施酪一瓶，見一婆羅門請令提歸。既到見佛及僧，歡喜便住，聽經持齋至暮乃還。其家婦甚怪之，亦不食至暮跎迫令食，未結束齋法後命盡，仍能轉生在鬱多羅國作大澤樹神。

2. **犯殺生戒時亦能升天**。例如：卷四十三〈賈人害侶獨取珍寶大哀殺此

〔註69〕丁福保編：《佛學大辭典》（臺北：天華出版，1987年7月），頁890。
【生天因】：《釋氏要覽》引《業報差別經》曰：「具修增上十善得生欲界散地天，若修有漏十善，以定相應生色界天，若離色修，遠離身口，以定相應，生無色界。」又引《正法念經》曰：「因持戒不殺不盜不淫，由此三善得生天。」
〔註70〕（梁）釋寶唱：《經律異相》，頁17。
〔註71〕（梁）釋寶唱：《經律異相》，頁229。
〔註72〕（梁）釋寶唱：《經律異相》，頁218。

凶人十四〉中敘述：

> 定光佛時，有五百賈人，入海求寶，有異心者念言：「我今悉害賈人，
> 獨取珍寶。」時閻浮提，有大導師，名曰大哀。時寐夢中，海神語
> 之：「賈眾之中有一賊，欲殺五百伴，獨取寶物，假令事逮，墮墜地
> 獄中，今仁導師，當行權變，令賈人不死，賊不獲罪。」導師思惟
> 七日，無餘方便，唯當殺此凶人耳。語眾賈者：「必皆興怒當共殺之，
> 俱墮惡趣，設我獨殺，我當受罪，吾寧自忍百千劫苦，不令賈人，
> 普被危害。復令一賊，墮地獄中。」先為說法，令心欣然，踊躍臥
> 寐。佛言：「大哀導師，猶眾賈人，與于大哀，以權方便，害此一賊，
> 命終之後，生第十二光音天上。」〔註73〕

有五百賈人入海求寶，其中有異心者，欲害賈人獨取珍寶，時閻浮提有大導
師，時寐夢中，海神語之，賈眾之中有一賊，欲殺五百人獨取寶物。今仁導師
當行權變，決定殺賊，不讓賈人被害，殺賊後，命終生第十二光音天上。

　　3. **前世施佛後悔，雖升天或富貴家，卻不得好衣食**。例如：卷三十六〈慳
財生號哭地獄十四〉中敘述：

> 舍衛城中有富長者，命終無兒，所有錢財，皆悉沒官，長者生時，
> 食噉麤惡，衣裳單弊，以樹葉為蓋。佛曰：「雖得豪位，不自養身，
> 亦不養子，不供父母，不通朋友，不施沙門，今日命終，入啼哭地
> 獄。」佛言：「過去以食施辟支佛，施已，心悔云：『我不以與奴婢，
> 乃與剃頭沙門。』由是善報，七反生天，七反生人，常得豪貴。由
> 悔心故，是業果報，不食好食，不衣好衣，亦不貪五欲。」〔註74〕

舍衛城中有富長者命終無兒，所有錢財皆悉沒官。長者生時，粗衣淡飯，以
樹葉為蓋。佛言：「過去他施食辟支佛，由是善報，七世生天，七世生人，常
得豪貴，因布施生悔心，故得不好衣食之果報。」

　　以上特殊例子皆強調人行在善時，最珍貴的是初發心，一種純善的概念，
不可夾雜。佛法中的行善也是講究彈性的，在不得已的狀態下，可以先以眾
生的利益為主，即使不完美仍不減其功德，但是在行善過程中，心念若是後
悔，便會減損其福德。

〔註73〕（梁）釋寶唱：《經律異相》，頁 226。
〔註74〕（梁）釋寶唱：《經律異相》，頁 197。

（二）天人特性與居住環境

《經律異相》中關於天人的情節，整理如下：

類　別	情　節	編　號
特性	飛行無限制、無肉身、隨心所欲化現	1-1-7
	八臂三眼騎大白牛	1-2-23
	光明自照神足飛行	1-4
生	執手成欲	1-1-4
	相視成欲	1-1-5
	暫視成欲	1-1-6
	精流水中風吹淤泥中自然成卵，經八千歲卵開生一女人	1-4-2
初生兒	初生兒自然化現膝上（男坐父，女坐母）	1-1-1
	初生兒自然化現膝上如人三歲兒	1-1-2
	初生兒自然化現膝上如人四歲兒	1-1-3
	初生兒自然化現膝上如人七歲兒	1-1-6
死	欲終時五衰：衣裳垢膩、頭上華萎、身體臭穢、腋下汗流、不樂本座	1-1-2
壽	四天王壽五百歲	1-1-1、1-4、1-5
	人間五十歲為天一日一夜	1-1-1
	忉利天壽千歲	1-1-2
	炎摩天壽二千歲	1-1-3
	兜率天壽四千歲	1-1-4
	化樂天壽八千歲	1-1-5
	他化自在天壽一萬六千歲	1-1-6
	壽命一劫	1-2-1、1-2-2
	壽一劫半	1-2-3
	壽二劫	1-2-5、1-2-6、1-2-7、1-2-8
	壽四萬劫	1-2-13、1-2-14、1-2-15
	壽五百劫	1-2-17
	壽千劫	1-2-18
	壽二千劫	1-2-19
	壽三千劫	1-2-20

	壽四千劫	1-2-21
	壽五千劫	1-2-22
	壽萬劫	1-3
	壽二萬一千劫	1-3
	不受佛化生地獄中壽四萬二千劫、八萬四千劫	1-3
異食	福多者飯色白	1-1-1
	福中者飯色青	1-1-1
	福少者飯色赤	1-1-1
	飲食隨滿金器	1-1-2
	以禪悅為食	1-1-2、1-2-5、1-2-6、1-2-7、1-2-9、1-2-10、1-2-11、1-2-13、1-2-14、1-2-15、1-2-17、1-2-18、1-2-19、1-2-20、1-2-21、1-2-22
	以念為食	1-4-2
異居	居須彌四埵高四萬二千由旬，門有鬼神守之	1-1-1
	居須彌山頂，有三十三天宮，門有夜叉守之	1-1-2
	七寶為城	1-1-2、1-4、1-6
	天宮風輪所持在虛空中	1-1-3、1-1-4、1-1-5、1-5、1-6
	天宮純黃金	1-2-1
	水精為城	1-6

可知天人的特性就是身體輕盈、來去自如、隨心所欲、變化多端、壽命長久、飲食隨福報自然化現，祂們居住在風輪所持的空中，宮城皆由七寶所成，並由鬼神守護之，其不可思議特點，是人世間未曾見過的美好，具有鼓勵人積極行善之作用。

在《佛說阿彌陀經》中對於西方極樂世界的居住環境描述如下：

池底純以金沙布地，四邊階道，金銀、琉璃、玻璃合成，上有樓閣，亦以金銀、琉璃、玻璃、車磲、赤珠、瑪瑙而嚴飾之。池中蓮花，大如車輪，青色青光，黃色黃光，赤色赤光，白色白光，微妙香潔，舍利弗。極樂國土，成就如是功德莊嚴。〔註75〕

〔註75〕（姚秦）鳩摩羅什譯：《佛說阿彌陀經》《大正新修大藏經》（臺北：新文豐出版公司，1983 年元月），冊 12，頁 346。

其居住之建築與其他生物之環境，都有「異居」的情節，凸顯天宮的無限美好與不可思議的境界。

在印度神話故事〈刺馬流浪記〉〔註76〕故事中，亦見「異居」情節的運用，描述主角到一座王宮裡，地板是金、牆是銀、扶梯是珊瑚作的、整座王宮由水晶築成，可知佛經故事汲取印度神話的元素。

在中國小說《西遊記》第五回「亂蟠桃大聖偷丹，反天宮諸神捉怪」中，敘述孫悟空變身進入天上瑤池寶閣，見其景象：「瓊香繚繞，瑞靄繽紛。瑤臺鋪彩結，寶閣散氤氳。鳳翥鸞翔形縹緲，金花玉萼影浮沉。上排著九鳳丹霞扆，八寶紫霓墩。五彩描金桌，千花碧玉盆。桌上有龍肝和鳳髓，熊掌和猩唇。珍饈百味般般美，異果佳餚色色新。」〔註77〕其所描繪天宮的造型與事物的元素，便受到印度故事的影響。

佛教所云的天界眾生以須彌山或其上而居，越往上壽命越長，每一層天界的一日等於人間的好幾年，依天次而上升，故天界有的天層的一年，可能等於人間的好幾萬年。天人壽命很長且有大能，一動念，萬般華衣美食隨處湧出；缺點是往往因生活太好而怠慢佛法。眾生六道輪迴，不會永恆存在於一道不變，天人壽命雖然很長但也有盡頭，壽盡之後還要進入輪迴，下墮為人、阿修羅、畜生、餓鬼、乃至地獄，而唯一的解脫是涅槃。

天人壽將盡前會出現五種症狀，稱為「天人五衰」：衣裳垢膩、頭上華萎、身體臭穢、腋下汗流、不樂本座；天人所食依其福報大小不同，隨之飯食顏色不同，在《經律異相》當中提到最多的是以禪悅為食；天人與凡人一樣有著慾望而生子，不同的是《經律異相》中提到天人是執手或相視就能成欲生子，初生兒自然化現於父母膝上，如凡人三歲、四歲、七歲兒的大小。

第三節　惡報因緣

惡報源於惡業，即是惡的意念與行為造作所得之結果。惡之身、語、意業有：殺生、偷盜、邪淫、妄語、惡口、綺語、兩舌、貪欲、瞋恚、愚癡是為

〔註76〕洪清泉發行：《印度神話故事》（臺北：偉文圖書出版有限公司，1979年5月），頁124。

〔註77〕（明）吳承恩著、黎庶注釋：《西遊記（上）》（新北市：新潮社文化事業有限公司，2018年9月），頁68。

十惡業。〔註78〕佛教主張造惡業死後生於三惡道，為畜生、餓鬼、地獄，業輕者即使生為人，亦是貧窮、下賤、短命，無論貴為天神或是鬼，犯戒仍要下地獄，始終逃不過因果定律。《經律異相》故事中，關於惡報因緣的故事，以下舉例說明。

一、惡念招感惡報

例1：卷二十五〈大力王好施不悋肌體六〉中敘述：

> 過去有王，名曰大力，有大善根，盛設施會，恣所求欲，須食與食，乃至象馬牛羊田地產業，皆悉與之。時目連曰：「汝是大施。」時天帝釋化作婆羅門，往詣王所言：「王如是大施，我今須王身分。」王自念言：「是婆羅門不須財物，今來直欲破我大施，我若不以身分與者，我則自破大會施事。」作是念已，語婆羅門言：「與汝身分截取持去，但以今者，多有乞人，四方來集，我皆應使，悉得滿足。」婆羅門言：「我今一人，尚不充足，何論餘人？」王即以刀，自割其臂，與婆羅門，無有悔恨，一心布施，捨一切物，臂還平復，帝釋既為障礙因緣，天福即盡，墮阿鼻獄。〔註79〕

天帝釋因忌妒大力王行布施，於是化作婆羅門，想前去破壞大力王的布施，但是國王仍持續，並以刀割自己手臂與婆羅門而不後悔，天帝釋因此耗盡福報，最後墮阿鼻地獄。天帝釋的福報本是很大的，但是惡念一起，已將其福報耗損殆盡，妒忌並破壞他人的功德並不會對己身有任何好處，只是害人害己。

類似的情節也在印度神話故事〈哈安的故事〉〔註80〕中，其敘述到因陀羅神因忌妒國王的福報，想盡各種辦法毀壞國王的布施，並化成豬測驗試他，國王仍舊賣掉自己、妻子與兒子為奴做布施，因陀羅也化成毒蛇、婆羅門陷害哈安與其眷屬，最終國王不被所害，仍得到自己的幸福。由此可知，佛經故事有著印度神話故事的痕跡。

例2：卷四十二〈魚身得富緣三〉中，內容敘述：

> 昔有大姓，常好惠施，後生一男，無有手足，形體似魚，名曰魚身，

〔註78〕丁福保編：《佛學大辭典》（臺北：天華出版，1987年7月），頁334。
〔註79〕（梁）釋寶唱：《經律異相》，頁138。
〔註80〕葉昂夫人著，草子葉譯：《印度神話故事‧哈安的故事》，頁55～58。

父母終亡襲持家業，寢臥室內又無見者。時有力士，仰王廚食，恒
懷飢乏，獨牽十六車樵，賣以自給，又常不供。詣此四姓求所不足，
魚身請與相見，示其形體。力士自惟：「我力乃爾，不如無手足人。」
往到佛所問其所疑。佛言：「昔迦葉佛時，魚身與此王行飯佛，汝時
貧窮助其驅使，魚身所具與王行之，而謂王言：『今日有務不得俱
行，若行無異斷我手足。』。」〔註81〕

提到名曰魚身的人，喜好布施，但前世因未誠心飯佛，又發毒誓，今世終得
無手足果報。在卷五十〈六十四地獄舉因示苦相三〉中提到：

此人生時，以不善心，入聖人室，失氣泄穢，受罪二百四十歲，後
生貧賤人中，身體常臭；十二曰不淨，縱廣千里，滿中涕唾，慢心、
不淨手捻香供養大聖，後生人中常慢；十三曰不淨，六百里膿，生
時食正中，有鼠屎狗食不淨，投淨食中，受罪二百歲，出生作狗；
十四曰黑耳常闇，生時以不善心，障佛光明。〔註82〕

其敘述地獄中各種果報，為惡人消惡業之處，例如，以不善心入聖人室，受
貧賤身體臭穢報；心不清靜，生人中慢；將不淨食投淨食中，常投生做狗；以
不善心障佛光明，常處黑暗與得耳聽不見的果報。因此無論任何惡業都會有
相應果報，業報消盡若不積極從善，仍生而貧窮下賤。

例3：卷十三〈阿那律端正或謂美女欲意往向自成女十一〉中敘述：「阿
那律已得羅漢，有美顏容似於女人，獨行草中。時有年少見之，謂是女人，邪
心既動欲往犯之，知是男子，自視其形變成女人。」〔註83〕提到人起了淫慾
心，男身立刻不可思議地變為女身的果報。因此，人必須時刻注意自己的動
心起念，修行從心念為始。

類似情節亦見於五代·周玭所撰《儆戒錄·金厄》中：

蜀青石鎮陳洪裕妻丁氏，因妒忌，打殺婢金厄，為於本家埋瘞。仍
牓通衢云：婢金厄逃走。經年，遷居夾江。因夏潦，飄壞舊居渠岸，
見死婢容質不變。鎮將具狀報州，追勘欵伏。其婢屍一夕壞爛，遂
置丁氏于法。〔註84〕

〔註81〕（梁）釋寶唱：《經律異相》，頁220。
〔註82〕（梁）釋寶唱：《經律異相》，頁267。
〔註83〕（梁）釋寶唱：《經律異相》，頁67。
〔註84〕（五代）周玭：《儆戒錄》收入《太平廣記》卷一百三十，見《叢書集成三編》
（臺北：新文豐出版，1997年），冊69，頁472。

正妻因起妒忌心而殺死婢，在家裡掩埋，謊稱其逃走，最後因婢死不瞑目，屍未爛，遭到州府發現而將正妻依法究辦，人起惡念終將得到惡報。

以上可知，無論任何身分，即使貴為天神，起了惡心仍是要墮地獄，而人一旦有了惡念，往後對於身心的變化，都是不可思議的殘穢，佛教修行相當重視意念上的造作，意念是影響行為的根本，是一切修行的開始，強調眾生修行，首要在於保持心念的清靜。

二、惡行招感惡報

例1：卷五〈受阿耆達請三月食馬麥三〉中敘述：

> ……時舍利弗獨往阿牟迦末迦山，受天帝釋及阿修羅女請，天食供養，時有天魔，迷惑王心，使還宮內耽荒五欲。……迷忘供養，又無恒命供養，滿六日便止，諸比丘乞食，極苦難得。時大目連白佛：「有樹名欝闍浮，我欲取其果，供養大眾。有訶梨勒林，阿摩勒林，欝單曰，有自然粳米，忉利天食修陀味，普皆欲取，以供大眾，有甘地味，我以一手，擎諸眾生，一手反地，令諸比丘，自取而噉，願見聽許。」佛言：「汝自有大神力，諸比丘惡行報熟，不可移轉。」一皆不聽，是國有清水美草。有波羅國人，逐水草牧馬，欲令肥丁來到此處，馬士信佛心淨，告諸比丘言：「我等知僧飢極而食皆盡，正有馬麥，君能噉不？」諸比丘白佛。佛言：「馬屬看馬人，能以好草鹽水食馬，此麥自在應受。」〔註85〕

以上內容為目連欲以神力，取美食供養五百比丘，助其修行，但佛言五百比丘，因前世惡行，現在正遇果報成熟，並不可轉移，得食馬麥果報，應自在地受請馬麥來消前世的惡業。因此，可知業力之大，而業報之不可轉，非受不可的循環。

例2：卷四十五〈換貸自取多還少命終為犢十五〉中敘述：

> 昔有長者居富無限，唯有一妹嫁得貧婿，兄數數餉遺，轉欲厭妹來，從兄貸麵。兄言：「自往取之。」妹便案捹而取，持灑如還，兄亦不覺，數數非一，妹命終為兄家作犢子。〔註86〕

妹從兄借貸麵，自取多卻還少，妹命終為了還兄債，而轉世於兄家作犢子的

〔註85〕（梁）釋寶唱：《經律異相》，頁20。
〔註86〕（梁）釋寶唱：《經律異相》，頁238。

果報。佛教因果報應觀念又結合了輪迴轉生，使人來世轉生為動物，作為還債，此觀念傳入中國後，呈現於志怪小說中，見於《廣異記》卷八中敘述：

> 建安縣令韋有柔家奴，執彎，年二十餘，病死。有柔門客，善持咒者，忽夢其奴，云：「我不幸而死，尚欠郎君四十五千。地下所由令更作畜生以償債。我求作馬，兼為異色，今已定也。」其明年，馬生一白駒而黑目，皆奴之態也。後數歲，馬可直百餘千，有柔深歎其言不驗。頃之，裴寬為採訪使，以有柔為判官。裴寬見白馬，求市之。問其價直，有柔但求三十千。寬因受之。有柔曰：「此奴尚欠十五千，當應更來。」數日後，寬謂有柔曰：「馬是好馬，前者付錢，深恨太賤。」乃復以十五千還有柔，其事遂驗。〔註87〕

故事中家奴尚未償還債務，就因病亡故，有一持咒者，夢見其奴告訴他，將轉世為一白色卻黑目的馬，前去還債，之後主人將馬賣掉，市值正好還清債務。

亦有《宣室志・河內崔守》卷二中敘述：

> 有崔君者，貞元中為河內守。崔君貪而刻。河內人苦之。常於佛寺中假佛像金凡數鎰，而竟不酬直。其寺僧以太守終不敢言。未幾，崔君卒於郡。是日，寺有牛產一犢。其犢頂上有白毛若縷，織成文字曰崔某者。寺僧相與觀之，且嘆且異曰：「崔君為吾郡太守，常假此寺中佛像金，而竟不還。今日事，果何如哉？」崔君之家聞之，即以他牛易其犢。既至，命剪去毛上文字。已而復生。回至其家，雖豢以芻粟，卒不食。崔氏且以為異，亦竟歸其寺焉。〔註88〕

人轉世成動物還債的情節單元，之後廣為流傳，也發展成為宗教類的民間故事類型。

例3：卷五十〈五大地獄示受苦相四〉中敘述：

> 活大地獄，惡心瞋爭，以稍相刺，鐵抓相攫，血相塗漫，痛毒遍切，悶無所覺。冷風來吹，獄卒喚活，罪人還活，是故名為活獄。此中眾生，前世好殺物命牛羊禽獸，為田宅國土錢財等利，而相

〔註87〕（宋）李昉：《太平廣記》見《景印文淵閣四庫全書・子部・小說家類》（臺北：臺灣商務印書館，1983年），冊1046，頁237。

〔註88〕（唐）張讀，裴鉶撰：《宣室志》（上海：上海古籍出版社，2012年8月），頁18。

殺害，受此罪報，合會大地獄。羅剎獄卒，作種種形，諸惡獸頭，
而來吞噉，嚴齧罪人，兩山相合，熱鐵輪轢，熱鐵臼擣，亦如押
油，聚肉成積，血流成池，鵰鷲虎狼，各來牽掣。此人前世，多
殺眾生，還受此形獄，又以力勢相凌，拉押羸弱，受兩山相合罪，
慳貪瞋恚，愚癡怖畏，斷事輕重，不以正理，或破正道，受熱鐵
輪轢鐵臼擣。〔註89〕

人因殺生、凌強欺弱、因貪瞋癡所犯罪行，而受到地獄中的各種可怕苦刑，
如：以鐵爪相抓血相塗、冷風吹來，罪人即死又活來、獄卒化成惡獸頭，吞咬
罪人、熱鐵臼搗罪人，血流成池等，諸多駭人與痛苦的景象。

以上類似情節亦影響中國筆記小說的創作，例如：《冥報記‧隨河南婦
人》寫養姑不孝的兒媳遭雷擊後，其頭變為白豬頭；《朝野僉載‧賀是得拔》
寫賀氏燒釘烙瞎小妾雙目使其自縊身亡，該婦懷孕後產下一蛇兩目無睛；
《廣異記‧巴人》寫山神勸阻伐太白廟前古樹者未果，乃召虎食之；《宣室
志‧郡守崔某》寫郡守極貪刻，曾私吞寺院佛像金銀，死後投胎變為牛犢；
《原化記‧嵩山客》寫殺蛇烹食者皆為雷擊震死，獨一不殺蛇者倖免；《玉
堂閑話‧劉鑰匙》寫放高利貸者業累千金，還誘鄉上當以奪其家產，死後投
胎為鄰家牛犢。〔註90〕

惡行乃是將惡念付諸於實現，《經律異相》中敘述其果報是淪於餓鬼道、
畜生道、地獄道受苦消業，以勸人為善的宗旨，不可思議、奇幻驚悚的情節
運用，融入故事中，具有很好的警惕效果，以達教化目的。

三、亡（鬼）魂與地獄

關於亡魂之說，最早在中國的殷墟甲骨卜辭中（約為公元前十四世紀末
至前十一世紀中葉），可見到殷商時期之人對亡魂崇拜的描述，又於文學作品
《楚辭》（BC26～BC6）中的〈招魂〉篇，亦有記載：「魂兮歸來，君無下此
幽都些。土伯九約，其角觺觺些。」〔註91〕其中「幽都」是冥界的概念，此
處描述是叫喚亡魂快點歸來，提醒祂別到幽冥地下去，那裡有著長利角、可
怕的護衛。

〔註89〕（梁）釋寶唱：《經律異相》，頁235。
〔註90〕祁連休：《中國民間故事史‧先秦至隋唐五代篇》（臺北市：秀威資訊科技2011
年8月），頁219～220。
〔註91〕陳子展：《楚辭直解》（江蘇：江蘇古籍出版社，1988年），頁339～340。

　　《經律異相》內容中除了敘述亡（鬼）魂的各種活動之外，還詳述地獄
的景況，其中包含由火、風、銅、鐵、石等物質，所組合成各種懲罰罪人的刑
具、獄卒的幻化、罪人受苦諸相等，以下分別舉例說明。

（一）亡（鬼）魂

　　亡（鬼）魂，為生物死亡後，遺留下的靈體。《經律異相》中關於亡（鬼）
魂的情節單元，大致上有變形、亡（鬼）魂與佛、亡（鬼）魂與人、亡（鬼）
魂助人、亡（鬼）魂入地獄等，關於佛與鬼神的互動的描述有：

　　例1：卷二十九〈阿質王從佛生信五〉中敘述：

> ……我為菩薩道時，於樹下坐禪，魔王與鬼神，兵一億八千人，皆
> 變形作雜獸畜生，身欲壞我心，我以神力，右手指案地，而天地大
> 動，皆悉顛蹶，不能復本形，魔王降伏。〔註92〕

佛以自己與鬼神的互動為例，行菩薩道時於樹下坐禪，遇見魔王與鬼神兵一
億八千人，皆變形作雜獸畜生身，欲壞佛修行，佛以神力右手指按地，使天
地大動，令魔王降伏。

　　例2：卷十四〈舍利弗入金剛定為鬼所打不能毀傷六〉中敘述：

> 佛在羅閱城迦蘭陀竹園，時尊者舍利弗在耆闍崛山中，入金剛三昧，
> 是時有二鬼，……是時彼鬼再三曰：「我能堪任打此沙門頭。」優婆
> 伽羅鬼報曰：「汝今不隨我語者，汝便住此，吾捨汝去。」此惡鬼曰：
> 「汝畏沙門乎？」優婆伽羅曰：「我實畏之，設汝以手打此沙門者，
> 地當分為二分，當暴風疾雨地亦振動，諸天驚怖四天王已知，我等
> 不安其所。」是時惡鬼曰：「我今堪任辱此沙門。」善鬼聞已，便捨
> 而去。時彼惡鬼即打舍利弗頭，是時天地大動，四面暴風疾雨，尋
> 時來至，地分為二分，惡鬼全身墮地獄中。〔註93〕

故事敘述到有二鬼討論欲打舍利弗的頭，善鬼逃走，惡鬼打頭，時地分為二，
惡鬼下地獄，彼為大力鬼，因此舍利弗頭痛。

　　以上兩個故事是佛與鬼神的互動情形，描述佛的威神力，不可任意侵犯，
否則有不可思議的果報。

　　例3：卷四十四〈有人使鬼得富後害其兒二十二〉中敘述：

〔註92〕（梁）釋寶唱：《經律異相》，頁156～157。
〔註93〕（梁）釋寶唱：《經律異相》，頁70～71。

> 昔有一人，於市賣毘耶鬼，欲買鬼者問：「索幾許？」鬼主言：「二
> 百兩金。」曰：「此鬼有何奇異？乃索爾所金耶？」曰：「此鬼其
> 功，無物不為，計一日作當百人。唯有一病，宜先防護之。」問：
> 「為何等病？」曰：「此鬼欲使作時，晝夜使之，莫令停息，若無
> 作者便還害主。」主人顧金將歸，令作田種，作田種竟，便使木
> 作，木作竟，復使治地，作屋舂磨炊爨，初不寧息，數年之中，
> 乃致大富。主人有事，當行作客，忘不處分，而鬼復欲作，無有
> 次第，取主人兒，內釜中然火煮之，比主人還，子已爛熟，傷切
> 懊惱，知復何言。〔註94〕

人於市場買鬼回去幫忙勞作，賣主告誡，此鬼欲使作時，晝夜使之，莫令停
息，若無作者，便會害主。某日，主人有事遠行作客，忘了處理鬼僕，而鬼又
開始勤做家務，沒有次第，取主人兒於鍋中煮之，等主人回來時，其子已爛
熟而死。

　　以上「買賣鬼」的情節，影響到中國六朝志怪小說〈宋定伯賣鬼〉的創作，
內容如下：宋定伯夜裡獨行遇到鬼，機智沉穩地騙鬼說：「我亦鬼也。」在途中，
鬼因為背定伯時覺得他太重，而起了疑心，定伯急中生智，騙鬼說自己是剛死
不久的新鬼，定伯一路上與鬼同行，心裡其實想著如何解決這個鬼，最後順著
先前的話套出鬼最怕的是：被人吐口水。到了渡水的時候，定伯捉住鬼、把鬼
丟在地上向鬼吐口水，鬼化成羊之後，定伯就把鬼賣掉了。〔註95〕

　　宋・洪邁《夷堅甲志》卷八，有〈金四執鬼〉，故事大意：福州人金四半
夜路遇見鬼，於是想辦法騙祂，說是互相背負。快到家時，金四呼家人拿燭
火來視，鬼化一老鸜，乃縛而焚之。〔註96〕此處情節變成了將鬼綁起來焚燒。

　　元・佚名《異聞總錄》卷一，有〈王羊買鬼〉〔註97〕，故事大意：一人

〔註94〕（梁）釋寶唱：《經律異相》，頁231～232。
〔註95〕（魏晉）曹丕，張華：《列異傳》，收入李劍國輯釋：《唐前者志怪小說輯釋》，
　　　　（上海：上海古籍出版社，2011年10月），頁166。
〔註96〕（宋）洪邁：《夷堅志》（臺北：明文書局出版，1994年9月），頁64。
〔註97〕（元）佚名：《異聞總錄》，見《筆記小說大觀正編》（臺北：新興出版，1973
　　　　年），頁864。
　　　　〈王羊買鬼〉：「吉水七里市有王羊者，以屠宰為活。端平年間，有相識嘗早
　　　　出行，未至王居二三里，稍荒涼，相傳有祟，其人心偶疑畏，忽有人呼之同
　　　　行，曰：『吾倦，與爾更迭拖附如何？』其人曰：『善，我先拖爾至某處，爾
　　　　又拖我至某處。』及至某處，天微白，徬轉見其手上有毛，摩之，果毛也。

半夜遇鬼，相約互相背負，人發現對方手上有毛，堅執其手不讓他下來，送至屠夫家發現是一隻羊，於是要賣給屠夫，囑咐他將羊綁牢固一些，後來又去看，只剩一根繩子，於是大家叫屠夫作「王羊」。在此故事又起了變化，增添一些趣味。

清・樂鈞《耳食錄》卷三，有〈田賣鬼〉〔註98〕，則在上述基礎上作發展，故事裡描述主人以「賣鬼」為職，反應當時商業經濟在社會生活中的地位提升。

在佛經故事中，人可到市場買鬼，還進一步操控鬼做家務事，鬼與奴隸地位差不多，但是鬼具有人不可控制的超能力，若一不小心失控便會釀成大

其人求下不許，遂拖之不置。將近王居，謹執其手，置於地，乃一羊也。其人解條繫之，執至王居，叩門語王曰：「吾負官錢，僅有一羊，欲賣四千如何？」王提羊估度曰：「止直三千。」其人曰：「但吾欲急用，幸以現錢酬我！」王提三千授之，其人並留條繫羊，語王曰：「羊稍躑躅，謹固勿失。」遂攜錢之邑。及歸過王，惟條存焉，人遂名為王羊云。」

〔註98〕（清）樂鈞：《耳食錄》，見《叢書集成三編》（臺北：新文豐出版，1996年），冊65，頁417。

〈田賣鬼〉：「有田乙，素不畏鬼，而尤能伏鬼，遂以賣鬼為業。衣食之需，妻孥之供，悉賣鬼所得。人頗識之，呼為「田賣鬼」云。年二十餘時，嘗夜行野外，見一鬼肩高背曲，頭大如輪。田叱之曰：「爾何物？」鬼答言：「我是鬼，爾是何物？」田欲觀其變，因紿之曰：「我亦鬼也。」鬼大喜躍，遂來相翊抱，體冷如冰。鬼驚疑曰：「公體太暖，恐非鬼。」田曰：「我鬼中之壯盛者耳。」鬼遂不疑。田問鬼有何能，鬼曰：「善戲，願呈薄技。」乃取頭顱著於腹，復著於尻，已復著於胯，悉如生就，無少裂拆。又或取頭分而二之，或三四之，或五六之，以至於十數，不等。擲之空，投之水，旋轉之於地，已而復置之於項。奇幻之狀，靡不畢貢。既復求田作戲，田復紿之曰：「我飢甚，不暇作戲，將覓尋紹興市，爾能從乎？」鬼欣然願偕往，彳亍而行。途次，田問曰：「爾為鬼幾年矣？」曰：「三十年矣。」問：「住何所？」鬼言：「無常所，或大樹下，或人家屋角，或廁旁土中。」亦問田，田曰：「我新鬼也，趨避之道，一切未諳。願以教我。」蓋欲知鬼所喜以誘之，知鬼所忌以制之也。鬼不知其意，乃曰：「鬼者陰屬也，喜婦人髮，忌男子鼻涕。」田志之。方行間，又逢一鬼，臞而長，貌類枯木。前鬼揖之曰：「阿兄無恙？」指田示之曰：「此亦我輩也。」臞鬼乃來，近通款洽焉，亦與偕行。將至市，天欲曉，二鬼行漸緩。田恐其隱遁，因兩手捉二鬼臂，牽之左右行。輕若無物，行甚疾。二鬼大呼：「公不畏曉耶？必非鬼。宜速釋手，無相逼也。」田不聽，持愈急。二鬼哀叫，漸無聲。天明視之，化為兩鴨矣。田恐其變形，乃引鼻向鴨噴嚏。持入市賣之，得錢三百。後每夜挾婦髮少許，隨行野外索鬼，鬼多來就之，輒為所制。或有化羊豕者，變魚鳥者，悉於市中賣得錢以市他物。有賣不盡者，亦自烹食之，味殊甘腴。」

禍。佛經故事傳入中國後，演化成人與鬼是平等共存，但是人卻比鬼更有心機與強勢，不但將鬼欺騙，還賣到市場去了，故事共同點都是表達人想得到對鬼世界的控制權，而發展出對鬼進行買賣的行為。另外，學者季羨林曾提到宗教與商業在印度一向有著密切的關係，商人經常在外辛苦奔波，受到社會上各方面勢力的壓迫。〔註99〕因此，「買賣鬼」的情節之所以出現，或許是佛提供商人在面對現實壓迫時的一種抒發。

　　例4：卷四十六〈鬼子母先食人民佛藏其子然後受化八〉中敘述：

> 昔有一母人，甚多子息，性惡無慈，喜盜人子，殺而噉之。……是鬼子母，今生作人，喜盜人子，是母有千子，五百子在天上，五百子在人間，千子皆為鬼王，……佛語阿難：「到是母所，伺其出已，斂取其子，著精舍中。」即往伺斂得十數子，逃精舍中。母來不見，便捨他子，不敢復殺，行索其子，遍不知處，行道啼哭，如是十日，母便自摒自撲，仰天大呼，不復飲食，……佛即問母：「何為啼哭？」母報言：「亡我子故。」佛問：「汝捨汝子？至何所而亡汝子？」母即默然，如是至三。母知盜人子為惡，即起作禮：「我愚癡故。」佛復問言：「汝有子愛之，不母言？」「我有子，坐起常欲著我傍。」佛復問曰：「汝有子知愛之，何以日行盜他人子？他人有子，亦如汝愛之，亡子之家，亦行道啼哭如汝，汝反盜人子，殺噉之，死後當入太山地獄，汝寧欲得汝子不？」母即頭面著地：「願佛哀我。」佛言：「汝子若在汝寧能自悔不？若能自悔，當還汝子。」母言：「我能自悔。」佛言：「汝能自悔，當作何等自悔？」母言：「聽佛教戒，當隨佛語，佛還我子。」佛言：「審如汝語，授以五戒。」〔註100〕

昔有一鬼母甚多子息，性惡無慈，喜盜人子殺而噉之。佛權變請阿難前去處理，阿難趁鬼母不在家時，斂取所有鬼子藏於精舍中。鬼母失子傷心欲絕，輾轉找到佛所，問子所在，以此因緣，佛教導鬼母要有同理心與慈悲心，不可害人害己，最後度化鬼母從善，而鬼母與子最後成為護法。

　　佛教的鬼子母（Hariti），梵語音譯訶利帝或訶利底等，意譯為歡喜，據說其原本是印度西北犍陀羅地區民間的瘟神，但在和佛教融合後，遂由危害小

〔註99〕王琳編：《季羨林全集》，（北京：外語教學與研究出版社，2010年5月），頁29。

〔註100〕（梁）釋寶唱：《經律異相》，頁242。

兒生命的疫屬搖身成了庇佑小兒、安胎生子的親善女神，在生殖崇拜中影響甚大。

佛教傳入中國後，鬼母子故事演化成九子魔母故事，始載於南朝劉宋劉敬叔《異苑》卷五〈陳虞〉故事。小說中，九子魔母的奉祀，始自東晉。唐《張應》載，東晉咸和八年（333），張應奉祀九子魔母，令患病妻子病癒。（《太平廣記》卷一百一十三/卷一百六十一）九子魔母故事，至唐而盛。至明代，則有《獪園》知不足齋本卷十《玉圭神女》。而唐《黑叟》（《太平廣記》卷四十一）和明《獪園·玉圭神女》兩篇是九子魔母小說的代表作品。〔註101〕

例5：卷四十六〈金色神指流為甘露并資生物以給行人六〉中敘述：

> 有一鬼神，身體極大有金色手，五指常流甘露，若有行人所須，飲食資生之具，盡從指出，恣而與之。……目連問言：「汝作何善，得如此報？」答言：「彼國大城名曰羅樓，我昔在中作貧女人，又織毛縷囊賣以自活。居計轉貧，屋舍壞盡，遂至陌頭，近一大富好施長者，家織縷自活，日欲中時，若有沙門婆羅門，持鉢乞食。問我言：「某長者家為在何處？」我心真實，無有虛妄，歡喜舉手，指示其家言：「往彼處去，日時欲過，勿復餘求。」〔註102〕

此為「鬼助人」的故事，描述有一鬼神身體極大有金色手，五指常流甘露，若有行人所需，盡從指出，恣而與之。其因緣乃前世心誠向乞食的沙門指路，而得到不可思議的善報。

例6：卷四十六〈鬼沽酒語主人令湖中取死人金銀三〉中敘述：

> 有人以沽酒為業，鬼現來飲酒未雇錢，而告主人言：「明日當有一人持花，上下白衣帶青縢，縢中有金銀千斤，當於湖中浴，卒死不出，汝往取金銀，保後無憂。」明日主人伺候。見人來入水洗浴上岸，著衣洗足，却躄地而死，酒師往取得金銀如數。後日鬼來，主人作食出酒白神言：「我見人著衣欲去乃死，何不於水中殺之，使得上岸乎？」鬼言：「我不能殺人病人，我知人壽命，衰耗時耳。」師曰：「天上天下鬼神，知人壽命罪福當至未至，不能活人不能殺人，不

〔註101〕劉燕萍：〈生育母神、美化的道教女神與人神戀－論唐《黑叟》與明《玉圭神女》中的九子魔母〉，《人文中國學報》第 24 期，2017 年 6 月，頁 51～83。

〔註102〕（梁）釋寶唱：《經律異相》，頁 241。

能使人富貴貧賤，但欲使人作惡犯殺，因人衰耗而往亂之，語其禍
福，令人向之設祠祀耳。」〔註103〕

此為鬼與人的互動情形故事，鬼現來飲酒未能付錢，而告訴主人，明日有一
人持花，上下穿白衣帶青縢，縢中有金銀千斤，當於湖中沐浴，最後會死亡，
你可前往取其金銀，保後無憂。主人好奇問鬼，為何不直接殺了那個人？鬼
告知，不能殺害人，但能知人壽命、衰耗的時候，能趁著人元氣衰耗時而亂
之。

例7：卷四十六〈鬼神皆依所止為名一〉中敘述：

……一切人民所居舍宅，皆有鬼神無有空者。街巷道陌，屠會市肆，
及諸山塚，皆有鬼神，無有空處。凡諸鬼神，皆隨所依，即以為名，
若人初生，皆有鬼神，隨逐擁護，若人欲死，鬼收精氣。行十惡人，
若百若千，共一神護，猶如國王，以百千人，侍衛一臣。〔註104〕

由上可知，一切人民所居舍宅，街巷道陌，屠會市肆及諸山塚，皆有鬼神無
所不在。若人初生，皆有鬼神隨逐擁護，若人欲死，鬼收其精氣。

在《經律異相》中，鬼是處於一切人民所居舍宅，無有空者，在修行的
路上，鬼與人是一樣的，善有善報，作惡要下地獄，鬼也能聽佛法、受度化、
擁護善者，人鬼雖殊途，但是有因緣仍可以互動，鬼亦不能隨意殺害人，卻
可以幫助人。

佛經故事傳入中國後，影響其筆記小說創作，如，南北朝時期的《幽明
錄》、《異苑》、《述異記》、《冥祥記》、《雜鬼神志怪》……等，鬼故事之情節
有：鬼作祟、驅鬼鬥鬼、鬼報恩報仇、還陽復生、人鬼交誼等，隋唐五代則增
加更多寫人鬼戀之作品，如，《廣異記》、《紀聞》、《通幽記》、《搜神記》等，
往後朝代內容則更多元。〔註105〕

（二）地獄

《經律異相》中有許多關於地獄刑罰、罪人受諸苦相的情節，最多的是
變形的情節。亦有關於人將死時的超自然現象描述，在卷四十九〈應生天墮
地獄臨終有迎見善惡處八〉中敘述：

生天墮地獄，各有迎人，人病欲死時，眼自見來迎，應生天上者，

〔註103〕（梁）釋寶唱：《經律異相》，頁240～241。
〔註104〕（梁）釋寶唱：《經律異相》，頁240。
〔註105〕祁連休：《中國民間故事史》臺北：秀威資訊科技，2011年9月。

天人持天衣，伎樂來迎，應生他方者，眼見尊人，為說妙言，應
墮地獄者，眼見兵士，持刀楯矛戟索圍遶之，所見不同，口不能
言，各隨所作，得其果報，天無枉濫。平直無二，隨其所作，天
網治之。〔註106〕

以上提到人病將死時，有人來迎接，應生天上者，天人來迎接，應墮地獄者，
兵士持兵器與枷鎖來圍遶。每人所見不同，無法言說，各隨其果報。而人死
後經過審判，犯罪者靈魂會被陰卒引入地獄受刑罰，在卷五十〈阿鼻地獄受
諸苦相一〉中提到地獄景象如下：

阿鼻地獄者，縱廣正等，八千由旬，七重鐵城，七層鐵網，下有十八
隔，周匝七重，皆是刀林，復有七重劍林，四角有四大銅狗，廣長四
十由旬。眼如掣電，牙如劍樹，齒如刀山，舌如鐵刺，一切身毛皆然
猛火。其烟臭惡，有十八獄卒，口如夜叉，六十四眼，散迸鐵丸，狗
牙上出，高四由旬，牙端火流，燒煎鐵車，輪網出火，鋒刃劍戟，燒
阿鼻城，赤如融銅。獄卒八頭六十角，角抄火然，火化成銅，復成刀
輪，相次在火焰間。滿阿鼻城，城內有七鐵幢，火涌如沸鐵，流融迸
涌出四門，上有十八釜，沸銅涌漫，滿於城中，二隔間有八萬四千，
鐵蟒大蛇，吐毒火中，身滿城內，其蛇哮吼，如天震雷。雨大鐵丸五
百，又五百億蟲，八萬四千嘴，頭火流如雨而下。滿阿鼻城，此蟲若
下，猛火大熾，照八萬四千由旬獄上，衝大海沃燋山，下貫大海底，
渧如車軸。若有殺父害母，罵辱六親，命終之時，銅狗化十八車，狀
如寶蓋，一切火焰，化為玉女。罪人遙見，心喜欲往，風刀解時，寒
急失聲，寧得好火，安在車上，然火自爆，即便命終，坐金車瞻玉女，
皆捉鐵斧，斬截其身，屈伸臂頃，直落阿鼻，從上隔如旋火輪，至於
下隔，身遍隔內，銅狗大吼，嚙骨唼髓，獄卒羅剎，捉大斧截，以叉
叉頸，令起遍體，火焰滿阿鼻獄。閻羅王大聲告勅，癡人獄種，汝在
世時，不孝父母，邪慢無道。汝今生處，名阿鼻獄，獄卒復從下隔，
更上上隔，……獄卒羅剎，手捉鐵叉，逆刺其眼，鐵狗嚙心，悶絕而
死，南西北門，亦復如是，經歷半劫。〔註107〕

以上敘述地獄的整體環境、獄卒長相與職能、各種罪業與驚悚的刑罰，獄卒

〔註106〕（梁）釋寶唱：《經律異相》，頁262。
〔註107〕（梁）釋寶唱：《經律異相》，頁262～268。

幻化為罪人的父母、妻子、童僕、良醫等，牽引惡人亡魂入地獄受苦。獄中有火、風、鐵、寒冰、風、熱火、刀劍、鑊湯、沸屎、鐵等，變化成各種不可思議的刑具與刑罰，地獄壽命長久，苦不堪言。

在中國方面，據學者余英時考證，殷、周時代的死後信仰，主要表現在天上有帝廷的觀念上，但只有先王、先公才能上去。〔註108〕至於一般人死亡後，有下黃泉的說法，見於《左傳》隱公元年（BC722）所引的鄭莊公之語：「不及黃泉，不相見也。」〔註109〕只是當時所述的冥界中尚無善惡之說。大約於西漢後期，逐漸形成「泰山治鬼」說法，指人死後戶籍遷至冥界，由泰山府君管轄。〔註110〕到了東漢，中國最早的道教經典《太平經》記載：「故善者上行，命屬天，猶生人屬天也；惡者下行。命屬地，猶死者惡，故下歸黃泉，此之謂也。」〔註111〕這裡所敘述的黃泉，便是作惡者死後之去處了。從先秦時期的黃泉、幽都到泰山治鬼說，顯示中國本土冥界觀念的發展。

地獄的思想，在佛陀出生之前，印度早已存在，其最古老的詩集《梨俱吠陀》（BC1500）中，最早出現閻羅王此一地獄人物。佛教地獄觀是繼承婆羅門教神話中的地獄神閻羅王，隨著佛教傳到中土與中國冥界思想、官僚制度融合。《經律異相》中的地獄描述有處於山間、樹下、空中的，人死之後，要經過各獄王的審理問案，每一殿都設置不同的地獄和刑罰，罪人要為自己在陽世所造的惡業做一個總結，這些景象亦警惕世人要「諸惡莫作，眾善奉行」，而閻羅王之後變成只是眾說地獄中的一種，此亦影響到中國志怪小說的創作，故事中有大量地獄審判的情節，包含：死而復生、地獄遊歷、亡魂身分不同而遭遇不同等等。地獄審判將善惡觀系統化為因果報應，強化社會道德成一種無形的規範。

第四節　說法因緣

佛為眾生說法時必定有因緣，其所緣之人、事、時、地、物，愈具有特殊

〔註108〕余英時：〈中國古代死後世界觀的演變〉，見於《湯用彤先生紀念論文集》編輯委員會編《燕園論學集》（北京：北京大學出版社，1984 年），頁 181～185。

〔註109〕楊伯峻：《春秋左傳注》（北京：中華書局出版，1981 年），頁 14。

〔註110〕韋鳳娟：〈從地府到地獄——論魏晉南北朝鬼話中冥界觀念的演變〉，《文學遺產》2007 年第 1 期，頁 16～25。

〔註111〕王明：《太平經合校》（北京：中華書局出版，1960 年出版），頁 279。

性、趣味性、吸引人的，就容易使人印象深刻，達說法之目的。觀察《經律異相》的故事情節中，運用到大量的神通、變形、夢的示現等，特殊又驚奇方式來說法，深具魅力，以下分別舉例說明之。

一、神通與變形

神通（梵語：Abhijñā），又譯為神力、通力、通，為佛教術語指因禪定力而得到的超越凡人神秘力量，有神足通、天耳通、他心通、天眼通、漏盡通等。[註112] 指的是能在六塵境界中變現自在、飛行自在、轉變自在，能隨心遊歷極遠處，或過去、現在、未來三世，不受時空限制，能跨過障礙物聽到聲音、透視障礙物知眾生心念造作。六道眾生如天、人、鬼神等，有的因世間禪定（修得）或者與生俱有（報得），可以擁有前五種神通中的一樣或多樣，然而能力亦有淺深小大之別。

《經律異相》中關於佛或修道者顯神通的情節整理如下：

人　物	情　節	編　號
佛	佛變現一切度眾生	（參「佛」）5-2、23-9、25-5、26-3、27-6、29-4
	佛右足大指鐵槍自然來出入	5-5
	佛將兵杖變雜花	5-8
	佛化人足行水上	5-12
	佛以足拇指散巨石	5-18
	佛開七寶塔示神通	6-19
	佛以神通出現	（參「佛」）7-2、28-11
	佛現神通度小兒	（參「佛」）9-2
	佛神力使兩手出龍象	（參「佛」）9-5
	佛現神力降伏龍	（參「佛」）13-8
	佛以神足度人	（參「佛」）16-12
	佛飛上虛空度人	（參「佛」）23-6、38-9
	佛以神力舉山	（參「佛」）24-12
	佛以神力說法	（參「佛」）27-3、27-6
	佛以神力為羅剎說法	（參「佛」）28-1

[註112] 丁福保編：《佛學大辭典》（臺北：天華出版，1987年7月），頁1821。

	佛以神力度人	（參「佛」）29-5、35-4、39-1
	佛以神力接五莖花	（參「佛」）40-1
	佛以神力救人	（參「佛」）45-8、46-4-7
菩薩	菩薩踊身於空中	（參「菩薩」）9-7
修道者	修道者有神足	（參「修道者」）7-4、13-2、27-11、34-6
	修道者有五通智	（參「修道」）14-18、14-19、16-4、16-10、16-11、24-4、27-5、40-7
	修道者具十八神通	（參「修道者」）8-3、16-5、21-3、21-5、24-12、34-2
	修道者踊於空中	（參「修道者」）12-1、13-12、13-15、22-2、23-3、23-4、33-1、35-13、40-7、42-1、46-1-5
	修道者供佛食不減	12-2
	修道者以神力從鑰孔中進出	（參「修道者」）13-3
	修道者以神力取缽	（參「修道者」）13-6
	修道者以神力助佛	14-10
	修道者以神力助眾生解脫	14-11、15-7、16-3、16-6、16-12、17-3
	佛弟子與修道者神通角力	14-9
	修道者以神力伏菩薩慢	14-14
	修道者化為金翅鳥（參「變形」）	14-18
	修道者以神力降化人	14-15
	修道者變身出入龍的耳鼻目腹中	14-17
	修道者化為乞兒乞食（參「神通」）	15-14
	修道者化金銀衣服給人	15-5
	修道者以神力將雷電及器杖變天花	16-2
	修道者手出牛乳	（參「肢體器官」）16-4、16-7
	修道者以神力降龍	（參「神通、龍」）16-10
	修道者居水上	（參「異居」）16-11
	修道者以神力化熱天為細雨	16-13
	修道者以神力化缽蓋一國與龍鬥法	（參「修道者」）16-15
	修道者在母胎中令母精進性溫和得道	17-4

	修道者以神力授缽	（參「修道者」）17-9
	修道者化羅剎度人	（參「修道者」）17-14
	修道者以神力出沒石中	17-18
	修道者以神力於壁現半身	（參「修道者」）18-14
	修道者化成大樹樹下化大坑	（參「修道者」）18-15
	修道者化大坑	（參「修道者」）18-19
	修道者能五指出火	（參「修道者」）18-31
	修道者遇劫被生草縛，不敢挽斷	19-12
	修道者化嬰孩	21-3
	修道者以神力示身體五臟手腳各異	23-8
	修道者以神力度人	（參「修道者」）23-9、27-5、27-6、27-9
	修道者以神力修行	（參「修道者」）28-12
	修道者現神力變化	（參「修道者」）29-4
	修道者從地踴出	35-3
佛弟子	佛弟子以神通取四、五千人於缽中護之	7-12
	佛弟子具有八種不可思議的能力	15-9
王	金輪王以神力飛上天宮	24-10、24-11
	兩翅王飛於空中	25-8
	王以神足力出家	（參「國王」）27-1
仙人	仙人具神足通	（參「神（仙）」）20-9
一般人	人足下有毛現神通	35-2
	人乘飛雲馬車在虛空中	36-2
	人有天眼通瞬誦不忘	44-3
	人於樹上飛騰虛空成仙	44-21
貧者	貧女施燈，修道者以神力吹燈不滅	（參「貧者」）38-8
魔	魔試修行者	（參「魔」）37-4

佛為度眾生隨順眾生變現，手可出龍象，足可有鐵槍自然出入，也可散巨石，以神力將兵仗變雜花、飛上虛空、舉山、降伏龍等。關於修道者、神、仙、魔等不同的人物也有神通的描述，例如：修道者與龍鬥法、與佛弟子角力神通、變身出入龍的耳鼻目腹中、化熱天為細雨、天眼通瞬誦不忘、從地踊出、五指出火、於壁現半身、變化成不同人物等異相，這些故事情節於宣教時，用口頭講述，能使聽眾的注意力瞬間集中，強烈地刺激感官使人驚奇，其不可思議的特性，在人印象深刻之後，佛法自然容易傳播，提高了說法的效率。其特點以下說明：

（一）宣揚佛教義理

佛陀所處的時代，是一個神通流行的時代，面對社會盛行的「神通」，不可能不回應，且正是最佳的宣教切入點，一個大眾皆有興趣的主題，強調、彰顯自己所說的神通，有別於外道的神通，是真正的解脫道。

1. 神通的威力

神通的情節在《經律異相》中出現次數較多的是：修道者具五通智、十八神通、踊於空中、以神力助眾生解脫、以神力度人等，以下舉例說明：

例1：卷十三〈迦葉從貧母乞食二〉中敘述：

> 迦葉捨豪富而從貧乞，入王舍城，見一孤獨母，最甚貧困。……壽命將終，長者青衣，行棄米汁，臭惡難言。母從乞之，即以破瓦，盛著左右，迦葉哀之，往乞多少。老母說偈，言其臭惡，迦葉猶以慈悲，忍而乞之。老母歡喜即以施，迦葉恐母不信，豈能食之，即於母前，飲畢盪鉢，示現神力。母大踊躍，一心遙視，迦葉告曰：「母今何願？」時母厭世苦，聞天上樂願生天上，數日壽終，即生第二忉利天宮，即念故恩，求欲供養。釋提桓因聞是事已，即與天后持百味食盛小瓶中，下詣漏室，變其形狀，似於老人，織席貧窮，迦葉分衛見而往乞。夫妻告言：「我今貧苦，輒自割損，以施賢者，令吾得福。」迦葉下鉢，乃開小瓶，香熏大城，迦葉即嫌，便入三昧，復身飛去，彈指歡喜。〔註113〕

迦葉捨豪富從貧母乞，向她乞惡臭食並且吃下，並完成她升天心願。關於貧母至誠供養聖者得升天果報的故事，傳入中國後，影響其小說創作，例如：

〔註113〕（梁）釋寶唱：《經律異相》，頁64～65。

唐・牛肅所撰《紀聞・襄陽老姥》中記載：

> 唐神龍年中，襄陽將鑄佛像。有一老姥至貧，營求助施，卒不能
> 得。姥有一錢，則為女時母所賜也，寶之六十餘年。及鑄像時，
> 姥持所有，因發重願，投之爐中。及破爐出像，姥所施錢，著佛
> 胸臆，因磨錯去之。一夕，錢又如故，僧徒驚異。錢至今存焉。
> 乃知至誠發心，必有誠應。姥心至誠，故諸佛感之，令後人生希
> 有此事也。〔註114〕

類似情節亦見於《聖經・馬可福音》中記載的〈寡婦的兩個小錢〉故事，內容
為：耶穌對銀庫坐著，看眾人怎樣投錢入庫。耶穌抬頭觀看，見一個窮寡婦，
投了兩個小錢。馬可解釋云：「那是等於一個大錢。雖然這是當時最小的銅幣，
恐怕投進去聽不見聲音。可是主注意到了，因此，那兩個小錢的叮噹聲，就
會一直傳到兩千年後的今日。」〔註115〕

聖經的這個故事大約是在西元前三年到西元三十三年，比佛經來得晚，
可推測故事情節是受到了印度故事的影響。

任何宗教的精神都是勸人為善的，以上故事皆表達一位聖者引導眾生，
並給予做善的機會，無論人之貧富，只要誠心誠意把握機會，就能看見奇蹟
與成就自己的善業。

例2：卷十三〈欝鞞羅那提伽耶三迦葉受佛化悟道八〉中提到：

「佛即入石室，結加趺坐，直身正意，龍見放烟，佛亦放烟，龍復放火，佛亦
放火，時石室中，烟火俱起。迦葉遙見，瞿曇可惜，為毒龍所害，佛即降龍，
盛置鉢中。」〔註116〕以上為佛與龍鬥法，佛以烟、火對戰龍，降伏龍入鉢中，
佛食竟還本林坐，更放種種神力，欲攝取迦葉。

例3：卷十四〈舍利弗目連角現神力九〉中敘述：

> ……舍利弗自解祇袨帶著目連前。謂目連曰：「汝有神足，舉此衣
> 帶，結閻浮提樹。」目連執帶，不能移動，盡力欲舉，地皆大動。
> 舍利弗便恐目連著弗于逮，又以纏須彌山。目連便舉動須彌山，舍
> 利弗復以此帶，纏如來坐，目連遂不能動，捨帶還龍王所，遙見舍

〔註114〕（唐）牛肅撰：《紀聞》見《太平廣記》卷一百十五，見《叢書集成三編》
　　　　（臺北：新文豐出版公司，1997年），頁440。
〔註115〕《新約聖經・馬可福音》（臺中：國際基甸會發行），頁117～118。
〔註116〕（梁）釋寶唱：《經律異相》，頁66～67。

利弗，已在前至，結加趺坐，直身正意，繫念在前。〔註117〕
佛在舍衛城祇樹給孤獨園，時世尊於十五日說戒。阿耨達龍王發現舍利弗未參加，佛令目連去請舍利弗來，其過程目連與舍利弗各顯神通角力。

例4：卷十四〈目連為魔所嬈十二〉中敘述：

「目連夜行，弊魔化作澈影入目連腹中。目連自念：『吾腹何故？雷鳴如飢負擔。』入定觀見。即謂之曰：『弊魔且出，莫嬈如來及其弟子。』魔即恐懼，所化澈影出住身前。」〔註118〕以上描述魔幻化成澈影，進入目連腹中。

例5：卷十四〈目連勸弟施并示報處十三〉中敘述：

目連有同產弟，饒財多寶，庫藏盈滿，僕從奴婢，不可稱計。……其心懊惱，向兄說曰：「前見告勅，施獲大報，不敢違教，竭藏惠施，當來過去，諸貧窮者，靡不周遍，寶貨竭盡，新藏無報，將無為兄，所疑誤乎？」目連曰：「止止莫陳此語。」……目連以神足力，手接其弟至第六天，彼有宮殿，七寶合成，前後浴池，香風遠布，庫藏盈滿，不可稱計，玉女營從，數千萬眾。……天女報曰：「閻浮提內迦毘國，釋迦文佛神力弟子，名曰目連，有弟大富，好喜惠施，周窮濟乏，命終之後，當來生此，與我等作夫。」其人聞喜，善心生焉，還至兄所，大懷慚愧，頭面懺悔，還至世間，廣施不倦。〔註119〕

目連以神足力，手接其弟至天上，示現其所作福報，增長其修行的信心。

例6：卷十四〈目連現二神足力降二龍王十七〉中敘述：

……目連即到龍所，龍見目連，即口出烟，須臾出火。圍目連一重，目連以道意，亦化出火，圍龍三重，復變身入龍目中，左入右出，右入左出，如是次第，從耳鼻入出，或飛入其口。龍謂：「目連在其腹中矣。」目連復變身圍龍十四重，以身勒兩龍，龍大恐怖，尾扇海水，動須彌山。佛遙告目連：「此龍尚能吐水，沒殺天下，汝且慎之。」目連白佛：「我有四禪神足，常信行之，我能取是須彌山及兩龍，著掌中拋擲他方，又能以手撮磨須彌山，令碎如塵，使諸天人，無覺知者。」兩龍聞之，即便降伏。〔註120〕

〔註117〕（梁）釋寶唱：《經律異相》，頁73。
〔註118〕（梁）釋寶唱：《經律異相》，頁74。
〔註119〕（梁）釋寶唱：《經律異相》，頁68。
〔註120〕（梁）釋寶唱：《經律異相》，頁75。

目連現二神足力降二龍王，變身入龍目中，又從耳鼻出入或飛入其口或入腹中，圍龍十四重，以身勒兩龍。

以上例 2 至例 6 故事情節，有佛或佛弟子以神通變化與龍鬥法，變身入龍目中，又從耳鼻出入，或飛入其口，或入腹中、舉動須彌山、佛降龍盛置鉢中等，在印度神話故事《刺馬流浪記》〔註 121〕中，也出現過猴王變形、大鬧天宮的情節，這些情節確實影響到中國小說《西遊記》的創作元素，例如：《西遊記》第二十一回「護法設莊留大聖，須彌靈吉定風魔」中，有詩描述孫悟空變化成蚊蟲飛入妖精洞裡：「只怕熏煙撲扇，偏憐燈火光輝。輕輕小小悉鑽疾，飛入妖精洞裡。」〔註 122〕其變身成蚊子叮咬捉弄妖精並打探情報；第十七回「孫行者大鬧黑風山，觀世音收伏熊羆怪」中則描述孫悟空以如意棒變幻與精怪鬥法。〔註 123〕

例 7：卷十五〈畢陵伽婆蹉以神足化放牧女人五〉中敘述：

> 陵伽婆蹉在王舍城，日時將至，欲行乞食，至一放牧家食，其家女人啼。即問女言：「何故啼耶？」答言：「闍梨！今節會日，眾人集戲，我無衣裳獨不得去。」時尊者即化作種種衣服、珠寶、瓔珞、金銀校飾，與已便去。眾人見之問言：「那得？」具說因緣，聞達國王。王即喚牛女及比丘來。問尊者：「何處得此好金，非世所有？」比丘即捉杖，打壁扣床，一切化成黃金。作如是言：「首陀羅何處得金？此即是也。」王言：「闍梨！有大神足，宜各還去。」〔註 124〕

內容描述一女人因無衣裳參加晚會而啼哭，尊者即以神力化現衣服、金銀給她，比丘捉杖打壁扣床，一切化成黃金。

類似情節在唐・段成式（AD803～863）所著的《酉陽雜俎・葉限》中。〔註 125〕之後，在歐洲最早灰姑娘故事 1636 年於義大利的巴西爾所記錄，後

〔註 121〕 洪清泉發行：《印度神話故事》（臺北：偉文圖書出版有限公司，1979 年 5月），頁 123～130。

〔註 122〕 （明）吳承恩著、黎庶注釋：《西遊記（上）》（新北市：新潮社文化事業有限公司，2018 年 9 月），頁 275。

〔註 123〕 （明）吳承恩著、黎庶注釋：《西遊記（上）》，頁 223～224。

〔註 124〕 （梁）釋寶唱：《經律異相》，頁 77。

〔註 125〕 （唐）段成式：《酉陽雜俎》（北京：中華書局出版，1981 年），頁 200。
〈葉限〉之內容大意如下：在秦漢二朝之前，有一位吳姓洞主娶了兩位妻子。其中一位妻子早死，留下一名女兒，名叫葉限。葉限聰明伶俐，深得父親的喜愛；但在父親死後，葉限受到後母的虐待。一天，葉限得到一尾兩寸長、

來接連出現於 1697 年出版的法國作家夏爾‧貝洛的童話集《鵝媽媽的故事》〔註126〕及 1812 年德國出版的《格林童話》中有〈灰姑娘故事〉〔註127〕情節與上述內容相似，其在世界各地流傳廣泛，亦有許多不同版本與說法。

　　以上運用仙女棒變出一切灰姑娘所需物品的故事情節，與《經律異相》中〈畢陵伽婆蹉以神足化放牧女人五〉的比丘捉杖打壁扣床一切化成黃金，是相同的，故事元素可說早在西元前六世紀的佛經故事中，找到了源頭，此故事亦發展成類型，根據 AT 分類法，《灰姑娘》屬於其中的第 510A 類故事。

　　例 8：卷二十七〈摩達王從羅漢聞法得道九〉中敘述：

　　有國王名曰摩達，出軍征討，選民數百萬，時有比丘，得羅漢道。

金色眼睛的金魚，並帶回家裏飼養。金魚一天一天的長大，只得把牠放到池裏飼養。只有葉限每次走到池邊的時候，金魚才會浮上水面伸出頭來。葉限的後母騙了葉限的衣服後，穿上它走到池邊，然後殺死了金魚，並把牠燒來吃。葉限發現金魚不在池裏，放聲大哭。忽然，天上神仙降臨，安慰葉限，並要她把魚骨堀起，藏於家中；如此，向它祈禱的願望都能實現。於是葉限得到金銀珠寶與華衣美食。到了某個節日，後母參與盛會，她吩咐葉限在家守著果樹。葉限待後母遠去後，亦悄悄跟上，還穿上翠綠色的紗紡上衣和一雙金鞋子。後母所生的女兒認出了葉限，後母看見葉限後亦起疑心；葉限害怕被她們發現，便匆匆回家，途中遺留了其中一隻金鞋子，由其他洞人所撿到。後母回家後，發現葉限抱樹而睡，便沒有追究。一名洞人把金鞋子帶到洞穴附近的強大島國「陀汗」國售賣。國王得到金鞋子後，命令左右試穿，卻沒有人合穿。於是國王命令全國的婦人試穿那隻鞋子，發現她們全都不是那隻鞋子的主人。陀汗王認為洞人是搶回來的，便把他禁錮起來，但對之拷打後也無法得知金鞋子的來歷。國王把金鞋子棄在路旁，並到處派人到人們的家裏搜查，如果搜出另一隻金鞋子，就將家裏的人捉拿。陀汗王在室內找到葉限，並發現她能夠穿上金鞋子，人們都相信她就是金鞋子的主人。由於葉限的一身打扮和舉止都美若天仙，國王便娶她為妻，並與葉限帶著魚骨一同回國。

〔註126〕劉守華主編：《中國民間故事類型研究》（武漢：華中師範大學出版，2002 年10 月），頁 556。

〔註127〕格林兄弟著：《格林童話全集》（臺北：小知堂文化事業有限公司，2001 年3 月），頁 156。〈灰姑娘〉內容大意如下：從前，有一位長得很漂亮的女孩，她有一位惡毒的繼母與兩位心地不好的繼姐。自從她的父親過世之後，她便經常受到繼母與兩位姐姐的欺負，被逼著去做粗重的工作，經常弄得全身滿是灰塵，因此被戲稱為「灰姑娘」。有一天，城裡的王子舉行舞會，邀請全城的女孩出席，但繼母與兩位姐姐卻不讓灰姑娘出席，還要她做很多工作，使她失望傷心。這時，有一位仙女出現了，用仙女棒幫助她搖身一變成為高貴的千金小姐，並將老鼠變成僕人，南瓜變成馬車，又變了一套漂亮的衣服和一雙水晶（玻璃）鞋給灰姑娘穿上。灰姑娘很開心，趕快前往皇宮參加舞會。

入國分衛，並被執錄，將詣王宮。王使養官馬，勤苦七日，王自臨
視。比丘見王，輕舉飛翔，上住空中，現其威神。〔註128〕

內容為比丘以神力飛上空中說前世因緣，令王得道。

在印度神話《石榴公主》故事中，敘述古印度的中部，納巴達河流域有
一個國王，具備神力，能夠神通飛行、可隨心所欲靈魂出竅進入別人軀殼的
情節。〔註129〕其與佛經故事是相似的，可知印度神話對佛經故事的影響。

例9：卷十七〈見羅剎出家得道十四〉中提到：

摩偷羅國有一男子，啟其父母，求欲出家。往優波笈多所，……夕
於中道宿一神廟，優波笈多作二羅剎，一持死屍，一則空手，俱入
廟中，互言：「我得。」共諍不決，而問此人：「誰將屍來。」此人
思惟：「不得妄語。」如實語之。空來之鬼，即牽其臂，向口欲食，
將屍之鬼，助其分解，劣相免脫，如此良久，遂至日出。經二日後，
還至笈多所，出家為道，精進勤修，得阿羅漢果。〔註130〕

內容描述優波笈多化成二羅剎，度人出家。羅剎是印度教神話體系中一種常
見的鬼神（其他鬼神包括阿修羅和畢舍遮等），於佛教中被歸屬於餓鬼道，有
福德、威神力的強大鬼。在婆羅門教經典《梨俱吠陀》（BC1500～2000）裡就
已經提到羅剎，羅剎和夜叉是由生主的兩隻腳的腳趾所生，羅剎是夜間活動
的怪物，經常侵襲人類、妨礙祭祀。印度神話故事也曾提到羅剎吃人的情節，
若要防止受害就要定時進獻人與動物給羅剎。〔註131〕

隨著佛經故事傳入中國後，影響其筆記小說創作，例如：南北朝的《幽
冥錄·顧某》寫赤衣群鬼使農人氣息奄奄，任意捉弄其人；《異苑·許氏鬼祟》
寫鬼魅夜作笑語，歌哭無常，毀人靈車，任意胡為；《述異記·索方興》寫一
鬼負馬皮囊在民宅中輪轉，使主人得疾而亡。〔註132〕以上皆是運用鬼祟侵擾
人的情節，而《冥詳記》、《宣驗記》等書中敘述的鬼故事更富含濃厚的佛教
色彩。

神通情節的運用，引人興趣與驚奇，讓佛法的義理容易使人接受並印象

〔註128〕（梁）釋寶唱：《經律異相》，頁149。
〔註129〕葉昂夫人著，草子葉譯：《印度神話故事》，頁4。
〔註130〕（梁）釋寶唱：《經律異相》，頁92～93。
〔註131〕葉昂夫人著，草子葉譯：《印度神話故事》，頁42。
〔註132〕祁連休：《中國民間故事史·先秦至隋唐五代篇》（臺北市：秀威資訊科技，
　　　　　2011年8月），頁100。

深刻，對於這些特異功能的崇尚，激發人的想像力與創造力，也能對於人生中所面臨到的困難時，有一個新的寄託和期望。

2. 修行者的考驗

例1：卷十八〈比丘從師教得道十五〉中敘述：

> 優波笈多將其入山，以神通力，化作大樹。語言：「汝當上此大樹。」是時，比丘便即上樹，又於樹下，化作大坑，深廣千肘。又語：「放汝二腳。」便放腳，又令放一手，即放一手，更放一手，比丘答言：「若復放手，便墮坑死。」優波笈多言：「我先共約，一切受教，汝云何不受？」時身愛即滅，放手而墮，不見樹坑。笈多說法，精進思惟，得羅漢果。〔註133〕

優波笈多化成大樹，樹下化作大坑，教化比丘捨身即能得道。此情節同於卷十八〈比丘好眠見應化深坑懼而得道十九〉中，優波笈多以神力化一深坑，使比丘畏懼墮坑而不敢睡。〔註134〕

例2：卷三十七〈優婆塞被魔試四〉中敘述：

> 有一優婆塞，與眾估客，遠出治生。遇天寒雪，夜行失伴，住一石室，時有山神，變為女像，來試之曰：「白雪覆天地，鳥獸皆隱藏，我獨無所恃，唯願見愍傷。」優婆塞兩手掩耳曰：「無羞弊惡人，說此不淨語，水漂火焚之，不欲見聞汝，有婦心不欲，何況作邪婬？欲樂情淺薄，大苦可畏深。」山神聞之，兩手擎捧，送至伴中。〔註135〕

有一優婆塞，與眾估客遠出治生，遇天寒雪，夜行失伴，住一石室。山神變為女像，來考驗其清淨心與否。

在佛經故事中考驗修行者的是佛菩薩，以神通力幻化出各種形象考驗修行者，例如，唐高僧玄奘於西行取經時，所聽到流傳於中印度婆羅尼斯國的一則考驗修行者的民間故事，在其所撰的《大唐西域記》卷七，〈救命池〉，故事大意為：

有一窮途末路的烈士，遇見隱士幫他脫困，欲報知遇之恩，答應護持隱士修行，隱士告誡他，無論遇見任何情景，都不可發出聲音，就可成功。於是

〔註133〕（梁）釋寶唱：《經律異相》，頁97。
〔註134〕（梁）釋寶唱：《經律異相》，頁98。
〔註135〕（梁）釋寶唱：《經律異相》，頁200。

他在夢幻中重新投胎，經歷人生一切喜怒哀樂，都堅持不開口，後來他老了，妻子惱怒他一世不開口，便以殺兒子來威脅他，他忍不住驚叫一聲，前功盡棄，隱士只好引烈士入救命池。〔註136〕

其敘述故事主角過不了幻化出的「殺子之痛」的考驗。類似情節故事傳入中國後，影響其歷代小說的創作，基於上述的基礎改編而來的，可見於唐‧段成式《酉陽雜俎》續集卷四〈顧玄績〉；唐‧裴鉶《傳奇‧韋自東》；《太平廣記》卷三五六所引的《蕭洞玄》；唐‧薛漁思《河東記》；唐‧李復言《續玄怪錄‧杜子春》；明‧馮夢龍《醒世恒言》卷三十七〈杜子春三入長安〉；清‧李百川《綠野仙踪》（八十回本）第七十三回「守仙爐六友燒丹藥、入幻境四子走旁門」。〔註137〕

以上運用神通來變化不同人物與幻境，對修行者進行考驗，鼓勵人若能克服內心的恐懼和慾望，就能提升修行的境界。

3. **特殊的解脫法**

佛強調神通雖然殊勝，但非無敵，那就是不敵業力，善惡因果，終須自己受。若是修神通只要利養也是無法解脫，佛陀曾親證五神通，擁有五神通的神奇法力，又知道五神通不相應於生死的解脫，唯有自己努力修證得「漏盡通」〔註138〕，才是真正的解脫。以下舉例說明：

例1：卷五《經律異相‧現鐵槍報五》中敘述：

舍衛城中有二十人，復與二十人，共為怨敵，時四十人，各欲相害，伺覓方便，承佛威神，尋詣佛所，佛化四十人，當有鐵槍自然來，出入佛右足大指。言未竟，槍在佛前。……佛曰：「昔五百賈人，一懷惡心，吾即害之，是其餘殃。」四十人聞是，自相謂言：「法王尚

〔註136〕（唐）玄奘：《大唐西域記》，見任繼愈主編：《中國科學技術典籍通彙》（鄭州市：河南教育出版社，1993～1995），地學卷第一冊，頁564～565。

〔註137〕劉守華主編：《中國民間故事類型研究》（武漢：華中師範大學出版社，2002年10月），頁200。

〔註138〕佛教認為，六通的前五種神通是通外道的法，即外道也能透過修練神通的方法而達到這樣的能力。但第六種的漏盡通，並不是所謂超過一般正常人身心能力的神通，但卻也是佛門以外的任何修行人所無法達到的。因為漏盡通是必須透過佛教三乘菩提中解脫道修行的智慧修證，斷了我見及我執，證阿羅漢果，並加修四禪八定的禪定功夫，才能進一步而證得的一種證量能力。參見丁福保編：《佛學大辭典》（臺北：天華出版，1987年7月），頁1821。

爾，況於吾等，當不受罪乎？」〔註139〕

佛告訴眾人，前世曾為了救五百賈人性命，殺了其中一個懷有惡心之人，仍要遭受鐵槍自然來，出入佛右足大指之餘殃，此為業力不可轉移的例子。

例2：卷二十二〈純頭沙彌為鬼所敬用須跋外道自然降伏七〉中敘述：

> 舍利弗有一沙彌名曰純頭，年八歲得六神通，飛騰虛空，至阿耨泉，有五通梵志，名曰須拔，亦至彼泉，時彼泉上，有守泉青衣鬼，驅逐五通梵志，瓦石打擲不使逼近神泉。純頭沙彌，乘虛空至，彼青衣鬼，數百之眾，皆前迎逆，……「然此黑衣小兒，年在七八，未離乳哺，身體穢臭，待敬過重，用何等故？」時青衣鬼語梵志曰：「今此學士，形年雖小，行過三界，得賢聖八品道，汝今無是，故不興敬。」〔註140〕

純頭沙彌年八歲得六神通，德高為鬼所敬，須跋外道自然降伏。可見道德修為並不分年齡，是靠累劫累世努力修行而來，佛教認為高尚的德行，是受到任何鬼神的敬仰，有清淨的心就能開發潛能，開啟神通的能力。

佛教強調其所說的神通，是有別於外道的神通，是有真正的解脫之道，如此幫助在當時印度社會中新興的佛教，能與其他信仰共存而立足。

（二）文學的創造與想像

《經律異相》故事中，關於神通的描述，運用許多誇張的筆法來展示人物變形、幻化的神奇性，可謂最具有超現實與神奇的元素，能超越人類感官及心智的限制，展現許多超自然的經驗及行為，以下舉例說明。

例1：卷十三〈迦葉結集三藏黜斥阿難使盡餘漏三〉中故事大要敘述：

> 結集三藏時，阿難煩惱未盡，迦葉觀阿難有煩惱，令其懺悔，拒阿難於門外，阿難坐禪經行，後夜疲極息臥，頭未至枕，突然得悟，為大阿羅漢。其夜叩門呼，迦葉言汝由門鑰孔中來，阿難即以神通力即由鑰孔中入。〔註141〕此例用人可通行門鑰孔的誇張描述，示現人物變幻的巧妙。

例2：卷十六〈舍那婆私變雷電器仗為優鉢羅花二〉中敘述：

> ……舍那婆私思惟，我不伏之，不得教化。即以神力動山，二龍王

〔註139〕（梁）釋寶唱：《經律異相》，頁18～19。

〔註140〕（梁）釋寶唱：《經律異相》，頁119～120。

〔註141〕（梁）釋寶唱：《經律異相》，頁65。

瞋，起疾風雨，及以出火。舍那婆私，入慈三昧，風雨及火，不能
近身，悉變為花，所謂優鉢羅花等，悉皆墮地。復起雷電及諸器仗，
亦以神力，變為天花。〔註142〕

舍那婆私將雷電器仗變為優鉢羅花，這樣超能的情節，被後世小說經常性地
運用，延展人無限的想像與樂趣。

　　例3：卷十六〈末闡提降伏惡龍十〉中敘述：

罽賓國稻始結秀，龍王阿羅婆樓，注大洪雨，禾稻沒死，時大德末
闡提比丘等五人，從波咤利弗國，飛騰虛空，至雪山邊，阿羅婆樓
池中，即於水上，行住坐臥。龍王眷屬，入白龍王，龍王嗔忿，作
諸神力，暴風疾雨，雷電霹靂，山巖崩倒，樹木摧折，身出煙火，
雨大礫石，欲令大德末闡提怖，復喚兵眾，猶不能伏。末闡提言：
「汝令諸天一切世人，悉來怖我一毛不動，汝若取須彌及諸小山，
躑置我上，我亦不動。」乃至漸以法味，教化示之，令其喜伏，龍
王聞法，即受歸戒。〔註143〕

比丘不怕龍王神變，飛騰虛空至雪山邊，即於水上行住坐臥。龍王嗔忿作諸
神力，欲令大德末闡提怖，末闡提不動，度化龍王。故事情節以神變、飛騰虛
空展現自在、隨心所欲，呈現出一種人類心理壓力的釋放，自由的延展。

　　例4：卷二十三〈差摩蓮華遇強暴人脫眼獲免八〉中敘述：

昔舍衛城名拘薩國，有諸放逸，淫亂之眾，專為凶惡。時國中諸
比丘尼，樹下精專思惟正道，不捨心懷，比丘尼中智慧第一，名
曰差摩。神足第一，名蓮華鮮，各有德行，威神巍巍。時天小熱，
俱行洗浴，詣流水側，凶眾遙見，即生惡心，婬意隆崇，欲以犯
之。候比丘尼，適脫衣被，入水洗浴，尋前攣衣，持著遠處，欲
牽犯之。時比丘尼愴然愍之，因脫兩眼，著其掌中，以示諸逆：
「卿所愛我，唯愛面色，已盲無目，何所可好？」復示腹胃，身
體五藏，手腳各異，棄在一面。謂凶眾言：「好為何在？」逆凶見
此，忽然恐怖，知世無常，三界如寄，其身化成，骨血不淨，無
可貪著，尋還衣被。〔註144〕

〔註142〕（梁）釋寶唱：《經律異相》，頁82。
〔註143〕（梁）釋寶唱：《經律異相》，頁85。
〔註144〕（梁）釋寶唱：《經律異相》，頁224。

此故事以比丘尼挖眼，又以神力示腹胃、身體五臟手腳各異，使惡人恐懼得
度。其描述人事物的本質，揭露人對慾望所追求的，並未是眼前所見，靜心
觀其本質，不外是醜陋的。

　　例5：卷三十六〈樹提伽身生人中受天果報二〉中敘述：

　　　　昔有一長者，名樹提伽，倉庫盈溢，金銀具足，奴婢成行，無所乏
　　　　少。……佛答言：「樹提伽布施功德，見天上愛樂，五百商主，將諸
　　　　商人，齎持重寶，奔空山中，逢一病道人，給其草屋，厚敷床褥，
　　　　給水漿、鎗銷、米糧，給其燈燭，于時乞願天堂之供，今得果報如
　　　　是。」〔註145〕

故事中，樹提伽因布施功德，金銀珍寶綾羅繒綵俱足，能乘飛雲輪車在虛空
中。其飛空境界，主要展現人因行善，獲得的美好心境，藉由這樣的想像體
驗，鼓勵人不斷行善。

　　例6：卷四十四〈有人遠求仙水主人惡心使登樹得仙二十一〉中敘述：

　　　　昔有一人，聞外國有仙水入中得仙，便向外國寄他宿止。主人問客：
　　　　「君欲何去？」答曰：「學仙。」主人懷惡，語客言曰：「我有仙樹，
　　　　君能與我一年苦作，便與君仙何煩遠去。」客言：「甚善。」一年苦
　　　　作，恒無慍色。一年既滿，其主人公，本心相欺，既無仙樹，將至
　　　　山中，指臨巖樹云：「是仙樹。君上其頭，我喚若飛，應聲飛擲。」
　　　　客人心至，即於此樹，飛騰虛空，遂得仙道。主人公見：「我令其死，
　　　　何悟得仙？深重此樹，情言是聖。」復經少時，父子相與，共到樹
　　　　下，讓父先上，兒便喚言：「阿耶可飛。」父即欲飛，墮巖石上，身
　　　　體粉碎。〔註146〕

人為理想求道一年，為他人苦作，恒無慍色，至誠的心，終使有心人於樹上
飛騰虛空而成仙。反觀故事中，只想享樂卻又貪得無厭、求捷徑者，終將一
無所獲，二者反差，透露出人生的哲理。

　　以上故事運用神通的情節，加上想像、虛構而來，神奇法術建構出來的
奇幻空間，人不但可以隨心所欲，變化多端，也可無中生有地變化出人或物
來，也可以任意創造自然環境中，所不能產生的形象。其虛構變幻的特點，
正好與佛理的「不著相」、捨棄一切幻想、分別的觀念相通，敘事隱喻哲理，

〔註145〕（梁）釋寶唱：《經律異相》，頁193。
〔註146〕（梁）釋寶唱：《經律異相》，頁231。

創造與想像的文學特質與佛理適當結合，始終具有著神秘的吸引力。

（三）夢與遊歷他界

1. 夢

夢是一種主體經驗，是人在某些階段的睡眠時，產生想像中的影像、聲音、思考或感覺，通常是非自願的。佛藉由夢的因緣來說法，也是很奇特的方式。《經律異相》中關於藉由夢中或解夢時說法的情節如下：

情　　節	編　　號
夢中聞佛說法	8-6
請佛解夢	（參「人與佛」）28-4、29-2
佛為人現夢	（參「佛」）40-2
夢一金色獸捨身助人，死後升天	47-8

以上為佛透過夢或解夢的因緣，為眾生說法，解謎開悟。在此舉一個《經律異相》所收錄的二個解夢情節類似的故事來說明：

《經律異相・波斯匿王請佛解夢四》 卷二十八	《經律異相・不梨先泥王請佛解夢二》 卷二十九
波斯匿王，夜臥有十種夢： 一、小樹生華。 二、小樹生果。 三、牸牛從犢求乳。 四、人切索羊隨後食。 五、十釜重上釜踊灌入最下釜。 六、馬一身兩頭食麥。 七、血流成渠。 八、澄水四邊清中央濁。 九、犬在金器中小便。 十、四方有四牛來相抵突各散還去。	不梨先泥王，夜臥夢見十事： 一、三瓶併兩邊瓶滿氣出相交往來，不入、中央空瓶中。 二、馬口食尻亦食。 三、小樹生華。 四、小樹生果。 五、一人索繩，人後有羊。羊主食繩。 六、狐於金床上金器中食。 七、大牛還從犢子飲乳。 八、四牛從四面鳴來相趣欲鬪，當合未合，不知牛處。 九、大池水中央濁四邊清。 十、見大谿水流正赤。
佛解十夢內容	
一、是時人民不孝父母，不承事沙門婆羅門，便得供養，猶如今孝從父母供養沙門者也。	一、豪貴自相追隨，不顧貧賤。 二、後世帝王及諸大臣，稟食俸祿復探萬民不知厭足。

二、是時人民嫁未久，而抱子歸不知慚愧也。	三、後世人年未滿三十，而頭生白髮，貪婬多欲年少強老。
三、母守門女傍通以自存活也。	四、後世人年未滿十五，便行嫁抱兒而歸，不知慚愧。
四、以己財寶與外人通也。	五、後世人夫婿出行，婦與他通食其財物。
五、兒語父母言，速出此家詣山野澤，我欲住此村落也。	六、後世人下賤更尊貴，有財產眾人敬畏之，公侯子孫更貧賤，處於下坐飲食在後。
六、彼依國王劫奪婆羅門長者，或依婆羅門長者劫奪王藏也。	七、後世人無有禮義，母為女媒誘他男子，與女交通授女求財，以自饒給不知慚愧。
七、當來有國王不樂己境界，便集四種兵侵奪他界，亦不可制不隨法教，是時人民死者眾多也。	八、帝王長吏人民無有忠正仁慈。
八、中國眾生好喜鬥亂，邊國人民無有諍訟也。	九、後世中國當擾亂治行不平，人民不孝父母不敬長老，邊國面當平清，人民和睦孝從二親。
九、我三阿僧祇劫勤苦所集法寶者，皆當誹謗，刀杖瓦石打我聲聞，此沙門種所說非法，好造歌頌也。	十、後世諸國當忿諍興軍聚眾更相攻伐，當作車兵步兵騎兵，共鬥相殺傷不可稱數，死者於路血流正赤。
十、是時四面有大雲起。雷電霹靂不雨散去也。	

　　以上二個故事的十夢情節大同小異，佛藉由夢中不尋常的異相，吸引人的注意力，並融入佛法於當中，敘述包含了影像、聲音、思考或感覺等，增加說法的精彩度。

　　波斯匿王與不梨泥王所做的十夢，實際上是透過佛的解夢來警示後世人，所預示的是：社會風氣敗壞、金錢至上、貪好色慾、未婚生子、戰爭殺戮等社會現象。

　　在中國解夢的現象，最早溯至殷墟的甲骨文起，在李孝定《甲骨文集釋》中，保存丁山所蒐羅的二十二則有關夢的卜辭，到了春秋時期的《左傳》記載，有地位崇高之專業解夢人的出現，其觀察夢者的生活來判斷夢的可能徵兆。〔註147〕

　　西元前二、三世紀左右，關於夢的情節運用文學作品，中國也有莊周夢蝶的故事，出自《莊子·齊物論》：

　　　昔者莊周夢為蝴蝶，栩栩然蝴蝶也，自喻適志與！不知周也。俄然
　　　覺，則蘧蘧然周也。不知周之夢為蝴蝶與，蝴蝶之夢為周與？周與

〔註147〕熊道麟：〈從左傳中的桑田巫看春秋時期的專業解夢人〉，《興大中文學報》第9期，1996年1月，頁329～340。

蝴蝶，則必有分矣。此之謂物化。〔註148〕

莊子是戰國時期道家學派主要代表人物，其運用浪漫的想象力和美妙的文筆，通過對夢中變化為蝴蝶，和夢醒後，蝴蝶複化為己的事件來描述與探討，提出了人不可能確切的區分真實、虛幻及生死物化的觀點。

夢本是一種心理現象，其虛幻之性質導易致人的猜測與迷信，對之解釋也賦予各種夢本身之外的一些社會文化的呈現。西漢初期盛行黃老思想，對於夢的解釋多有道家色彩，較有代表性的為《淮南子》，認為夢是人受到現實生活所干擾而產生出的結果，若能摒除雜念、六慾，就能寢而不夢，如：卷十〈繆稱訓〉中，敘述：「身有醜夢，不勝正行；國有妖祥，不勝善政。」〔註149〕此處降低了夢的神怪色彩，將夢之吉凶歸結於人主要的思想修為。之後，獨尊儒術，董仲舒將儒學加入陰陽五行災異感應思想內容，此時多借夢來宣揚天人感應，使夢具有某種神祕色彩。到了東漢時期，讖緯迷信大行其道，對夢的解釋更加荒誕離奇，對此，王充在《論衡》卷二十〈論死〉中，認為夢是無法預言吉凶禍福，主張：「人夢不能知覺時所作，猶死不能識生時所為矣。」〔註150〕所謂吉凶禍福都是儒生穿鑿附會而已。

魏晉時期，夢的觀念以《列子》的論述較為詳細，其認為夢是同一物類相互之間的感應，如，卷三〈周穆王〉所云：

> 陰氣壯，則夢涉大水而恐懼；陽氣壯，則夢涉大火而燔焫；陰陽俱壯，則夢生殺。甚飽則夢與，甚飢則夢取。……將陰夢火，將疾夢食。飲酒者憂，歌舞者哭。〔註151〕

上述與《淮南子》的觀點接近，反應人與現實環境的關係，呈現出道家對夢的認識。

南北朝時期，佛教盛行，認為人之靈魂不死，可以輪迴轉生，因此藉由夢來宣揚因果報應思想，如，劉向所撰《說苑》卷十，〈敬慎〉中云：「妖孽不

〔註148〕王先謙撰：《莊子集解》，見《萬有文庫簡編》，（臺北：臺灣商務印書局，1935年3月），頁18。

〔註149〕（漢）劉安撰、高誘注：《淮南子》見《四部備要·子部》（臺北：臺灣中華書局出版，1966年3月），冊418，頁12。

〔註150〕（漢）王充：《論衡》見《四部備要·子部》（臺北：臺灣中華書局出版，1966年3月），冊360，頁12。

〔註151〕（周）列禦寇：《列子》，見《景印文淵閣四庫全書·子部·道家類》（臺北：商務印書館，1986年7月），冊1055，頁602。

勝善政,惡夢不勝善行也。」〔註152〕警醒士大夫們必須行善,才能感應善報。

夢的情節影響到中國的志怪筆記小說創作,例如:洪邁所撰的《夷堅志》,蒐羅兩宋近六十年的各種奇聞異事。原有四百二十卷,現存的卷數中,篇名以夢為題的就有一百多則,再加上故事內容涉及夢的,則多達六百則。由於《夷堅志》並非洪邁獨立創作,而多為士子市民提供故事,在這些為數不少的夢故事中,可以看出世代的夢觀,以及夢如何影響著他們的生活。其承接著中國傳統的夢魂觀念,認為夢為人魂出遊所見,亦認為夢有預言的作用。〔註153〕中國的志怪筆記小說中,關於夢故事呈現的是命定與因果報應的觀念,繼承佛經的義理,這些夢故事雖然表面是記奇夢兆驗,然而背後往往隱含規諷現世的意涵,後人亦用來探討人類的思想與社會文化。

二、遊歷他界

佛教的宇宙觀將世界分為天、地、人,也就是天界、人世間、地獄三個部分,常人或許曾聽聞過天界與地獄的敘述,但那是肉體一定未曾體驗過的空間,《經律異相》中的故事情節描述到這些異度空間如下:

地 點	情 節	編 號
天界	乘天神車馬遊歷天界	24-7
	婢行善覩有天堂	45-4
地獄	入海見地獄餓鬼	37-1
	命終十日遊歷地獄	37-14
	人慳病時見地獄	45-4
羅剎界	入海求寶墮羅剎界	43-3

例1:卷二十四〈摩調金輪王捨國學道七〉中,描述遊歷天宮與地獄之情節:

> 帝釋言:「我遣一車駕千匹馬來迎王,車名蔡苛育多,喃王名聲遠流,聞忉利天,為諸天王之所敬重欲得相見。」見車驚言:「非世所有,我王施善,天車迎王,喃王載車,車馬俱飛。」即告御車:「汝過二道,我欲得見惡人之道,復欲得見善人之道。」摩曰:「婆即將

〔註152〕(漢)劉向:《說苑》見《四部備要・史部》(臺北:臺灣中華書局出版,1966年3月),冊289,頁5。

〔註153〕陳靜怡:《《夷堅志》夢故事研究》,國立中興大學中國文學系碩士論文,2006年。

過視泥犁地獄，人所作惡，考掠之處，復上忉利，觀天上樂。」王
到釋宮，天帝復言：「天上諸王，大欲得見，喃王常道說功德。」即
前牽臂與共並坐，喃王變身，如天上體，不復如世間臭也。〔註154〕

天帝釋遣一車駕，千匹馬來迎摩調金輪王，帶他參觀忉利天宮，王變身如天
上體，不復如世間臭也，作倡天樂散華燒香。

　　例2：卷三十七〈沙門億耳入海見地獄一〉中，描述地獄遊歷之情節，故
事大要如下：

沙門億耳入海求寶，他與五百商客取寶後回聚落，途中飢渴之際遇見餓
鬼指路至餓鬼城。他一路見到有狗、百足蟲噉人肉的刑罰，因其犯淫業故，
有長老迦旃延勸他守五戒。沙門億耳施食餓鬼，食物立刻化成膿血，並常在
火中，因其惡口、慳貪故。〔註155〕

　　例3：卷三十七〈有人命終十日還生述所經見十四〉中，描述地獄遊歷之
情節：

有優婆塞本事外道，厭苦禱祠。……暴疾命過，臨當死時，囑父母
言：「我病若不諱七日莫殯。」奄忽如死，停屍八日，親屬皆言，急
當殯斂。父母言：「不腫臭欲留至十日。」當此語時，便見眼開，未
能動搖，父母歡喜守至十日，便自起坐，善能語言。問所從來，盡
何所見？答言：「有吏兵來，將到一大城，城中有獄，獄正黑四面鐵
城，城門悉燒鐵正赤，獄中繫人身坐火中，上下洞燒，青煙上出，
或有人以刀割其肉而噉食之。」獄王問我言：「汝何等人，犯坐何等
乃來到此？」……急案名錄……壽應盡未。吏言：「未應死也，尚有
餘算二十，以其先有所犯罪，是以取之。」吏言：「誠如王言，不別
真偽，速發遣之，辭謝使去。」〔註156〕

有人命終十日到地獄遊歷，獄王問他何來此，並急查名錄，知其壽命未盡，
發遣回去。在中國六朝志怪小說《冥祥記》中亦有記載，晉人趙泰中年時，患
心痛猝死，十日後蘇活，訴說曾遊歷地獄之經過：

所至諸獄，楚毒各殊。或針貫其舌，流血竟體。或被頭露髮，裸形
徒跣，相牽而行，有持大杖，從後催促。鐵牀銅柱，燒之洞然，驅

〔註154〕（梁）釋寶唱：《經律異相》，頁132。
〔註155〕（梁）釋寶唱：《經律異相》，頁198。
〔註156〕（梁）釋寶唱：《經律異相》，頁202。

迫此人，抱臥其上，赴即焦爛，尋復還生。或炎爐巨鑊，焚煮罪人，
身首碎墜，隨沸翻轉，有鬼持叉，倚于其側。有三四百人，立于一
面，次當入鑊，相抱悲泣。〔註157〕

敘述自己看見地獄中之罪人，被針貫其舌、抱熱銅柱、下油鍋、死又復生、
無止盡地受罰、鬼差隨後催促等，一切地獄之可怕過程經歷。佛教遊歷地獄
情節影響到中國六朝志怪小說創作，包含：劉義慶《幽冥錄》、《宣驗記》、
顏之推《冤魂志》等，同樣都有鬼差持杖器懲罰罪人、死又復生、無限輪迴
受苦之景象。隋唐五代的小說，如：《紀聞·劉子貢》寫劉某病死又復甦，
言在地獄見已故之父親、岳丈、鄰人坐罪受苦之狀；《酉陽雜俎·醫人王超》
寫一醫師無疾而亡，至冥府為王者針治左膊腫大之病，然後令其回到人間；
《窮神秘苑·李俄》寫一婦人因誤召病卒，冥府乃使其鄰人發冢，遂得剖棺
而返家中。〔註158〕

　　例4：卷四十五〈老母慳病時見地獄婢行善覩有天堂四〉中，描述人遊地
獄、天宮之經歷：

昔王舍城東，有一老母，慳貪不信，其婢精進，常行慈心，念用二
事，利益群生。一者，不持熱湯波地；二者，洗器殘粒常施人。老
母得病有氣息，魂神將之入地獄中，見火車鑊，炭鑊湯涌沸，刀山
劍樹，苦楚萬端，老母見問訊：「是何物？」獄卒答曰：「此是地獄。」
王舍城東，有慳貪老母，應入其中，老母自知，悚然愁悸，小復前
行，七寶宮舍，妓女百千，種種珍異，問此：「何物？」答言：「天
宮。」王舍城東，慳貪老母有婢精進，命盡生中，老母忽活，憶了
向事，而語婢言：「汝應生天。汝是我婢，豈得獨受？汝當共我。」
婢答之言：「脫有此理，轉當奉命，但恐善惡隨形，不得共受耳。」
母即不慳貪，大作功德。〔註159〕

有一老母得病有氣息，因慳貪魂神將入地獄中，見火車鑊炭，鑊湯涌沸，刀
山劍樹，苦楚萬端。老母有婢，精進修行，命終後生天宮中。母知其道，即不
慳貪，大作布施。故事描述人的神靈，遊行他界，呈現想像奇妙、景象奇特，

〔註157〕（南朝梁）王琰撰：《冥祥記》，見李劍國輯釋：《唐前志怪小說輯釋》，（上
　　　　　海：上海古籍出版社，2011年10月），頁559。
〔註158〕祁連休：《中國民間故事史·先秦至隋唐五代篇》（臺北市：秀威資訊科技，
　　　　　2011年8月），頁248～249。
〔註159〕（梁）釋寶唱：《經律異相》，頁223。

短時間內獲取長距離的遠遊效果，幻覺消失後又回到現實，體驗一種短暫的解脫，這種宗教性的體驗，之後被遊仙文學所模仿，例如，張華《博物志》卷三中有一則傳說：

> 舊說云：「天河與海通。」近世有人居海渚者，年年八月有浮槎去來，不失期。人有奇志，立飛閣於查上，多齎糧，乘槎而去，十餘日中猶觀星月日辰，自後芒芒忽忽亦不覺晝夜。去十餘日，奄至一處，有城郭狀，屋舍甚嚴。遙望宮中多織婦，見一丈夫牽牛渚次飲之。牽牛人乃驚問曰：「何由至此？」此人具說來意，并問此是何處，答曰：「君還至蜀都訪嚴君平則知之。」竟不上岸，因還如期，後至蜀，問君平，曰：「某年月日有客星犯牽牛宿。」計年月，正是此人到天河之時。〔註160〕

敘述古人在海中乘小筏遊歷至他界的經過。

晉朝文人陶淵明於永初二年（421），作《桃花源記》，也運用了遊歷他界的情節，記述一個世俗的漁人偶然進入與世外隔絕之地的奇遇記。文章描繪了一個沒有戰亂，沒有壓迫，自給自足，人人自得其樂的社會，是當時的黑暗社會的鮮明對照，是作者與世人所嚮往的一種理想社會，它體現了人們的追求與嚮往，也反映出人們對現實的不滿與反抗。

以一個似幻似真的經歷，傳達人對仙境的期望，《經律異相》故事影響六朝志怪小說中的遠遊類型傳說，以遊歷他界的過程來解決現實面臨的危機與疑問，主要以時間的消逝，與解除空間的壓迫來達到解脫。

例5：卷四十三〈師子有智免羅剎女三〉中，有人入海求寶而墮羅剎界的敘述：

> 閻浮利地，有眾多賈客，共相率合，入海採寶，正值迴波，惡風吹壞大船，復有諸人，乘弊壞船，隨風流迸，墮羅剎界。羅剎女輩，顏貌端正，前迎賈客云：「此間多寶，明珠無價，恣意取之，我等無夫，汝無妻妾，可止此間，共相娛樂，後得善風，良伴歸家，諸君當知，若見左，面有道者，慎莫隨從。」時商客中，有一智者言：「諸女所說，此不可從。」即進左道行數里，中聞一城裏數千萬人，稱怨喚呼，云：「何捨閻浮提，就此命終？」賈客前詣城下，周匝觀

〔註160〕 （晉）張華撰：《博物志》，見《四部備要・子部》（臺北：臺灣中華書局，1965 年 11 月），頁 12。

　　察，見城鑄鐵垣牆，亦無門戶出入處所，去城不遠，有尸梨師樹，

　　即往攀樹，見城裏數千萬人。遙問城裏人曰：「何為？稱喚父母兄弟

　　耶？」城裏人報曰：「我等入海，採致寶物，為風所漂，又為羅剎女

　　所詃，閉在牢城，前有五百人，漸漸取殺，今有二百五十人在，君

　　莫呼此女謂為是人，皆是羅剎鬼耳。」〔註161〕

有眾多賈客，共相率合入海採寶，正值惡風吹壞大船，復有諸人，乘弊壞船
隨風流墮羅剎界，遇見羅剎女欲誘騙殺害。其故事中眾人是透過海為媒介而
進入羅剎界，關於羅剎故事最早源自於印度史詩《摩訶婆羅多》，其中有一段
敘述：

　　般度族五兄弟與母親貢蒂被流放，他們避難來到一座城市。一天，他們
聽到房東家有哭泣聲，經問得知，有一羅剎肆虐該城，城中各家要輪流送活
人給它吃，現在輪到房東家了。五子中的老二怖軍力大無比，他遵從母命前
往羅剎住處，殺死了羅剎，解放全城。〔註162〕

　　此故事的流傳相當廣泛，不僅在本國產生了巨大影響，對中國古代小說
也產生了深遠影響。「羅剎吃人」的情節，不僅影響了明代小說《西遊記》，例
如：第四十三回「黑河妖孽擒僧去，西洋龍子捉鼉回」中描述妖孽將唐僧捉
了，要將其煮來吃，而沙悟淨將妖怪引出，由孫悟空收拾。〔註163〕還有早期
的《搜神記》中的〈李寄〉，及《幽明錄》中的〈羅剎〉〔註164〕，他們都具有
相同的故事框架。

　　例如，《搜神記・李寄》卷十九，描寫少女李寄斬殺大蛇為民除害的故事：

　　　　東越閩中，有庸嶺，高數十里，其西北隰中，有大蛇，長七八丈，

　　　　大十餘圍，土俗常懼。東冶都尉及屬城長吏，多有死者。祭以牛羊，

〔註161〕（梁）釋寶唱：《經律異相》，頁222～223。

〔註162〕唐孟生，晏瓊英編：《古印度神話故事》（吉林：吉林人民出版社，2001年10
　　　　月），頁105～125。

〔註163〕（明）吳承恩著、黎庶注釋：《西遊記（中）》（新北市：新潮社文化事業有
　　　　限公司，2018年9月），頁549。

〔註164〕（南朝宋）劉義慶：《幽明錄》見《筆記小說大觀31編》（臺北：新興書局，
　　　　1980年8月），冊7，頁4107。

　　　　〈羅剎〉：「有一國，與羅剎相鄰人。羅剎數入境，食人無度。王與羅剎約言：
　　　　「自今已後，國中人家，各專一日，當分送往，勿復枉殺。自奉佛家，惟有
　　　　一子，始年十歲，次當充行。捨別之際，父母哀號，便至心念佛。以佛威神
　　　　力，故大鬼不得近。明日，見子尚在，歡喜同歸。於茲遂絕，國人賴焉。」

故不得禍，或與人夢，或下諭巫祝，欲得啗童女年十二三者。都尉
令長並共患之，然氣屬不息，共請求人家生婢子，兼有罪家女養之，
至八月朝，祭送蛇穴口，蛇出吞嚙之。累年如此，已用九女。〔註165〕

故事中，將「羅剎吃人」改成「大蛇吃人」，描述其經常出來吃人，因死傷慘
重，只好以牛羊祭祀。但仍有人做夢或巫祝占卜得知，大蛇欲吃童女，於是
地方官開始尋求婢子或有罪家之女獻祭。

　　總述以上故事情節有：人乘天神車馬遊歷天界，入海見地獄餓鬼、羅剎，
命終十日靈魂遊歷地獄，生病將命終時，行善覩有天堂，行惡看見地獄，以
及人虛弱時，能量處於陰陽兩界之間，或是人入海求寶，以海為媒介等等，
所感受到的不同景象，藉人遊歷天界、鬼道、地獄的事緣來說法，彰顯生死
輪迴、善惡皆有業報的觀念。

小結

　　綜觀《經律異相》中的因緣故事內容，題材絕不脫離佛教信仰，內容亦
彰顯因果業報定律，強調因果業報的相續、無間斷、善惡相應的原則、業報
主不可轉移、業報可轉或消及佛教修行的各種法門等，這些都是勸化世人，
積極向善的重要元素，以文學方面而言，充滿了創造與想像、感情與趣味，
無論是神通變幻、遊歷他界，還是特殊人物的外貌言行等，生動的敘述所建
構的想像世界，超越具體文字的限制，令人感受到不可思議、非比尋常的感
性畫面，達到了從現實材料中，加以選擇、提鍊、改造、組合再創造出的一種
藝術形式。漢譯佛典故事可說是兼具了教化、娛樂、藝術與文學的多元價值。

〔註165〕　（晉）干寶撰：《搜神記》（臺北：新文豐出版公司，1980年12月），頁300。

第四章 《經律異相》之本生故事

第一節 本生的定義與故事內容

一、本生的定義

　　本生，梵文是，jātaka，音譯作闍多伽、闍陀，又稱佛說本生經、生經、本生譚、本緣、本起、本生話、本生故事或略稱作生經，是記錄佛陀還未成佛，即因地為菩薩時的前世故事，或是佛弟子的前世故事。以下為經、律、論中的記載。

　　佛教大乘經典《大般涅槃經》云：

>　　何等名為闍陀伽經？如佛世尊本為菩薩修諸苦行，所謂：「比丘當
>　　知，我於過去作鹿、作羆、作麞、作兔、作粟散王、轉輪聖王、龍、
>　　金翅鳥。」諸如是等行菩薩道時所可受身，是名闍陀伽。〔註1〕

　　律典《四分律名義標釋》云：「云闍多伽，此云本生，謂說菩薩行，因本曾為事也。」〔註2〕；《成實論》云：「闍陀伽者，因現在事說過去事，如來雖說未來世事，是事皆因過去現在故不別說。」〔註3〕

〔註1〕（北涼）天竺三藏曇無讖譯：《大般涅槃經》見《大正新脩大藏經》（臺北：新文豐出版公司，1983年元月），冊12，頁694。

〔註2〕（明）廣州沙門釋：《四分律名義標釋》見《大正新脩大藏經》（臺北：新文豐出版公司，1983年元月），冊44，頁424。

〔註3〕訶梨跋摩著，（姚秦）三藏鳩摩羅什譯：《成實論》見《大正新脩大藏經》（臺北：新文豐出版公司，1983年元月），冊32，頁244。

佛教小乘論典《阿毘達磨大毘婆沙論》云：「本生云何？謂諸經中宣說過去所經生事，如熊、鹿等諸本生經，如佛因提婆達多說五百本生事等。」〔註4〕

由上可知，「本生」是指佛陀與弟子們前世的各種修行，例如，佛以不同的身分如：鹿、羆、䗍、兔、粟散王、轉輪聖王、龍、金翅鳥等，行菩薩道與完成德業。而提到弟子們的前生事，記載於《阿毘達磨大毘婆沙論》，其中提到佛因為要度化提婆達多，而說了五百個本生故事。

《瑜伽師地論》中云：「云何本生？謂於是中宣說世尊在過去世彼彼方分，若死若生行菩薩行行難行行，是名本生。」〔註5〕因此可知，佛陀在成佛以前，曾為天人、國王、太子、大臣、仙人、商賈、長者各種人物，或作熊、鹿、兔子、老虎、孔雀……等各種動物，累世修行布施、持戒、忍辱、精進、禪定、智慧等菩薩道的事蹟。

《大智度論》中提到：

> 「本生經」者，昔者菩薩，曾為師（按：獅）子，在林中住，與一獼猴，共為親友。獼猴以二子，寄於師子。時有鷲鳥，飢行求食，值師子睡，故取猴子而去，住於樹上。師子覺已，求猴子不得，見鷲持在樹上，而告鷲言：「我受獼猴寄託二子，護之不謹，令汝得去，孤負言信，請從汝索；我為獸中之王，汝為鳥中之主，貴勢同等，宜以相還！」鷲言：「汝不知時，吾今飢乏，何論同異！」師子知其叵得，自以利爪摑其脇肉，以貿猴子。又過去世時，人民多病黃白痿熱；菩薩爾時身為赤魚，自以其肉施諸病人，以救其疾。又昔菩薩作一鳥身，在林中住，見有一人，入於深水非人行處，為水神所羂。水神羂法，著不可解；鳥知解法，至香山中取一藥草，著其羂上，繩即爛壞，人得脫去。如是等無量本生，多有所濟，是名「本生經」。〔註6〕

佛前世為師子，與獼猴為親友，受獼猴託顧其子，鷲鳥飢餓，趁師子睡著時偷了獼猴子欲食之，師子為了不負所託，以利爪抓自己的肉換回獼猴子；又

〔註4〕 五百大阿羅漢等著，三藏法師玄奘譯：《阿毘達磨大毘婆沙論》見《大正新脩大藏經》（臺北：新文豐出版公司，1983年元月），冊27，頁660。

〔註5〕 三藏法師玄奘譯：《瑜伽師地論》見《大正新脩大藏經》（臺北：新文豐出版公司，1983年元月），冊30，頁418。

〔註6〕 龍樹菩薩著，（後秦）龜茲國三藏法師鳩摩羅什譯：《大智度論》見《大正新脩大藏經》（臺北：新文豐出版公司，1983年元月），冊25，頁307。

過去世曾為魚，布施肉救人疾病；過去世為鳥，解救被水神所困的人。以上皆展現捨己助人的精神。

在早期印度經師所傳的「本生」大部分是由「本事」〔註7〕而來，內容大部分是印度民族古代先賢事蹟，有一部分為釋迦牟尼的前生故事；律師所傳的是佛及其弟子的本生故事，主角包含各種人物、動物及鬼神等；晚期論師所傳的都以佛過去世的菩薩行為主，為經與律兩類的本生綜合而成。

《經律異相》中的本生故事，包含佛與其弟子們的前世故事，其主角以人或動物為主。本生故事的形成與古印度社會盛行的「輪迴轉世」的思想有關，〔註8〕與前一章所提到的「因果報應」理論是互相聯繫的，是由「業感緣起」到「因果報應」，再進入到「輪迴轉世」。

輪迴起於古印度的《梵書》時代，成熟於《奧義書》，有流轉之意。其認為，輪迴包含三道，即天道、祖道、獸道。〔註9〕輪迴亦是婆羅門教和耆那教的主要教義之一，而佛教再將三道擴展為六道，佛教的解脫之道不是梵我合一，而是達到涅槃。佛教認為，輪迴是一個過程，人死去以後，「識」會離開人體，經過一些過程後，進入另一個新生命體內，該新生命體可以是人類，也可以是動物、鬼、神，若到達涅槃的境界就可擺脫輪迴。眾生的身、口、意三業不斷的造作，或為善業，或為惡業，如果善業的力量大，就把眾生牽引至天、人、阿修羅等三善道去受生。如果惡業的力量大，眾生就墮入地獄、餓鬼、畜生等三惡道去受苦，《法華經・方便品》：「以諸欲因緣，墜墮三惡道，輪迴六趣中，備受諸苦毒。」〔註10〕因此業力的善惡，對於眾生未來生的取

〔註7〕佛陀前世故事稱作本生，佛陀的弟子的前世故事則稱作本事。

〔註8〕呂凱文：〈佛教輪迴思想的論述分析——以《弊宿經》裡佛教徒與「虛無論者」的輪迴辯論為考察線索〉，《中華佛學研究》，第9期，2005年，頁8。提到，輪迴思想發展在《梵書》與《奧義書》時代（公元前1000～500年），至《奧義書》時期方達成熟，並成為古印度文明所認同的一個主流。

〔註9〕黃寶生譯：《奧義書》（新北市：自由之丘文創事業出版，106年10月），頁18。「在《大森林奧義書》中，遮婆利向阿盧尼描述轉生的兩條道路：一條是「在森林裡崇拜信仰和真理」的人們（即知梵者）死後進入天神世界和太陽，抵達梵界，不再返回；另一條是從事「祭祀、布施和苦行」的人們，死後進入祖先世界和月亮，又返回凡界，循環不已。在《歌者奧義書》中，對於轉生凡界有更為具體的描述，並指出：「那些在世上行為可愛的人很快進入可愛的子宮，或婆羅門婦女的子宮，或剎帝利婦女的子宮，或吠舍婦女的子宮。而那些在世上行為卑汙的子宮，或狗的子宮，或豬的子宮，或旃陀羅婦女的子宮。」

〔註10〕（後秦）鳩摩羅什譯：《妙法蓮華經》見《大正新修大藏經》，冊9，頁7。

向，具有決定性的作用，因此佛勸眾生積善去惡，以免輪迴。

　　佛教信仰將生命看作是循環往復的，由前世、今生的行為決定去處，在地獄、餓鬼、畜牲、阿修羅、天、人六道中，不停流轉生死，每一次的輪迴都有其獨特的意義，為了印證其真實性，本生故事因而產生。

二、故事內容

　　《經律異相》中的本生故事，將其歸納分類後，在此分為：人物本生、動物本生、綜合本生三個主題來討論。

（一）人物本生

　　人物本生故事數量眾多，內容方面在此，以概述方式呈現整理如下表所示：

部　類	卷　次	內容概述
佛部	卷四～卷六	敘述佛陀從出生、成道到示現涅槃的過程中所發生的異相。
	卷七	敘述釋氏家族的各種事跡，如：大愛道出家、羅睺羅出家、調達出家、琉璃王滅釋種的因緣等。
菩薩部	卷八～十二	敘述佛陀本生及諸菩薩布施救人，隨機度化眾生的高行。如：薩陀波崙刺血求法；薩婆達王割肉餵鷹；九色鹿救溺人；為鸚鵡身，救森林火；為大魚身，以濟飢渴。
聲聞部	卷十三～二十三	記載佛陀弟子的本事、出家、悟道、教化的種種事跡，及惡行僧、無學沙彌、無學比丘尼的事跡。如：大迦葉、賓頭盧、須菩提、阿那律、舍利弗、目連、優波離、迦旃延、難陀、迦留陀夷、阿難、周利槃特、調達、均提沙彌、蓮花色比丘尼等事跡。
國王部（含王夫人）	卷二十四～三十	記載轉輪聖王及行菩薩道、行聲聞道諸國王的事跡。
	卷三十	敘述諸王夫人奉佛持齋事跡，如：阿育王夫人受沙彌度化、末利夫人持齋等。
太子部（含王女）	卷三十一～三十三	記載諸國王子修學菩薩道、聲聞道的事跡。如：月光太子出血救人、須大拏太子施象被擯、祇域王子捨國為醫、長生太子以德報怨、薩埵太子捨身飼虎、帝須太子出家得道、祇陀太子受戒證果等。
	卷三十四	記述波斯匿王女金剛念佛改顏；安息王女先從狗中來；王女見水上泡，起無常想等九則王女的事跡。

長者部	卷三十五～三十六	記述得道長者、修諸行長者的事跡。如：須達長者見佛悟道、流水長者救十千魚、忽起長者賣身供僧等。
優婆塞優婆夷部	卷三十七	記述佛門中的信士男精進修道的事跡。如：優婆塞持戒，鬼代取花；薄拘羅持一不殺戒，得五不死報。
	卷三十八	記述佛門中信士女精進向道的各種事跡。如：優波斯那割肉救病比丘；孤母喪子，遇佛慈誘，厭愛得道等。
外道仙人部（含梵志、婆羅門）	卷三十九	敘述外道仙人的各種修行法門。如：六師與佛弟子捔道力；富蘭迦葉與佛捔道，不如，自盡；仙人失通生惡道等。
	卷四十	記述梵志求法、謗佛的各種事跡。如：梵志奉佛鉢蜜，眾食不減；梵志兄弟四人同日命終；梵志夫婦採花失命；梵志失利養，殺女人謗佛。
	卷四十一	記述婆羅門信佛聞法或不法事跡。如：檀膩羈身獲諸罪因緣；婆羅門以餅奉佛，聞法得道。
居士庶人部（含賈客）	卷四十二	敘述郁伽長者見佛受戒；闍梨兄弟以法獲財，終不散失等事跡。
	卷四十三	敘述商人採寶遇難，念佛免難，聞法得道等事跡。
	卷四十四～四十五	敘述男、女庶人善惡因緣果報的故事。如：耕夫施僧一訶梨勒果，後生為兩國太子；有人使鬼得富，後害其兒；長髮女人捨髮供佛；婦人懸鈴化婿，免地獄苦；摩那祇女懷孕謗佛，身陷地獄等。

　　除了天部內容主要敘述諸天的衣食住行、壽命長短、三界成壞、日月星宿的運轉、雲雷風電的產生等，及地部敘述的閻浮提、欝單曰內山、樹、河、海、寶珠等自然物質的特徵、特殊功能及具備神力之外，其他各部多少都有人物本生故事的分布。

（二）動物本生

　　動物本生故事，主要敘述佛及其弟子前世為動物時，所做的各種菩薩行，《經律異相》特別增設「畜生部」（卷四十七～四十八）一類的編排，是佛教類書中的首創先例，就細目而言又分出「雜獸畜生部」、「禽畜生部」與「蟲畜生部」。而畜生的定義，即禽獸之通稱，除了人以外，則皆可歸在此類。《經律異相》動物故事出現種類與數量整理，如下表所示：

部 類	細 目	定 義	動物種類	故事總數
畜生部	雜獸畜生部	有四足且全身有毛的脊椎動物	獅子、大象、馬、牛、驢、狗、鹿、駱陀、野狐、狼、獼猴、兔、狸貓、鼠。共14種	37則
	禽畜生部	凡屬於鳥類者	金翅、千秋、雁、鶴、鴿、雉、烏。共7種。	14則
	蟲畜生部	昆蟲類總稱	龍、蛇、龜、魚、蛤、穀賊（按：精怪）、蟲、虱。共8種。	15則

  《經律異相》主要是收錄佛經中的異相故事，其中不少是提到傳說中的動物、精怪之類，動物長相性質奇異，所以在分類上，比起一般動物分類而言，是有其困難度的，但至少編者寶唱有掌握到這些傳說中特殊動物的特性，盡量將其作適當的歸類，對後世類書的編輯上有一定的啟蒙作用與影響。觀察〈畜生部〉的故事內容，描述動物的包含有：動物的出生來源、外形特徵、生活環境、生活習性、特殊的修行行為等。

  《經律異相》其他部與畜生有關的故事總共六十四則，如下表所示：

序 號	卷 次	部 名	篇 名
1	卷二	天地部	〈帝釋從野干受戒法一〉
2	卷二		〈帝釋應生驢中從胎而殞還依本身三〉
3	卷二		〈三十三天應生豬中轉入人道八〉
4	卷五	佛部	〈現五指為五師子十七〉
5	卷六		〈天人龍分舍利起塔一〉
6	卷六		〈獼猴起土石塔十一〉
7	卷六		〈起塔中悔後生為大魚二十一〉
8	卷九	菩薩部	〈樹提摩納手出龍象五〉
9	卷九		〈端坐山中鳥孺頂上子未能飛終不捨去九〉
10	卷十		〈能仁為婬女身轉身作國王捨飴鳥獸二〉
11	卷十		〈釋迦為薩婆達王割肉貿鷹三〉
12	卷十一		〈為大理家身濟鼈及蛇狐四〉
13	卷十一		〈為師子身與獼猴為親友五〉
14	卷十一		〈為白象身而現益物六〉
15	卷十一		〈昔為龍身勸伴行忍七〉
16	卷十一		〈為熊身濟迷路人八〉

17	卷十一		〈為鹿王身代懷妊者受死九〉
18	卷十一		〈為威德鹿王身落羅網為獵師所放十〉
19	卷十一		〈為九色鹿身以救溺人十一〉
20	卷十一		〈為雁王身獵者得而放之求國報恩十二〉
21	卷十一		〈為鸚鵡現身救山火以申報恩十三〉
22	卷十一		〈為雀王身拔虎口骨十四〉
23	卷十一		〈為大魚身以濟飢渴十五〉
24	卷十一		〈為鼈王身化諸同類活眾賈人十六〉
25	卷十二	僧部	〈沙門慈狗轉身為人立不退地九〉
26	卷十四		〈舍利弗化人蟒令生天上五〉
27	卷十四		〈目連現二神足力降二龍王十七〉
28	卷十四		〈目連邅無熱池現金翅鳥十八〉
29	卷十六		〈末田地龍興猛風不動衣角變火山為天花一〉
30	卷十六		〈優波笈多化諸虎子捨身得度六〉
31	卷十六		〈沙曷降惡龍十五〉
32	卷十七		〈羅漢與象先身共為兄弟行善不同十六〉
33	卷十八		〈重姓魚吞不死出家得道一〉
34	卷十九		〈跋處就鳥乞羽龍乞珠四〉
35	卷十九		〈沙門入海龍請供養得摩尼珠十九〉
36	卷十九		〈沙門行乞主人有珠為鸚鵡所吞橫相苦加忍受不言二十一〉
37	卷二十		〈比丘坐禪為毒蛇所害生天見佛得道四〉
38	卷二十一		〈調達先身為野狐六〉
39	卷二十一		〈提婆達多昔為野干破瓶喪命八〉
40	卷二十一		〈提婆達多昔為獼猴取井中月九〉
41	卷二十一		〈提婆達多先身殺金色師子十〉
42	卷二十二		〈沙彌救蟻延壽精進得道四〉
43	卷二十二		〈沙彌於龍女生愛遂生龍中十〉
44	卷二十二		〈沙彌愛酪即受虫身十一〉
45	卷二十五	國王部	〈尸毗王割肉代鴿四〉
46	卷二十九		〈檀那王國遭暴水蛇遶其城為二比丘所救八〉
47	卷二十九		〈驢首王食雪山藥草得作人頭十三〉
48	卷三十一		〈乾陀尸利國王太子投身餓虎遺骨起塔一〉

49	卷三十一		〈須大拏好施為與人白象詰擯山中七〉
50	卷三十五	長者部	〈曇摩留支先身為大魚十〉
51	卷三十六		〈流水救十千魚一〉
52	卷三十六		〈迦羅越以飽食施鳥令出腹中珠四〉
53	卷三十七	優婆塞	〈優婆塞為王廚吏被逼殺害指現師子三〉
54	卷三十七	優婆夷部	〈清信士臨亡夫妻相愛生為婦鼻中虫七〉
55	卷三十九	外道仙人部	〈智幻國人事烏與孔雀五〉
56	卷三十九		〈雪山仙人與虎行欲生十二子〉
57	卷四十一		〈拔抵婆羅門瞋失弟子生惡龍中為佛所降八〉
58	卷四十一		〈大鼉與瓦師子為善知識共相勸信十五〉
59	卷四十三	居士賈客庶人部	〈師子有智免羅剎女三〉
60	卷四十三		〈商人共鵠生子子皆得道八〉
61	卷四十三		〈商人驅牛以贖龍女得金奉親十〉
62	卷四十三		〈五百賈人值摩竭魚稱佛獲免十五〉
63	卷四十四		〈溺人憑鳳獲全附鷬鷟殞命十七〉
64	卷四十四		〈人遇象逐墮深谷際天降甘露遂得昇天三十三〉

以上共六十四則故事，內容提及到動物卻不是歸在〈畜生部〉當中，探究其原因，與〈畜生部〉中的故事做比較後，發現在其他各部出現的動物，大多是要呈現某個身分的修行者（人或神），與動物相關的修行故事，並非單純僅談動物，例如：天地部，描述天人將轉生動物，結果卻又轉回人道；菩薩部，大部分說菩薩前身曾為各種動物，現身助人或修行的內容；僧部，敘述佛弟子顯神通與動物鬥法、或者救動物、投胎成動物的故事；國王部、長者部、優婆塞優婆夷部、外道仙人部、居士賈客庶人部，皆是描述人與動物之間互動，與修行相關的故事，由觀察其他部的故事情節得知，〈畜生部〉故事中較顯著地專以動物為故事主角，而其他部並非如此，因此，即使故事中出現了動物也並不一定歸入〈畜生部〉當中。

（三）綜合本生

屬於人物與動物綜合的本生故事，主角為人與動物或其他互相轉生、輪迴，以這些角色來展現修行上的殊勝。

序　號	卷　次	篇　名	內容大意
1	卷二	〈帝釋從野干受戒法一〉	比摩國從陀山有一野干，因被獅子追逐，墮井而受困。料想將死，便自說偈言，帝釋聽到後便前往營救。說明野干前世今生以及弘法之事。
2	卷六	〈起塔中悔後生為大魚二十一〉	僧人因心胸狹窄，用火將所建寶塔燒毀，轉生為魚，後來聞佛法，命終轉生為人。
3	卷七	〈琉璃王滅釋種十二〉	佛言琉璃王前世為拘瑣魚，曾被滅釋種人食噉，當時佛見之喜笑而今患頭痛的果報。
4	卷十	〈能仁為帝釋身度先友人一〉	父病，子以牛祠，投生為人與牛互輪迴。
5	卷十四	〈舍利弗性憋難求七〉	過去時有一國王，為毒蛇所螫，能治毒師作舍伽羅呪收毒蛇來，先作火聚語蛇言，汝寧入火寧還噏毒，蛇思惟，我已吐竟，乃投身火中，毒蛇即舍利弗也。
6	卷十四	〈目連化諸鬼神自說先惡十六〉	目連至雪山中，化諸鬼神及龍。遇見人身狗頭之神，其乃因前世罵人但又好布施之緣故。
7	卷十五	〈跋難陀為二長老分物佛說其本緣六〉	佛說跋難陀為二長老分物因緣，其過去世為河曲中的二獺，河邊得一鯉魚，請野干來分，將魚頭和尾分給二獺，野干口銜是大魚身歸。
8	卷十七	〈蜜婆和吒羅漢等有習氣十一〉	前世為獼猴轉生為人，仍保留獼猴習氣。
9	卷十八	〈比丘多食得羅漢道二十〉	波斯匿王前世為象，因善根福德轉生為王，飲食無缺。
10	卷三十二	〈有一王子聞宿命事怖求以還佛八〉	有一王子欲知宿命，乃以問佛，佛言，王子有一世至年十五便死，王家葬埋種柏長大，下根入地正當其心，識神故在體視柏根生，於是從根出柏葉之間復見羊來，羊來食，在羊腹中，從羊屎出依附羊屎，園家錄載取以糞韮，依韮葉間，會王后思韮，勅外令送，園師持刀欲割取韮送王家，王家得韮后便食之，隨韮入腹作子，月滿便生，遂年長大復識宿命，便詣佛所白言，我不復用知宿命，令我愁憂。

第二節　人物本生

　　人物本生故事主角以人物為主，描述佛及其弟子前世的各種菩薩行，重點即強調「輪迴轉世」的觀念。本生故事是由本事演化而來，源於古印度的民間故事與傳說，內容題材包含：古印度社會上各種人物、生活文化、信仰觀念、政治理念、風俗民情等。在佛教信仰方面，透過本生故事來傳播佛法，闡述因果業報與輪迴轉世的觀念，主張眾生透過修行來解脫世間的苦難。《經律異相》中的故事，具有許多特殊的情節，例如：輪迴轉世、異能、特殊言行、特殊相貌、人與鬼神、人與佛等，可以分析出當代人對一切事物的興趣喜好和審美觀，並有益於了解其政治、經濟、宗教、文學、教化娛樂等各方面的發展情形，以下舉例說明。

一、輪迴轉世

　　以下為「輪迴」之情節整理表：

序　號	情　節	編　號
1	將投豚胎又轉生為人	2-6、2-8
2	轉生為驢又還本身	2-3
3	轉生為魚	6-21
4	轉生為牛	10-1
5	妾死轉生嫡妻子以報仇	10-1
6	轉生為國王	10-2
7	轉生為王	13-14
8	轉生為象	17-16
9	靈魂升天為神	8-9、13-2、14-4、15-2、19-10、20-4、22-6、23-1、23-11、24-3、32-1、34-6、36-12、36-13、36-14、36-15、41-12、42-1、44-34、45-5
10	轉生為蟲	（參「罪報」）18-18、22-11、37-7
11	轉生為龍	（參「罪報」）22-10
12	轉生為羅剎	（參「國王」）28-1
13	靈魂附於植物再到羊腹中再到羊屎、韭菜，再入人腹作子	32-8
14	轉生為雁	48-3-1（禽畜生部中）

例一：卷二〈帝釋應生驢中歸依三寶從胎而殞還依本身三〉中提到：

> 昔者天帝釋，五德離身，自知命盡，當生陶家，受驢胞胎，愁憂自
> 念：「三界之中，濟人苦厄，唯有佛耳。」馳往佛所，稽首伏地，至
> 心歸命，佛法聖眾，未起之間，其命忽終，便入驢母胎中，時驢解
> 走，破壞坏器，其主打之，尋時傷胎，其神即還，入故身中，五德
> 還備。〔註11〕

故事描述天帝釋的天人福報用盡，自知將轉世為驢，於是至佛所皈依，忽然
命終墮入驢胎，當時驢子走路破壞了器物，主人鞭打牠時又傷胎，天帝釋的
神識又回到原來身體，恢復天人五德之身。其體現佛教主張的清淨心一起，
能消諸惡業，能將三惡道轉入善道去，「輪迴」全憑心地造作。

例二：卷十〈能仁為帝釋身度先友人一〉中提到：

> 菩薩為天帝釋，志存苦空，非身之相，坐則思惟：「遊則教化，愍愚
> 愛智，精進無休。」覩其宿友，受婦人身，為富姓妻，惑乎財色，
> 不覺無常，居市坐肆。帝釋化為商人，婦人要坐，商人熟視而笑，
> 婦乃怪之。側有一兒，播轐躍戲，商人復笑，有人父病，子以牛祠，
> 商人亦笑。有一婦人抱兒，兒刮母頰，血流交頸，商人復笑，是富
> 姓妻問曰：「君住吾前含笑不止，屬吾搏兒，何以見笑？」商人答曰：
> 「卿吾良友，今相忘乎？」婦人悵然，意益不悅，怪商人言。商人
> 又曰：「吾所以笑搏兒者，兒是卿先父，魂神今為卿作子，一世之間，
> 有父不識，何況長久乎？播轐兒者，生本是牛，牛死還為主作子，
> 家以牛皮，用貫此轐，兒今播打，不識故體，用牛祭者，父病請愈，
> 猶服鴆毒，以救疾也。父終為牛，累世屠戮，今此祭牛，還受人體，
> 刮母而兒，兒本小妻，母是嫡妻，女情妒嫉，常加酷暴，妾含怨恨，
> 妻終為嫡妻子，攫面傷體，故不敢怨。夫心無恒，昔憎今愛，何常
> 之有，一世不知，豈況累劫。」〔註12〕

故事描述天帝釋化為商人，告訴宿友前世輪迴因果，商人告訴婦人，婦人抱
兒，兒刮母頰血流交頸，是因為兒的前世是小妾，母是大老婆，小妾被虐待，
所以此世小妾投胎為兒來報仇；播轐兒者前世是牛，牛死後還為主作子，父

〔註11〕 （梁）釋寶唱：《經律異相》，見《大正新脩大藏經》（臺北：新文豐出版公司，
1983年元月），冊53，頁8。
〔註12〕 （梁）釋寶唱：《經律異相》，頁49～50。

親生病卻殺牛祭祀求病癒，結果父命終轉世為牛。以上表達人若無法放下執著，累世冤冤相報，始終陷於「輪迴」之中，了無出期。

在清·紀曉嵐《閱微草堂筆記》卷二十一〈灤陽續錄三〉中，記載關於輪迴的故事如下：

> 輪迴之說，鑿然有之。恆蘭臺之叔父，生數歲，即自言前身為城西萬壽寺僧。從未一至其地，取筆粗畫其殿廊門徑，莊嚴陳設，花樹行列。往驗之，一一相合。然平生不肯至此寺，不知何意。此真輪迴也。〔註13〕

敘述恆蘭台的叔父，生下來才幾歲，便自稱前身為城西萬壽寺的僧人。他從來沒有去過那裡，卻能粗略地畫出該寺的殿宇走廊，門庭路徑，以及寺裡的莊嚴陳設和種植的花樹，去那裡驗證，處處符合。然而他終生不肯去該寺，不知是何緣故。以上故事內容體現人生今世所遇之事，定是延續前世所造之業的結果，前世欠人，今世還人，前世所到之處，今世仍有記憶。佛教主張未成佛前，必須經歷累劫累世的修行，是一種延續性的輪迴，生命的結束並非終點，而是一直永遠存在的。

例三：卷三十二〈有一王子聞宿命事怖求以還佛八〉中敘述：

> 有一王子，欲知宿命，乃以問佛。佛言：「不用知之，令人憂愁。」王子故欲得知，如是至三，佛便授戒，令知宿命，於是王子，自視其事。十五應死，憂愁不可言，至年十五便死，王家葬埋，種柏長大，下根入地，正當其心，識神故在，體視柏根生，正貫我心，為生貫其心，於是從根出，柏葉之間，復見羊來，自念：「此羊噉柏，當復害我。」會羊來食，在羊腹中，從羊屎出，依附羊屎。園家錄載取以糞韭，依韭葉間，會王后思韭，勅外令送，園師持刀欲割取韭，恐刀見害，事事愁憂彌不可言。園師割韭束送王家，在韭束中，王家得韭后便食之，隨韭入腹作子，月滿便生，遂年長大復識宿命。便詣佛所白言：「我不復用知宿命，令我愁憂，今以知宿命還佛。」佛語太子：「我爾時不欲與汝，汝為欲得之，乃悔可聽。」〔註14〕

〔註13〕（清）紀昀：《閱微草堂筆記》（新北市：廣文書局股份有限公司，2017 年 12 月），頁 276。

〔註14〕（梁）釋寶唱：《經律異相》，頁 177。

故事中描述有一王子請求佛告訴他前世宿命，於是佛言，王子前世十五歲便死亡，他的靈魂附於柏樹，再到羊腹中再到羊屎、韭菜，再入人腹作子等一連串的輪迴之旅。

「輪迴轉生」的情節，是佛教要表達的一種人生觀、價值觀及世界觀。佛教的輪迴觀念繼承自印度早期婆羅門教等宗派的輪迴觀，但又有著本質的不同。六道是輪迴的途徑與形態，其傳入中國之後，與中國本有的靈魂觀念相碰撞，再和鬼神、地府等民間信仰相融合，對中國的文化和民間信仰產生了深遠的影響。

二、異能

異能是特異功能，指常人不具備的特殊能力，多泛指科學無法解釋的超自然能力。自古以來，人對於傳說和史詩中的英雄和聖人的能力深信不疑，因此佛教也將其運用來宣教，以加深人們的信心。

「異能」之情節整理如下表：

序　號	異能類別	情　節	編　號
1	神智	不懂佛經之人，懷孕能誦經道	14-2
		人在胎中，令母能論議	41-2、45-12
		人在胎中，令母善意性柔和	43-2
		人在胎中，令母性弊惡	43-2
		人懂鳥語	44-16、44-37
		鳴鼓出現美食	24-5
2	小兒異能	初生即能走路、講話	4-2、14-2、22-1
		小兒八歲能說法	8-5、30-1
		初生兒，口能誦佛經	9-13
		八歲小兒有神通	（參「神通」）16-9、22-7、22-8、30-1
		初生兒白毯裏身	（參「布施」）23-2
		初生兒金縷衣自然著身	36-13
3	預知	人通達過去、未來宿命	35-8

《經律異相》在人物「異能」之情節又可分為：神智、語言聲音、小兒異能、預知，以下分別舉例說明。

（一）神智

例1：卷四十一〈阿耆尼達多在胎令母能論議二〉中敘述：

> 巴連弗國有婆羅門，名曰阿耆尼達多，通達經論，納妻之後少時懷
> 妊，懷妊大欲論議。夫問相師，相師答曰：「胎中之子善能論議，日
> 月既滿遂產一男，達諸經論，為婆羅門師，兼授人醫術。」。〔註15〕

以上內容敘述有一婆羅門人，妻在懷胎時，胎兒令母善能論議，出生後，果
然通達諸經並能授人醫術。

例2：四十三〈善求惡求採寶經飢樹出所須二〉中敘述：

> 往昔閻浮，有國名波羅奈。時有薩薄，名摩訶夜移，其婦懷妊，自
> 然仁善意性柔和，月滿生男，形體端正。父母愛念，施設美饍，延
> 請親戚，并諸相師，共相娛樂，抱兒示眾，為其立字。相師問言：
> 「此兒受胎，有何瑞應？」父言：「受胎母自和善。」相師名為善求。
> 乳哺長大，好積諸德，慈愍眾生，次後懷妊，期滿生男，形體醜陋。
> 相師問言：「此兒懷妊，有何感應？」答言：「懷兒母自弊惡。」相
> 師名曰惡求。乳哺長大，好為惡事。〔註16〕

故事敘述婦人懷孕在首胎中，胎兒令母善意性柔和，長大後也慈愍眾生；次
後又懷胎，胎兒在胎中，令母性弊惡，出生後形體醜陋，好做惡事。

以上二則故事，以母親懷胎後的異相，來凸顯胎兒的天賦與素質，以胎
教而言，主要是由母親影響胎兒，此處反倒以胎兒影響母親，使故事更有新
聞性和感染力，與中國傳統文化中，強調上對下有無條件的支配，下對上絕
對的順服傳統，是很不一樣，佛教強調的是，一切眾生，佛性平等，最終仍由
眾生的業力大小來支配。因此，胎兒的天賦異稟與氣質個性，皆可由母親懷
胎的異相呈現出來。

古代希伯來神話中，也有類似胎兒影響母親的情節故事，敘述杜格杜雅
嫁給普魯沙斯帕，十五歲時生下瑣羅亞斯特，這個孩子在母胎中尚未降生時，
籠罩在母親身上的光環愈來愈耀眼，像月亮一樣放射光芒，人們為此驚訝不
已。〔註17〕如此情節在佛經傳入中國後，在北宋徐鉉所撰的《稽神錄‧張某

〔註15〕（梁）釋寶唱：《經律異相》，頁 215。
〔註16〕（梁）釋寶唱：《經律異相》，頁 222。
〔註17〕薛克翹，張玉安，唐孟生：《東方神話傳說》（北京：北京大學出版社，1999
　　　　年），頁 340～341。

妻》中有段類似情節的敘述：

> 晉州神山縣民張某妻，忽夢一人，衣黃褐衣，腰腹甚細，逼而淫之。
> 兩接而去，已而妊娠。遂好食生肉，常恨不飽。恒舐唇咬齒而怒，
> 性益狠戾。居半歲，生二狼子，既生即走，其父急擊殺之。妻遂病
> 恍惚，歲餘乃復。鄉人謂之狼母。〔註18〕

此故事描述人於夢中與狼交合懷胎，其胎兒具有了獸性的基因而影響到母親，
使其好吃生肉，又因常吃不飽而易怒，狼子影響到母親的性情，變得惡劣狠
戾，其繼承佛經的情節。但內容有些變動，增加動物與人交合的元素，強化
負面意識的延展，如此的敘述與中國的傳統倫理觀念差異很大。

另外，王嘉的《拾遺記》卷八中，亦敘述到：

> 孫堅母妊堅之時，夢腸出繞腰，有一童女負之繞吳閶門外，又授以
> 芳茅一莖，童女語曰：「此善祥也，必生才雄之子。……語畢而覺，
> 日起筮之。」筮者曰：「所夢童女負母繞昌門，是太白之精，感化來
> 夢。」夫帝王之興，必有神迹自表，白氣者，金色。〔註19〕

故事中的母親懷孕夢見腸出繞腰，又有童女送給芳茅一莖，透過巫師占卜後，
認為是祥瑞的異相，類似的情節運用，屬於正面意識的延伸，中國有許多敘
述帝王的降生神話，亦運用此類情節描述，以凸顯君權神授的特質。

人物「異能」的情節運用，於文學、心理方面，可加強故事主角的驚奇
與幻想性，功能在幫助人面對現實困境時，抒解壓力或對未來有美好的期許，
於佛教方面，其主張人之異能，乃前世累劫努力修行而來，優異的能量若能
善加運用，即能利人利己。

（二）人解鳥語

關於「人解鳥語」的情節如，卷四十四〈賃人善解鳥語十六〉中敘述：

> 昔有一極貧人，善曉鳥語，為賈客賃擔，過水邊飲，鳥鳴，賈客怖。
> 作人反笑，到家問言：「我在彼飲，時聞鳥鳴，我大怖而君反笑，何
> 耶？」答曰：「鳥向語我，賈人身上，有好白珠，汝可殺之取珠，我
> 欲食其肉。」是故我笑耳。曰：「汝何不殺也？」答曰：「我坐前世
> 貪人財物，故貧為賃擔，若復殺人取物，後世受苦，何時當已，我

〔註18〕 （宋）李昉編：《太平廣記》，見《景印文淵閣四庫全書‧子部‧小說家類》
（臺北：商務印書館，1986年7月），冊1046，頁282。

〔註19〕 （晉）王嘉：《拾遺記》，冊1042，頁349。

今至死，不為此事。」〔註20〕

上述有一貧人懂鳥語，某日替人擔物至水邊喝水，鳥叫時，賈客害怕，貧人告訴賈客，鳥向他說殺了賈客，然後各取所需，賈客好奇為何沒被殺？貧人趁此時告訴他，因前世貪人財物，果報是貧窮，更何況是殺人，所以就算到死也不做此事。此處的鳥是誘惑人去做壞事，但也有提醒人遠離禍端的例子，例如：《舊雜譬喻經》（卷上），故事大要敘述：

某龍女來陸地上玩，因事被牧羊人打，而被路過的國王解救，龍王欲報答國王，賜他懂鳥獸語的本領，條件是要齋戒七日，並不許他人知道，王后詢問不得，威脅要自殺，於是龍王變一群羊，母羊也威脅公羊不幫忙就自殺，公羊即說：「愚痴的國王，才會為婦人的糾纏所煩惱。」受到鳥獸語啟發後，國王才打消念頭。〔註21〕

上述情節相同於阿拉伯民間故事集《一千零一夜》〔註22〕中，有故事提到，某商人懂得鳥獸的語言，因此能夠控制水牛和毛驢，他的喜悅暴露了秘密，他的老婆為了好奇卻非要知道真相，後來不顧洩密後的生命危險，他在向親友告別時，老婆還在堅持，但此時他聽到家裡雞狗的對話云：「別信賴婦女，不可信任她們的諾言，她們的喜怒哀樂，和她們的陰戶緊密結合，她們的愛情是虛偽的愛情，衣服裡包藏的全是陰險。」主角被動物所說的話啟發後，關門鞭打老婆。〔註23〕

早期阿拉伯故事並不豐富，其發展主要得力於印度文學的傳播與影響，而稱阿拉伯寓言之最的《卡里萊和笛木乃》一書，就是根據印度《五卷書》的一個譯本，再加以改編後引進阿拉伯。而《一千零一夜》吸收了《卡里萊和笛木乃》的部分故事，以及希臘神話和波斯文學。

在中國傳說當中，也有一則〈公冶長解鳥語〉的故事，據《論語集釋》之記載：

公冶長從衛還魯，途中聞鳥相呼，往青溪食死人肉。須臾，見一老

〔註20〕（梁）釋寶唱：《經律異相》，頁231。

〔註21〕（吳）康僧會譯：《舊雜譬喻經》，見《大正新脩大藏經》（臺北：新文豐出版公司，1983年元月），冊4，頁514。

〔註22〕納訓譯：《一千零一夜》（第一冊）（北京：人民文學出版社，1982年），頁3～7。

〔註23〕洪清泉：《印度神話故事》（臺北：偉文圖書出版社有限公司，1979年5月），頁25～26。〈美麗的拉伯姆公主〉的故事，故事中曾提到鸚鵡向主角說人語的情節。

嫗當道而哭。冶長問之，嫗曰：「我兒前日出，至今不反，諒已死，不知所在？」冶長曰：「向聞鳥相呼，往青溪食肉；或許是汝兒。」嫗往，果得其兒，已死。即報村官事實。村官以殺人罪歸冶長，付獄。冶長以解鳥語辯之。獄主試其實，繫冶長在獄六十日，卒有雀在獄柵上相呼，謂：「白蓮水邊，有運粟車翻覆，粟散在地，收斂不盡，往啄之。」主遣人往驗，果如其言，後又解豬及燕語，屢驗，於是獲釋。〔註24〕

內容敘述有一個人，名叫公冶長，聽得懂鳥語，豬及燕語。

「人解鳥語」情節的運用，往後仍出現於六朝志怪小說之中，一直流傳至明清時期的明·田藝蘅在《留青日札》卷三十一〈黃雀語〉〔註25〕中。

《留青日札》中還列舉了古代其他一些「人解鳥語」的材料，如《史記》：「秦仲知百鳥之音，與之語，皆應焉」；《益部耆舊傳》：「楊宣為河內太守，群雀鳴乘上，知前有覆車之粟」；《論衡》：「廣漢陽翁偉能聽百鳥之音又，東方朔能解鳥語。」〔註26〕關於此類材料，古代尚有不少，又有《古今圖書集成·禽蟲典·雀部外編》引《青州府志》，其內容與此稍有差異，將雀換作鷗，將羊換作獐，鷗怨長食肉未留腸，遂乃報復其入獄，後長又雀語獲釋。〔註27〕此後又在此本上滋生出許多故事，並逐漸加入蛇、燕等其他動物。

〔註24〕程樹德：《論語集釋》（臺北：藝文印書館，1998年11月），頁249～251。
〔註25〕（明）田藝蘅：《留青日札》（上海：上海古籍出版社，1985年9月），頁998～1000。〈黃雀語〉之故事大要：有一隻黃雀告訴公冶長，南山有隻被老虎咬死的山羊，你趕緊過去，你吃肉，我吃腸。公冶長趕緊跑過去一看，果然有隻羊，就背回家吃了。結果，羊吃完了，丟羊的主人也找來了，一看，就剩下羊犄角了，於是就跑到魯國國君那裡，告公冶長偷了他們家的羊。魯君把公冶長抓住審問，公冶長說這是鳥告訴我的，魯君當然不信，於是就把公冶長關進了監獄。公冶長的老師孔子當然了解這個學生了，所以趕緊找到魯君替學生解釋，但是怎麼說魯君都不相信。孔子這才嘆息曰：「雖在縲紲之中，非其罪也。」有一天，一隻鳥兒在監獄的窗口上對公冶長說：「公冶長！公冶長！齊人出師侵我疆。沂水上，嶧山旁，當亟御之勿徨。」公冶長聽完大吃一驚，馬上找到獄吏讓他向魯君稟報。魯君雖然聽到這個故事後仍然不大相信，但為了以防萬一，還是急忙派兵前往，果然發現齊兵在沂水上、嶧山旁。魯王派奇兵突襲，將齊兵打得落花流水。魯王這才相信公冶長通鳥語是真的，於是立即下旨將公冶長從牢獄中放出。
〔註26〕（明）田藝蘅：《留青日札》（上海：上海古籍出版社，1985年9月），頁1000。
〔註27〕（清）陳夢雷：《古今圖書集成》（臺北：鼎文書局出版，1977年10月），冊51，頁403～404。

（三）小兒異能

小兒有赤子之心真誠無染，心寬念純、即知即行，因保有清淨心尚未受到染污，所以保有一些殊能與感應，是成人無法做到。《經律異相》中提到小兒異能情節有：初生即能走路、講話、誦佛經、八歲能說法、具有神通等，以下舉例說明：

例1：卷八〈無言受天戒誨依義思惟獲得四禪五〉中提到：

> 時王舍城師子將軍家產一子，……時無言，童子漸漸長大如八歲兒，
> 人所樂見，隨有說法，轉法輪處，樂法聽受，口無所宣。〔註28〕

內容敘述到王舍城中，有將軍生下一子，小時不說話，長到八歲卻能對大眾說法。

例2：卷九〈牧牛小兒善說般若義弘廣大乘十三〉中提到：

> 昔有比丘精進持戒，初不毀犯，住在精舍，所可諷誦是般若波羅蜜，
> 有聞此比丘音聲，莫不歡喜。……生長者家第一夫人作子，夫人懷
> 妊，口便能說：「般若波羅蜜。」，……日月滿足，乃產一男，又無
> 惡露，其兒適生，叉手長跪，說般若波羅蜜。〔註29〕

故事描述有一長者夫人懷孕時，口能誦佛經，之後產下一男後，沒有惡露，且初生兒就能叉手長跪，口能誦佛經。

例3：卷二十二〈純頭沙彌為鬼所敬用須跋外道自然降伏七〉中提到：

> 舍利弗有一沙彌，名曰純頭，年八歲得六神通，飛騰虛空，至阿耨
> 泉，有五通梵志，名曰須拔，亦至彼泉，時彼泉上，有守泉青衣鬼，
> 驅逐五通梵志，瓦石打擲，不使逼近神泉，純頭沙彌，乘虛空至，
> 彼青衣鬼數百之眾，皆前迎逆。〔註30〕

故事敘述八歲小兒即得有六神通，能夠飛騰虛空中，並且受到鬼神的敬重。

例4：卷三十六〈長者婦懷妊口氣香十三〉中敘述：

> 昔有長者，夫人懷妊，口出好香氣滿一國，阿闍世王，遣使尋求見
> 長者家，以問長者，長者具答，使者白王，王大歡喜，召語長者：
> 「卿若生男者，當持與我。」所生之女，後乃生女，有金縷衣，自
> 然著身。母怪解去，隨生一重，還著其身，便往問佛。佛言：「昔有

〔註28〕（梁）釋寶唱：《經律異相》，頁40～41。
〔註29〕（梁）釋寶唱：《經律異相》，頁49。
〔註30〕（梁）釋寶唱：《經律異相》，頁119。

貧家，婦出行遇雨，見一老沙門是辟支佛，泥倒躄地，傷膝流血出，
即扶沙門起，洗去其血，自裂己衣，用裹傷膝，婦人雖未奉法要，
常好稱譽佛道，死生第二天上，壽終下生，故有自然之衣，口出好
香。」〔註31〕

故事描寫有一長者夫人懷孕，口出香氣，國王告訴長者，若生男則送給國王，
生女則出生後有金縷衣自然著身，於是佛告訴他們其前世之因果，有一貧家
婦人出門遇雨，看見一老沙門跌倒腳受傷，於是貧婦撕裂自己衣服為其包裹
傷口，貧婦因此得死後升天果報，天福報盡生於人間，出生時自有自然之衣
與口出好香。

「小兒異能」的情節隨著佛經傳入中國，也影響了其創作，如，在中國
的筆記小說《閱微草堂筆記》卷十四〈槐西雜志〉中，紀曉嵐有這樣的自述：

余四五歲時，夜中能見物，與晝無異。七八歲後漸昏閣，十歲後遂
全無睹。或半夜睡醒，偶然能見，片刻則如故。十六七歲後以至今，
則一兩年或一見，如電光石火，彈指即過。蓋嗜欲日增，則神明日
減耳。〔註32〕

從紀曉嵐的親身經歷來看，他四、五歲時，在夜間能清楚看見物品的「特異
功能」應是與生俱來的。七、八歲之後，逐漸喪失，隨著年齡增長，純真染了
塵垢，「特異功能」就漸漸昏蒙了，最後消失。他也體悟到，人有了嗜好，慾
望逐日增多，這種與生俱來的能力，就會逐漸衰減了。

清‧袁枚，在《新齊諧‧馮侍御身輕》中，記述兩個小孩能飛行的事，其
內容如下：

馮侍御養梧先生，自言初生時，身小如貓，稱之重不滿二斤，家
人以為必難長成。雖長成後，過十歲，形漸魁梧，登進士入詞林
轉御史，生二子。一為布政使，一為翰林先生。為兒時能蹈空而
行十餘步，方知李鄴侯幼時能飛，母恐其去，以蔥蒜厭之，其事
竟有。〔註33〕

故事描述有一位小孩叫馮養梧，他出生時身體很小，體重很輕，像小貓一樣，

〔註31〕（梁）釋寶唱：《經律異相》，頁197。

〔註32〕（清）紀昀：《閱微草堂筆記》（新北市：廣文書局股份有限公司，2017年12
月），頁183。

〔註33〕（清）袁枚：《新齊諧》見《續修四庫全書‧集部》（上海：上海古籍出版社，
2002年），冊1788，頁533。

用秤稱還不到兩斤。家裡的人都以為這個小孩子難以養大成人。後來，馮養梧長到十歲以後，身體才逐漸變的壯實起來。其才思敏捷，考上了進士，作了御史，還生了二個會飛的兒子，小孩常能騰空數十步。其表達著有異相的父親也會生出有異能的兒子，基因是互相影響的。

本生故事強調「輪迴」的觀念，眾生帶著前世的業力投生於下一世，「小兒異能」是最好的證明，人於胎中即有各種特殊能力，並能影響母親，而父親的特殊基因也會影響兒子，再者，人於世間長大成人後，又帶著前世熟悉的記憶，這些情節與特質，對於文學、宗教、教育、心理、醫學等方面，皆有深刻之意涵。

（四）預知

佛教主張人透過修行，可以開發潛能，感應能力變強，會逐漸地讓人知道事情原本的真相，能感知未來要發生的事情，也就是所謂的預知能力，以下舉例說明：

例如，卷三十五〈申日為佛作毒飯火坑自皆變滅八〉中敘述：

是時王舍國，有一四姓長者，字為申日，財產甚富，金銀珍寶，無有央數。申日事餘道人，唯不事佛，諸異道人，皆共嫉妒，申日共議言：「佛今為王及傍臣長者吏民所敬，而我等獨，不為所重。」佛常自說言：「知去來現在之事，知他所念，今寧可試，為審爾不。」申日言：「當何試之？」異道人言：「請佛持毒藥置飯中，掘門裏深五丈，以火置中薄覆其上，令佛從上來，若知當不受請，受請則不知。」申日言諾：「即行請佛。」佛言：「大善。」異道人言：「已無所知，但當穿地。」申日有子，字旃羅法，年十六，通達宿命，善學佛道，能知去來，現在之事。啟其父言：「佛已知之，莫用惡人言，自投湯火。」〔註34〕

描述有一些外道不事佛，於是向申日讒言，讓申日供養佛時，在飯食中下毒，申日之子年十六歲，因善學佛道有修行，具有通達宿命能知去來現在之事的異能，告訴了父親，佛已知其事，不可為之。此故事表達人以預知能力，來防止一些可能的災難發生，作為一種警惕作用。

在中國早期對於未知之事，常求助於卜辭，商朝時期在殷墟甲骨卜辭當

〔註34〕（梁）釋寶唱：《經律異相》，頁190。

中有許多相關記錄，到了周朝，人開始知道自覺反省的重要，逐漸反求諸己，能夠觀察到人事須與天配合的重要，到春秋時期，在《論語‧為政篇第二》中敘述子張問孔夫子未來之事：

> 子張問：「十世可知也？」子曰：「殷因於夏禮，所損益可知也。周因於殷禮，所損益可知也。其或繼周者，雖百世可知也。」〔註35〕

子張向孔子請教預知相關問題，主要是想預知未來的世道興衰。古代稱三十年為一世，十世即三百年，子張問孔子三百年以後的事能否預知。孔子由於生的早，只知道有夏商周三朝，約一千五百年的歷史。不過這對於孔子來說也算是很漫長了，他認為用過去的一千五百年的歷史經驗推測未來的三百年是可以的，於是信心滿滿的說：「莫說三百年，就是三千年，也能預知啊！」從大趨勢而觀之，孔子認為不論朝代如何更替，世道如何變遷，人類社會的遊戲規則一定會不斷的改進完善，以利於人類自身的進化。雖然中間會有治亂、興衰，但整體上必然是進化的過程。若想預見未來，只可從宏觀著眼，才有參考價值。如就事論事、生搬硬套，則成了一葉障目、刻舟求劍了。歷史一再的重演，但從來不會重複。

由上可知，預知為一種特殊能力，但亦可以是人生豐富生活經驗的累積，即人對事物發展的宏觀遠見或是更高層次的參透，無論是先天潛能或後天修行參透，皆必須以正確方式善加使用，才可避免災難。

三、變形

「變形」是人類早期文化的一種藝術創造形式，象徵人類在意識、心理結構、倫理觀念、信仰行為等的認識。變形包含外在形態和內在精神的變化。外在形態變化指即生命個體的種、類（生物屬性）本質的改變，實體可見的形態也隨之改變，但是內在的精神卻可能不變，即生與滅的本質不變。

以下為「變形」之情節整理表：

序　號	情　節	編　號
1	人變出植物、池水、山、龍、牛、夜叉鬼、象	3-1-2-2
2	人變肉山	11-3
3	女變男	12-4、12-7、12-8

〔註35〕程樹德：《論語集釋》（臺北：藝文印書館，1998 年 11 月），頁 112。

4	人變魚	12-7
5	人變鬼	（參「修道者」）16-14、18-22
6	人化為金翅鳥	（參「修道者」）14-18
7	人變嬰兒	（參「修道者」）21-3
8	人變蝦蟇	（參「修道者」）29-8
9	人變羅剎	（參「國王」）30-5

例如，卷三〈須達多買園以立精舍二〉中敘述：

> 時舍利弗便昇須達所敷之座，六師眾中，有一弟子，名勞度差，
> 善知幻術，……舍利弗又化作金剛力士，以金剛杵遙用指之，山
> 即破壞，無有遺餘；復作一龍，身有十頭，於虛空中，雨種種寶，
> 雷電振地，驚動大眾；舍利弗又化作一金翅鳥王，擘裂噉之；復
> 作一牛，身體高大，肥壯多力，麤腳利角，跑地大吼，奔突來前；
> 舍利弗又化作師子，分裂食之；復變其身，作夜叉鬼，形體長大，
> 頭上火燃，目赤如血，四牙長利，口目出火，騰躍奔起。時舍利
> 弗自化身作毘沙門王，夜叉恐怖，即欲退走，四面火起，無有去
> 處，唯舍利弗邊，涼冷無火，即時屈伏，五體投地，求哀脫命，
> 辱心已生，火即還滅。〔註36〕

以上描述外道勞度差與舍利弗鬥法，舍利弗化身作一大六牙白象，其一牙上
有七蓮華，花上有七玉女，其象慢慢走向池邊，并啗其水池即時滅。勞度差
又變一座山，舍利弗化身作金剛力士破解；勞度差變龍，龍在虛空中雨寶，
舍利弗又化身作一金翅鳥王；勞度差變出一牛，舍利弗又化身作獅子，分裂
食之；勞度差變身為夜叉，舍利弗又化身為毘沙門王制服他。

又如：卷十六〈願足化一餓鬼說其往昔惡口十四〉，內容敘述：

> 願足阿羅漢，恒訓化餓鬼，見一餓鬼，形狀醜陋，見者毛豎，莫不
> 畏懼。身出熾炎，如大火聚，口出蛆蟲，膿血流溢，臭氣遠徹，不
> 可親近，或口吐炎，火長數十丈，或耳鼻眼，身體支節，放諸火炎，
> 長數十丈，脣口垂倒，像如野豬，身體縱，廣一由旬。〔註37〕

描述阿羅漢化身為一餓鬼，其貌不揚，放諸火焰，身體長大，令人不敢親近。

《經律異相》故事中關於人的「變形」情節為：人變動物、植物、羅剎、

〔註36〕（梁）釋寶唱：《經律異相》，頁11。
〔註37〕（梁）釋寶唱：《經律異相》，頁86。

夜叉、餓鬼、山水、嬰兒等。強調人可以變成為心之所向的萬物，心善則相好，心惡則墮入畜生、餓鬼、地獄中，成為惡形眾生。無論是佛教還是中國的儒道家，皆視人、物為一體，即天人合一、物我交融的，人變形在心理學而言，不但是一種移情作用而且移形，將情感傾注於物之上。

「變形」情節在中國文學的運用上，例如：古籍《山海經》、《淮南子》、《莊子》；筆記小說有《神異志》、《搜神記》、《雜鬼神志怪》；小說有《白蛇傳》、《西遊記》、《聊齋誌異》等，皆有記載，此說明人類藉生活中所能接觸的萬物，創造出無限的想像，以此抒發殘酷現實中的心理壓力，表達出想實現卻又不可能的願望。

四、特殊相貌

「特殊相貌」之情節整理表如下：

序　　號	肢體器官	情　　節	編　　號
1	容貌	人產前有三十二瑞相	4-2
		手足耳目舌互相爭功勞	17-12
		人有三十二相與佛相似	（參「修道者」）15-4、24-8
2	舌	人死後舌不化	19-15
3	手	手雨七寶	6-6、36-4
		燃臂助人	24-4
		十指出十寶	24-11
		割手臂又恢復	（參「布施」）25-6
		燃手臂又恢復	（參「布施」）8-2
		殺人取指為鬘	8-8、17-10
		手出乳汁	（參「修道者」）16-4、16-7、30-2
		手把金錢，續生不斷	18-4（參「布施」）
		五指化為五山	37-3
		手出百味食	41-12、45-5
4	毛孔	毛孔化佛	4-5
5	乳（參「人倫」）	飲乳識親	7-3、31-7、32-1
		割双乳又恢復	10-2

		死人餵乳	（參「死」）22-2
		血反為乳	31-6、39-7
		母旋其乳，射遍百子口	45-2
6	畸形	人面鳥身，生子還害其母	48-2
7	口	口中出香氣	36-12、36-13
8	髮	割髮供佛，髮復如故	45-1
9	身體	割截身體又恢復	8-2（參「神助人」）、8-4（參「神助人」）、8-12（參「布施」）、8-14（參「布施」）10-3（參「神助人」）
		身金黃色	13-1
		剜身燃燈又恢復	（參「國王」）24-6、25-1
		以釘釘身	（參「國王」）25-2
		軀可治病	32-7
		身體周遍有㫊檀氣	36-12

在《經律異相》故事中，特殊相貌的情節單元包含有：人類似有佛的三十二瑞相、人死後舌不化、手能出各種寶物與食物、毛孔化佛、畸形、口出香氣、身軀可治病或出㫊檀氣等，以下舉例說明。

例1：卷十五〈難陀有三十相與佛相似四〉中敘述：

佛始得道，色光明相照大千，人民天龍，十方菩薩，皆聽說法，咸大歡喜，隨其本行，皆各得道，佛弟難陀，獨不從受，反戾佛教，而欲為道，有三十相。將數弟子，著鉢真越衣顏似佛，有諸比丘，未得道眼者，遙見難陀，便為作禮，佛告難陀：「自今以後，不得復著真越衣著皁袈裟，所以者何？汝反我戒，受比丘禮，當墮泥犁中。」。〔註38〕

以上提到佛弟難陀反逆佛教卻想得道，雖已具有莊嚴三十相與佛相似，卻不能受諸比丘作禮，佛告訴他，若非真得道而受諸比丘禮，將得下地獄果報。又如，卷二十四〈無諍念金輪王請佛僧八〉中敘述：

菩薩過去劫時，此佛世界名那提嵐，劫名曰善提。有轉輪王名無諍念，主四天下，有一臣名曰寶海，是梵志種，善知占相，時生一子，有三十二相，八十種好，百福成相，常光一尋，百千諸天，來共供

〔註38〕（梁）釋寶唱：《經律異相》，頁77。

養，因為作字號曰寶藏。其後長大，剃除鬚髮，法服出家，成三菩
提。〔註39〕

故事提到轉輪王生一子，具有三十二相八十種好，長大之後即出家。以上兩
則故事皆運用「三十二瑞相」情節，來象徵成佛後之圓滿相貌，若未成道就
只能接近或類似三十二相，仍是強調要老實修行，不該得之福，絕不可享。

　　例2：卷三十二〈人藥王子救疾七〉中敘述：

過去世時，閻浮提人，疾病劫至，普皆疾惱，爾時閻浮提王，名摩
醯斯那。領八萬四千大城，威勢自在，最大夫人，懷妊以來，手觸
病者，皆得除差，月滿產男，生而即說言：「我能治病。」又亦生時，
閻浮提內諸天鬼神，皆共唱言：「今王所生，便是人藥。」以是音聲，
普流聞故，字曰人藥，時將病人，示此王子，諸病人至，王子手觸，
若以身觸，即皆得差，安隱快樂。人藥王子，於千歲中，如是治病，
後則命終，諸病人來，聞其已死，憂愁啼泣：「誰復度我，病痛苦
惱？」諸病人言：「人藥王子，何處燒身？」問知所在，趣其燒處，
出骨擣末，以塗其身，即皆得差，骨盡之後，至燃身處，病皆得差，
人藥王子，我身是也。〔註40〕

故事提到國王夫人懷孕以來，手碰觸病人皆能得癒，之後產下一男，出生後
能治病，手碰觸病人皆能痊癒，人藥王子死後，其遺骨仍能擣成末，為人治
病。強調王子的降世，是以治療眾生之病為志願的，因此從在母胎開始，即
發揮醫藥神奇功能。

　　例3：卷四〈現般涅槃五〉中敘述：

佛在拘尸那城，力士生地阿夷羅跋提河邊，娑羅雙樹間，與大比丘
八十億百千人俱，⋯⋯佛言：「汝欲令我久住者，宜當奉最後具足檀
波羅蜜。」一切菩薩，天人雜類，異口同音，唱言：「奇哉！純陀，
成就大福。」我等無德，所設供具，則為唐捐，世尊欲令，一切眾
望滿足，於自身上，一一毛孔，化無量佛，一一諸佛，各有無量，
諸比丘僧，悉皆示現，受其供養。〔註41〕

佛在臨涅槃時，放各種光教化眾生，並且為了滿眾生的願望，從自身上，一

〔註39〕（梁）釋寶唱：《經律異相》，頁132～133。
〔註40〕（梁）釋寶唱：《經律異相》，頁177。
〔註41〕（梁）釋寶唱：《經律異相》，頁18～19。

一毛孔化成無量佛，以度化眾生。此處毛孔化無量佛，應是指佛法無量無邊的意涵，細至毛孔，無所不在地度化眾生。

以上故事情節強調人之容貌、肢體器官有奇異之處，佛教將其運用，融入於利益眾生的教義中，展現佛度化眾生的身心，具不可思議之特質。此情節亦運用於中國神話中，如《五運歷年記》中盤古開天的故事，以化生的過程象徵宇宙秩序的開創：

> 首生盤古，垂死化身。氣成風雲，聲為雷霆，左眼為日，右眼為月，
> 四肢五體，為四極五嶽，血液為江河，筋脈為地里，肌肉為田土，
> 髮髭為星辰，皮毛為草木，齒骨為金石，精髓為珠玉，汗流為雨澤，
> 身之諸蟲，因風所感，化為黎甿。〔註42〕

盤古以「肢體的器官、血肉、毛髮、汗水」等，創造出人類生存的環境，供養其所需要一切，所要表達的意涵與佛經中的相似，也是一種文明尚未開化前，古人對於大自然或未知力量的理解，以人軀體化生的方式，將抽象的思維具體呈現。〔註43〕

在古埃及神話當中，也有以身體成為山脈與大地的神祇，以下舉例說明：

序　號	名　稱	圖示與說明
1	蓋伯（Geb；又稱作塞布，Seb 或凱布，Keb）	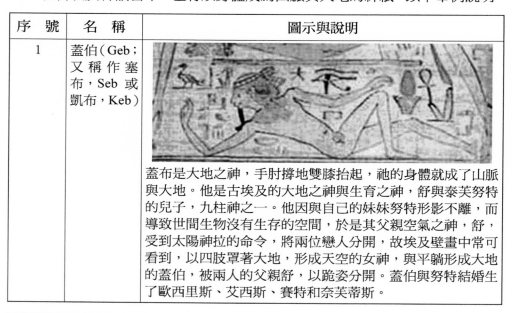 蓋布是大地之神，手肘撐地雙膝抬起，祂的身體就成了山脈與大地。他是古埃及的大地之神與生育之神，舒與泰芙努特的兒子，九柱神之一。他因與自己的妹妹努特形影不離，而導致世間生物沒有生存的空間，於是其父親空氣之神，舒，受到太陽神拉的命令，將兩位戀人分開，故埃及壁畫中常可看到，以四肢罩著大地，形成天空的女神，與平躺形成大地的蓋伯，被兩人的父親舒，以跪姿分開。蓋伯與努特結婚生了歐西里斯、艾西斯、賽特和奈芙蒂斯。

〔註42〕（清）馬驌：《繹史》見《景印文淵閣四庫全書》（臺北：台灣商務印書館，1986 年 7 月，冊 365，頁 69。

〔註43〕此情節亦見於三國‧吳國徐整所著《三五歷紀》，其後是南朝梁‧任昉撰的《述異記》，敘述盤古身體化為天地各物，及《古小說鈎沉》所輯的《玄中記》中。

| 2 | 努特（Nut / Nuit） | 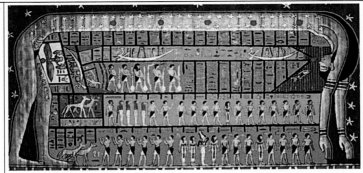努特是天空的女神，每晚會吞下代表太陽的圓盤，到早晨時再生出，太陽神，拉，每晚日落後，進入她的口中，第二天早晨又從她的陰戶中重生。她同時也如此吞咽和再生著星辰。其同時也是死亡女神，大多數石棺（sarcophagus）的內壁上都繪有她的形象。法老死後會進入她的身體，不久後便會重生。在藝術作品中，努特的形象，是一位被舒支撐著，以星辰遮身的裸體女性；在她（天空）的對面是她的丈夫蓋布（大地）。 |

資料來源：《埃及神話故事》。〔註44〕

　　以上二則埃及神話故事，大約出現於西元前一千四百年左右，當時埃及由於莎草紙的普及，人們就將咒語寫在莎草紙上，而廣泛用於民間，並稱它為《亡靈書》。其是古埃及一部宗教性詩文集，反應了古埃及人的宗教信仰、風俗習慣以及征服自然的願望。〔註45〕觀察中國與埃及的創世紀神話，皆運用到「特殊肢體相貌」情節，象徵著大自然對人類的滋養。先不論其故事起源的早晚問題，但相同的是原始初民對自然與社會生活的需求，與心理層面的寄託。

第三節　動物本生

　　以印度的自然生活環境方面而言，其地理極為多樣，地貌從頂上蓋雪的山脈到沙漠、平原、丘陵和高原，氣候從最南方的赤道氣候，到喜馬拉雅山脈的苔原氣候，皆提供了動物繁衍生息的多元環境，造就豐富的動物物種，後來也演繹出許多人與動物的故事。在宗教信仰方面，印度人相信許多動物

〔註44〕矢島文夫：《埃及神話故事》，臺北：星光出版社，2001年3月。
〔註45〕陳利娟：〈從《亡靈書》看埃及人的靈魂崇拜和來世觀〉，《太原師範學院學報》第13卷第2期，2014年3月，頁96～98。

都為超自然力量的化身，這種意識讓印度人對某些動物也產生敬畏心理，衍生出不殺生的觀念，因此，印度早期的佛教徒利用動物故事中，具有的活潑與實用性的特點，來傳播其教義，使人容易接受。以下分別說明《經律異相》中動物本生故事的內容、特點及情節分析。

其情節包含：動物助人、異能、變形、作人語、六度修行、輪迴轉生、與人繁衍、異形、神力變幻等，佛教認為動物與人的佛性是平等的，也能教化成佛，因此故事情節敘述將動物當作主角，具人性化，以此來傳播佛法，兼具感性、趣味性及活潑性。

動物本生故事之情節整理如下：

動物種類	名　稱	情　　節	編　號
鱗介類	龍	龍變為蛇	11-7
		龍與人鬥法	16-15（參「神通」、「修道者」）
		龍受修道者之神力降伏	16-10（參「神通」、「修道者」）
		龍作諸神力嚇人	16-10
		龍王送修道者摩尼珠	19-19（參「珠」）
		龍以神力將火山變天花	16-1
		龍以七寶為宮，神力自在，壽命一劫	48-1-1（蟲畜生部下）
		龍王被五百鬼神所守護能隨心降雨	48-1-2（蟲畜生部下）
		出家犯戒生龍中	48-1-3（蟲畜生部下）
		龍眠時七寶雜色	48-1-4（蟲畜生部下）
		龍持戒生天	48-1-4（參「果報」）（蟲畜生部下）
		佛予龍王皂衣免金翅鳥食	48-1-5（參「佛」）（蟲畜生部下）
	魚	魚吞人不死	18-1（參「人與動物」）
		魚轉生為人	11-15、15-6（參「輪迴」）
		身有百頭，若干種類	48-4-1（蟲畜生部下）
鱗介類	蛇	巨大毒蛇遶城	（遶城七匝）9-6、32-1、32-2（遶城三匝、六匝、九匝、十二匝）42-5
		蛇聽修道者言而思惟	14-7
		蛇以妙計救人	11-4

		蛇食烏之子，獼猴為其報仇	48-7-2（禽畜生部中）
		蛇頭尾相諍，從尾則亡	48-2-2（蟲畜生部下）
	鼉	人在鼉王背上煮飯、繫重物	11-16
	龜	盲龜於海中，百年一出	48-3（蟲畜生部下）
	蛤	蛤聽佛法死後升天	48-5（蟲畜生部下）
	蟲	烏與蟲、狐相讚嘆	48-7-4（參「蟲、狐」）（禽畜生部中）
		蟲大如牛筥，無有手足頭目如頑鈍肉	48-6-1（蟲畜生部下）
		人轉世為蟲	48-7（參「輪迴」）（蟲畜生部下）
	虱	虱依坐禪人約飲食有時節	48-8（蟲畜生部下）
禽鳥類	鳥	鳥生卵於人頭上	9-9
		鳥在水神手中救人	11-5
		鳥求道	20-4
		佛國雜色種種之鳥，晝夜出和雅音說法	47-4-1（禽畜生部中）
	鸚鵡	破鸚鵡得珠	18-21
		鸚鵡以翅膀灑水滅火	11-13
	雁	雁被獵人放生以金銀報恩	11-12
		聽佛法死後升天	48-3-2（參「輪迴」）（禽畜生部中）
		被捕後不食，瘠瘦從籠中出	48-3-3（禽畜生部中）
	雀	雀醫虎疾	11-14
		雀入獅子口為其拔刺骨	47-1-3
		獅子忘恩雀喙壞其眼	47-1-3
	金翅鳥	金翅鳥王食龍王、小龍，壽八千歲	48-1-2（禽畜生部中）
		金翅鳥王將死以其毒令寶山起火	48-1-2
	千秋	人面鳥身，生子還害其母	48-2（禽畜生部中）
禽鳥類	鴿	鴿捨命施飢窮人	48-5-1（禽畜生部中）
		鴿被鷹逐遇佛影則安	48-5-2（禽畜生部中）
	雉	雉救林火以水灑林	48-6（禽畜生部中）

	烏	烏與鷄合共生一子	48-7-3（參「鷄」）（禽畜生部中）
		烏與蟲狐相讚嘆	48-7-4（參「蟲、狐」）（禽畜生部中）
	鷄	烏與鷄合共生一子	48-7-3（參「烏」）（禽畜生部中）
獸類	虎	虎轉生為人	16-6（參「輪迴」）
	象	象轉生為王	18-20（參「輪迴」）
		象供養佛	47-2-1
		象能飛行	47-2-2
		象子失母為仙人所養	47-2-3
	鹿	金色鹿被捕，金色即滅	19-5
		鹿王代鹿供人食	11-9
		鹿王被救	11-10
		九色鹿	11-11
		牝鹿飲人小便舐其產門即有孕生子	19-6
		鹿王遭捕，殺生以濟群眾	47-24
	狗	狗死轉生為人	12-9（參「輪迴」）
		狗乞食不得官訟主人	47-19
		狗能言人語	47-6-1
		狗死後轉生為人	47-6-2
	狐	狐報恩挖穴獲金贈恩人	11-4
	獼猴	獼猴與鼈交語	19-17
		轉生為人	47-11-4（參「福報」）
		獼猴供養修道者	47-11-2
		獼猴作佛圖	47-11-4（參「福報、輪迴」）
		獼猴學道人禪坐	47-11-5
	熊	熊救人反被害	11-8
	驢	人身驢首	29-13（參「國王」）
		驢效群牛為牛所殺	47-5-2
	狼	狼與人五百世來互為相殺	47-27
	野干	野干說法	2-1
		野干轉生為人	15-6（參「輪迴」）

獸類	獅	以肉換獼猴子	11-5
		獅救獼猴子欲捨身	47-1-1
		獅轉生為人	47-1-4
		獅墮井為野干所救	47-1-5
	水牛	水牛王忍獼猴辱	47-4-2
	兔	兔捨身供養道人	47-12-1
	貓貍	貓貍吞鼠，鼠食其內臟	47-13-1
	鼠	鼠救人免被蛇害	47-14-1

　　以上得知，動物本生故事情節包含：動物的變形、異能、助人、修行、懂人語、動物與人繁衍、異形等，這些特殊情節，深刻影響往後動物故事的組成元素與發展，以下逐一舉例說明。

一、變形

　　《經律異相》中提到許多關於龍變形與幻化的情節單元，如：卷十一〈昔為龍身勸伴行忍七〉中敘述：

> 昔者菩薩，與阿難俱，受罪畢矣，各為龍身。其一龍曰：「唯吾與卿，共在海中，靡所不覩，寧可俱上陸地遊戲乎？」答曰：「陸地人惡，起逢非常，不可出也。」一龍又曰：「化為小蛇，若路無人，尋大道戲，逢人則隱，何所憂哉。」於是相可，俱昇遊觀，出水未久，道逢含毒蛇虺，虺覩兩蛇，凶念欲害，便吐毒沫。一蛇欲殺毒虺，一蛇慈忍而諫止，曰：「夫為高士，當敕眾愚，忍不可忍，是乃聖誡。」即說偈言。〔註46〕

內容提到有二龍變化為小蛇遊戲人間，道上遇一毒虺，有一蛇說殺了毒虺，另一蛇勸說忍而不殺。此故事中，關於「龍變蛇」的情節在佛經傳入中國後也常出現，乃因「蛇」在中國傳統習俗中，又稱為「小龍」。而「龍」〔註47〕可視作蛇神崇拜後的演變，美學家李澤厚先生曾於《美的歷程》一書中提到：「可能意味著以「蛇圖騰」為主的遠古華夏民族、部落不斷戰勝和融合了其

〔註46〕（梁）釋寶唱：《經律異相》，頁58。

〔註47〕中國目前發現的最早的龍形圖案來自於八千年前的興隆窪文化查海遺址（興隆窪文化因內蒙古敖漢旗興隆窪遺址的發掘而得名，敖漢旗緊鄰遼寧省，查海遺址在遼寧阜新縣）發現了一條長約十九點七公尺、用紅褐色石塊堆砌、擺放的龍。

他氏族部落，即「蛇圖騰」不斷合併其它圖騰而逐漸演變為龍。」〔註48〕此即以「蛇」作為圖騰原型，增加其它氏族圖騰當中的動物形象，遂演變為今日國人熟悉的「龍」，形成古代龍、蛇不分的現象。〔註49〕

在印度教及佛教文化當中，有著許多顯現蛇身的神祇及護法眾，例如：那伽、摩納娑、摩睺羅伽等，其中，「那伽」（梵語，Nāga），是印度神話中的蛇神，在《摩訶婆羅多》史詩中為大蟒蛇，一千種神話動物最早的祖先，最有名的是蛇王瓦蘇給，其宮殿在水下，用金玉寶石造成。印度佛經中的那伽（Naga）皆譯為龍，原意是蛇王——眼鏡蛇，具有神性的蛇。〔註50〕此生物的外表類似巨大的蛇，有一個或七個頭，其形像在婆羅門教、印度教和佛教經典中常出現。

蛇行蹤難測，具有神祕感，其攻擊性又讓人感到畏懼，但蛇適應力強、行動敏捷、盤繞靈活、有旺盛的生命力。因此，在人類早期的文化中，人類對蛇懷有敬畏之心，為避免自己被蛇類所傷，也想從中得到蛇的生命力，因此將蛇轉化為與自己有血緣關係的氏族圖騰，或將蛇神格化，視為自己的祖先起源。因此，故事情節「龍變蛇」的運用，顯現蛇在人們眼中神祕莫測的豐富形象。

另外，龍具有神力的故事，如卷十六〈末田地龍興猛風不動衣角變火山為天花一〉中，敘述到：

> 末田地羅漢，受阿難付囑法藏，令往罽賓國，先伏彼龍，即入三昧，令其國土，六種震動。龍不自安，至末田地所，末田地入慈三昧，龍王興風吹之。袈裟角不動，復起雷電器仗，并捧火山，欲相覆壓，即以神力，變成天花，便聞空中偈言。〔註51〕

以上是龍與羅漢鬥法的情節，龍以神力吹猛風、起雷電器仗、捧火山欲壓羅漢，火山被羅漢變成天花。

與同卷〈末闡提降伏惡龍十〉中敘述：

〔註48〕李澤厚：《美的歷程》（臺北：三民書局股份有限公司，2018年4月），頁11～12。
〔註49〕在東南亞國家的許多佛教景點中，也可見到以蛇形呈現的龍王雕像，由此便知蛇、龍兩者，在諸多文化當中皆具有密不可分的同源關係。
〔註50〕貓頭鷹編輯室：《追尋印度史詩之美》（臺北：貓頭鷹出版，2015年2月），頁170～171。
〔註51〕（梁）釋寶唱：《經律異相》，頁82。

罽賓國稻始結秀，龍王阿羅婆樓，注大洪雨，禾稻沒死。時大德
末闡提比丘等五人，從波咤利弗國，飛騰虛空，至雪山邊，阿羅
婆樓池中，即於水上，行住坐臥。龍王眷屬，入白龍王，龍王嗔
忿，作諸神力，暴風疾雨，雷電霹靂，山巖崩倒，樹木摧折，身
出煙火，雨大礫石，欲令大德末闡提怖。復喚兵眾，猶不能伏。
末闡提言：「汝令諸天，一切世人，悉來怖我，一毛不動，汝若取
須彌及諸小山，躑置我上，我亦不動。」乃至漸以法味教化，示
之令其喜伏。〔註52〕

以上情節為龍作諸神力嚇人、飛騰虛空、與羅漢鬥法，羅漢將火山變天花等。

中國的神話與傳說中，龍為神異的動物，號稱是水中之神，統治著江海
湖泊，掌握雨水的生殺大權，騰雲駕霧、好水、善變、祥瑞、兆禍、示威，皆
象徵著龍的神性。

動物「變形」的情節具有神祕性，與無限的幻想及創作空間，運用於文
學或各種藝術方面，都能收到很好的成效，在中國小說當中，受到最多啟發
的莫過《西遊記》，例如：第十五回「蛇盤山諸神暗佑，鷹愁澗意馬收韁」中
的描述：「龍舒利爪，猴舉金箍。那個鬚垂白玉線，這個眼幌赤金燈。那個鬚
下明珠噴彩霧，這個手中鐵棒舞狂風。那個是迷爺娘的孽子，這個是欺天將
的妖精。他兩個都因有難遭磨折，今要成功各顯能。」〔註53〕

印度神話中所敘述的蛇，傳入中國後逐漸變成龍文化，透過故事傳播過
程中，能清楚中印文化交融的痕跡，包含在文學、信仰、文化、藝術等價值，
都是影響深刻的。

二、異能

佛教說法重視吸引眾人，使人明白易懂、深入人心、流傳久遠的特點，
因此「動物具有異能」的情節，是譬喻說法時最常運用的，以下舉例說明：

例1：卷四十七〈善住象王為轉輪王寶二〉中敘述：「有一象王名曰善
住，身體純白七處平住，力能飛行，赤首身毛雜色，六牙纖傭，與八千象王
以為眷屬。」〔註54〕此處提到象王身體是純白色，能飛行，赤首且毛是雜

〔註52〕（梁）釋寶唱：《經律異相》，頁85。
〔註53〕（明）吳承恩著、黎庶注釋：《西遊記（上）》（新北市：新潮社文化事業有限
公司，2018年9月），頁196。
〔註54〕（梁）釋寶唱：《經律異相》，頁244。

色，六牙纖細長正好，與八千象王為眷屬。象王除了長相特殊而且有飛行的能力。

在西方國家真人改編的童話，有一則〈小飛象〉〔註55〕的故事，故事大要描述：一隻有大耳朵的小象，與母象一同生活在馬戲團裡，因為與生俱來的大耳朵成為眾人嘲笑的對象，媽媽為了保護他而被關閉隔離，牠在好友的鼓勵下，終於建立了自信心，竟然發現了自己耳朵會飛的潛能，最後成為翱翔天際的大明星。其「象能飛行」之情節，與佛經故事是相同的，可見受其影響。

例2：卷二〈帝釋從野干受戒法一〉中敘述到：

> 昔比摩國從陀山，有一野干，為師子所逐，墮一丘野井，已經三日，開心分死，自說偈言：「一切皆無常，恨不飯師子。奈何罪厄身，貪命無功死。無功已可恨，復污人中水。懺悔十方佛，願垂照我心。前世諸惡業，現償皆令盡。從是值明師，修行盡作佛。」帝釋聞之，與八萬諸天，追尋所在，飛到井側。〔註56〕

以上描述到野干被獅子所追，墮到一口野井，臨死前說一偈言，訴說一切無常，懺悔往昔諸惡業，願往後誠心向佛，佛經故事以動物說法來譬喻，使法理易懂，情節更加生動。

在中國六朝志怪小說中，也有動物異能記載的，如：《祖台之志怪》的十三則中的牛能日行千里，清晨出發，日中到距五百里之京師，待駕馭之人辦完事後返回，時間為「至一更始進便達」，效率很高。動物會飛的例子；又如：《拾遺記》中，卷四第六則中的「黑蚌」、卷一第三則中的「神龍魚鱉」會飛；卷十的一則的「神龜」有四翼、卷九的六則中的「白蛙」有兩翅，能化為白鳩入雲；《列異傳》的二十五則中記載馬能飛行。〔註57〕

動物有神奇的能力是一種求生的本能，也反應當時的社會狀況，動物故事起源於原始社會，原始先民曾經歷狩獵或漁獵生活階段，為了生活必須對獵獲物進行入微的觀察，熟悉其生活習性，閒暇之餘進而模仿動物編製舞蹈或故事，人以狩獵過程中所獲得的知識，貫注於動物故事中，在動物身上寄

〔註55〕韓宗諭譯：《小飛象》，臺北：全美出版，2004年。

〔註56〕（梁）釋寶唱：《經律異相》，頁7～8。

〔註57〕陳曉蓁：《六朝筆記中動物故事研究》，臺北：中國文化大學中國文學系博士論文，2016年6月。

託某種憧憬與願望，當進入文明社會後，才逐漸被道德取代，動物扮演著人的角色，來表達所要訴說的事件啟示。

三、動物修行

在佛教信仰的觀念中，畜生屬六道輪迴之一，也是佛所要教化的眾生之一，生死輪迴皆由業力所引，而業力有善惡之差別，造惡業力大者，則墮畜生道。動物本生故事以蟲、魚、鳥、獸為主要元素，佛的前身曾為獅子、龍、九色鹿、雁、虎、雀、魚、鱉、野干〔註58〕……等，以這些動物為主角，敘述修行中慈悲、布施、持戒、忍辱、精進的實踐，而以動物來體現這些高尚的精神，不但生動活潑更是深入人心。

佛教以慈悲為懷，視眾生佛性皆平等，此亦包括了動物。在佛的各種說法當中，譬喻說法是最生動的，其中關於動物的寓言故事，不但富有趣味且賦予了深刻的內涵，這也成為佛教化眾生的一個有效方式。《經律異相》故事中，關於動物六度修行的情節：布施、持戒、忍辱、精進、禪定、智慧，在此各舉一個例子說明。

（一）布施

卷四十七〈鹿王遭捕殺身以濟群眾二〉中敘述：

> 國王遊獵，作於場塹，以捕群鹿，時有鹿王，將鹿數億，次食美草，入其場內，守者閉門，往白於王，王大歡喜，鹿王即知，自念：「群鹿所以來者，由我一身耳。」當作方計，以濟眾命，即以身橫伏塹上，使群鹿蹈背而出，足傷其背，皮肉了盡，唯有骨在，忍痛濟之，皆已得出。勢自上岸，四向顧視，唯有一鹿，不知求出，鹿王命呼，乃來得出，於是鹿王，命絕墮塹。〔註59〕

有一國王遊獵要捕群鹿，鹿王以自身伏於塹上，讓群鹿踏其背逃出，直到背皮肉磨盡，但仍有一鹿未逃出，鹿王拼命呼叫牠才逃出，但是鹿王當時卻也命絕墮塹。鹿王救群鹿反應佛教信仰，對生命的慈悲與救渡精神，不放棄任何一個生命，即使犧牲自己也無悔，表現布施的最高價值。

〔註58〕（唐）玄應：《一切經音義》，卷二四：「野干，梵言『悉伽羅』。形色青黃，如狗羣行，夜鳴，聲如狼也。字又作『射干』。」收入《大正新修大藏經》，冊57，頁111。

〔註59〕（梁）釋寶唱：《經律異相》，頁249～250。

（二）持戒

卷四十八〈龍持戒至死不破四〉中敘述：

> 大力毒龍，以眼視人，弱者即死，以氣噓人，強者亦死，時龍受一
> 日戒，出家入林樹間思惟，坐久疲懈而睡，龍法眠時，形如蛇狀，
> 七寶雜色，獵者見之，驚喜言曰：「以希有難得之皮，獻上國王，以
> 為船飾，不亦宜乎？」便以杖案其頭，刀剝其皮。龍自念言：「我力
> 能傾國，此一小物，豈能困我，我今以持戒，故不計此身，當從佛
> 語自忍，閉目不視，閉氣不息，憐愍此人，為持戒故，一心受剝，
> 不生悔意。」既以失皮，赤肉在地，時日大熱，宛轉土中，欲趣大
> 水，見諸小蟲，來食其身，為持戒故不復敢動。自思惟言：「今我此
> 身，以施諸蟲，為佛道故，今以肉施，以充其身，後以法施，以益
> 其心。」身乾命絕，即生忉利天上。〔註60〕

有一大力毒龍受一日戒，入樹林修行疲倦而睡，發出七寶雜色，獵者看見欣
喜想將牠捕來獻給國王，龍自念因修行持戒故自忍，受其獵者剝皮也不生悔
意，失皮赤肉在地上，又受到小蟲來吃咬，也不敢動，後來因持戒故死後得
升天果報。毒龍是嗔心很重的動物，遇到人類攻擊絕不可能無動於衷，更何
況是默默忍受，在此以毒龍持戒，表現出難行能行之反差效果，勸諭世人生
命短暫，若能持戒對自己與他人都是良善的。

（三）忍辱

卷四十七〈水牛王忍獼猴辱二〉中敘述：

> 過去世有異曠野，水牛王頓止其中，遊行食草而飲泉水，時水牛王與
> 眾眷屬，有所至湊獨在其前，顏貌姝好，威神巍巍，名德超異，忍辱
> 和雅，行止安詳。有一獼猴，住在道邊，見水牛王與眷屬俱，心懷忿
> 怒，興于嫉妒，便即揚塵瓦石，而坌擲之，輕慢毀辱，水牛默然受之
> 不報。行過未久，更有一部水牛王尋從後來，獼猴見之，亦復罵詈，
> 揚塵打擲，後一部眾，見前牛王默然不校效之，忍辱不以為恨，是等
> 眷屬過去，未久有一水牛犢，尋從後來，隨逐群牛。於是獼猴逐之，
> 罵詈毀辱輕易，水犢懷恨不喜，見前等類，忍辱不恨，亦復學效，去
> 道不遠，大叢樹間，時有樹神，遊居其中。問水牛王：「卿等何故，

〔註60〕（梁）釋寶唱：《經律異相》，頁256。

覩此獼猴，狠見罵詈，而反忍辱，默聲不應？」水牛報曰：「諸水牛
過去，未久有諸梵志，大眾群輩仙人之等，從道而來，時彼獼猴亦復
毀辱，諸梵志等，即時捕捉，腳蹋殺之。」〔註61〕

有一水牛王，在曠野悠然地遊行吃草喝水，被道旁的獼猴看見，獼猴心懷憤
怒忌妒，而揚塵瓦石擲之，輕慢毀辱水牛群，水牛王默然忍辱，後來樹神也
遊居到此遇見水牛王，問其為何默然忍辱？水牛回說：「等到水牛群過去，
有一群梵志、仙人會經過，屆時獼猴詆辱將被捕捉踏殺。」水牛王象徵著一
位智慧長者，詆辱忽然加之，而能心不動搖，最終獼猴自吞其辱，人尚且無
法做到，何況是動物，因此佛經故事運用自然界中，水牛的脾性穩定安靜，
與獼猴躁動聒噪特性對比來譬喻說法，使人生動易懂，顯得親切而容易接
受。

（四）精進

卷十四〈舍利弗性憋難求七〉中敘述：

舍利弗等受六群比丘尼請，設多美飲食，下座及沙彌，與六十日，
稻飯胡麻，滓合菜煮。佛問羅睺羅：「僧飲食飽足不？」具答又問：
「有誰上座？」又答：「和上舍利弗。」佛言：「舍利弗食不淨食。」
舍利弗吐去所食，誓盡形壽，斷受外請，常行乞食。諸大貴人，後
欲設僧飯，願得舍利弗，白佛乞勅，舍利弗還受外請。佛言：「莫求！
其性惡憋，其過去時有一國王，為毒蛇所螫，能治毒師作舍伽羅呪，
收毒蛇來，先作火聚語蛇言：『汝寧入火，寧還喻毒？』蛇思惟：『我
已吐竟，乃投身火中。』毒蛇，即舍利弗也。」〔註62〕

舍利弗前世為毒蛇，因為咬了國王被治毒師下咒，其先弄一火堆，並告訴毒
蛇是要入火，還是要吸取毒，毒蛇思惟後，吐盡毒汁然後投身火中。基本上
要毒蛇思惟，是一件困難且不可能的事情，通常動物是以本能反應為優先的，
故事此處以毒蛇經過思惟後，願吐完毒投死，來譬喻對瞋恨心的放下，因為
放下對人而言是一件何其難的事，更何況是動物。

（五）禪定

卷四十七〈獼猴學禪墮樹死得生天上五〉中敘述：「昔有道人，樹下坐禪

〔註61〕（梁）釋寶唱：《經律異相》，頁 247～248。
〔註62〕（梁）釋寶唱：《經律異相》，頁 71。

誦經，有一獼猴在樹上效之，不覺墮樹而死，得生天上。」〔註63〕獼猴在大自然界中天生躁動活潑，不可能安靜下來禪定，佛經故事利用自然動物的具體特性譬喻說法，活潑的獼猴只要有一絲一毫的向道精神，學道人禪坐，即使墮樹而死也能升天，激勵人努力精進修行。

（六）智慧

卷四十八〈蛤聞甘露死生天上見佛得道一〉中敘述：

> 迦羅池中有一蛤，聞佛說法，即從池出入草根下，是時有一牧牛人，見大眾圍遶，聽佛說法，往到佛所，欲聞法故，以杖刺地，誤著蛤頭，蛤即命終生忉利天。見諸妓女，娛樂音聲，尋即思惟：「我先為畜生，何因緣故？生此天宮。」即以天眼觀，先於池邊，聽佛說法，以此功德，得此果報。時蛤天人，即乘宮殿，往至佛所，頭頂禮足，佛為說法，得須陀洹果。〔註64〕

迦羅池中有一蛤，聽佛說法從水池出來進入草根下，正好當時有一牧牛人，看見大眾圍繞聽佛說法，他也前往佛所，過程中以杖刺地，誤傷中蛤頭，蛤死後升天，並思惟是何因緣來到天上，得知原來是聽佛法之功德，於是前往佛所，繼續聽法，終得須陀洹果。智慧非從知識而能取得，一定要經過許多人事磨練的機會而來，蛤從池中爬出聽法，即使死後成為天人，也還是去聽佛法，一點一滴累積，最終能圓滿成就。

以上佛經中動物修行故事的情節，從《五卷書》故事當中可以找到許多類似的例子，由動物擬人化之言行，歸納出一個人生啟示，多半是來自於印度的民間或寓言故事的改編，在同時期文學作品還有古希臘的《伊索寓言》，內容超過一半皆為動物故事。〔註65〕遠古時期，動物與人類的生存息息相關，人類進入文明發展後，經常將思想寄託於動物的特性上，創造出許多為人類發聲的動物故事。

佛教的思想中，生命分為「六道」，包括：天道、人間道、修羅道、畜牲道、餓鬼道、地獄道。萬物以不同的因緣、業力而呈現出不同的生命形態，畜生道是因為「癡」而受報，其生成分四類：卵生、胎生、濕生及化生，在輪迴

〔註63〕（梁）釋寶唱：《經律異相》，頁 252。
〔註64〕（梁）釋寶唱：《經律異相》，頁 257。
〔註65〕季羨林：《比較文學與民間文學》（北京：北京大學出版社，1991 年 7 月），頁 24。

中受苦。由上述故事可知，動物也會渴求解脫成佛，體現佛教所主張「眾生佛性平等」的理念。如同在《佛說大乘無量壽莊嚴經》中所云：「三惡道中，地獄餓鬼畜牲，皆生我剎，受我法化，不久悉成佛。」〔註66〕因此《經律異相》有許多描述動物擺脫輪迴的成佛故事，鼓勵人努力修行，離苦得樂。

四、動物助人

佛教的六道輪迴中畜生與人皆是有情眾生，互為輪轉，佛經故事中，對動物的道德和義行的稱頌，亦不亞於人類，以下舉例說明。

例1：卷四十七〈兔王依附道人投身火聚生兜率天一〉中敘述：

> 昔有兔王，遊在山中，與群輩俱，食果飲水，行四等心，慈悲喜護，教諸眷屬，悉令仁和，勿為眾惡，畢脫此身，得為人形，可受道教。時諸眷屬歡喜，從教不敢違命，有一仙人，處在林樹，食果飲水，獨修道行，未曾遊放，建四梵行。慈悲喜護，誦經念道，音聲通利，其音和雅，聞莫不欣，於時兔王，往附近之，聽其誦經，意中欣踊，不以為厭，與諸眷屬，共齋果菰，供養道人，……仙人報曰：「吾有四大當慎將護，今冬寒至，果菰已盡，山水冰凍，又無巖窟可以居止，故欲捨去，依處人間，分衛求食，頓止精舍，過此冬寒，當復相就，勿以悒悒。」兔王答曰：「吾等眷屬，當行求果，遠近募索，當相給足，願一屈意，愍傷見濟，假使捨去，憂感之戀，或不自全，設使今日，無有供具，便以我身，供上道人。」道人見之，感惟哀念，愍之至心，當奈之何，仙人事火，前有生炭。兔王心念：「道人為我。」是以默然，便自舉身，投於火中，火大熾盛，道人欲救，尋已命過，生兜術天，於菩薩身，功德特尊，威神巍巍。〔註67〕

兔王在深山中，跟隨道人修行，並且不停地以瓜果供養道人，但遇到冬寒，沒有食物可供養，道人欲離去，於是兔王犧牲自己，投身於火中供養道人，道人來不及救牠，但因兔王供養之功德，其命終後升天，兔王難得的至誠心與無怨無悔地付出，是升天的關鍵，呈現布施身命之難能可貴。

例2：卷四十七，鼠第十四的〈鼠濟毘舍離命一〉中敘述：

〔註66〕（曹魏）康僧鎧譯：《佛說大乘無量壽莊嚴經》見《大正新脩大藏經》（臺北：新文豐出版公司，1983年元月），冊12，頁3。
〔註67〕（梁）釋寶唱：《經律異相》，頁252～253。

佛言：「迦蘭陀者，是山鼠名，時毘舍離王，將諸伎女，入山遊戲。
王時疲惓，眠一樹下，伎女左右，四散走戲。時樹下窟中，有大毒
蛇，聞王酒氣，出欲螫王，樹上有鼠，從上來下，鳴喚覺王，蛇即
還縮。王覺已復眠，蛇又更出，鼠復鳴喚，下來覺王，王起見大毒
蛇，即生驚怖，求諸伎女，又復不見。王自念言：『我今得活，由鼠
之恩。』思惟欲報，時山邊有村，即命村中，自今以後，我之祿限
悉迴供鼠，因此鼠故，即號此村，迦蘭陀也。」〔註68〕

毘舍離王與諸伎女去山上遊戲，當國王玩到很疲惓時，單獨睡在一棵樹下，
當時樹下洞窟中有一大毒蛇，聞到國王身上酒氣欲出來咬他，剛好樹上有隻
老鼠跑了下來叫醒國王，毒蛇便縮回去，國王又再度睡著，同樣事情再發生
一次，於是國王知道是老鼠救了他的寶貴性命，於是之後供養老鼠來報救命
之恩，故事中老鼠幫助國王脫離險境，而國王也感恩老鼠，也回饋老鼠，是
人與動物互惠與互相感恩的形式。

例3：卷二十六，〈日難王棄國學道濟三種命〉的故事大要如下：

有一道士救了一烏一蛇，烏為了報恩，看見王夫人的首飾之中有明月珠，
於是烏銜而還以奉道士，道士因此被國王誤會偷珠而拘捕拷打他，後來蛇也
為了報恩，設法救出道士，道士告訴國王得珠原委，並非是他偷盜，於是國
王放他自由。〔註69〕

此處同樣的故事情節曾出現於其他佛經中，例如：《六度集經》卷三（二
五）〈大理家本生〉〔註70〕、卷五（四九）〈難王本生〉，《雜寶藏經》卷四（四
四）〈沙彌救蟻子水災得長命報緣〉〔註71〕、《經律異相》卷二十六引《摩日
國王經》的〈日難王棄國學道濟三種命〉〔註72〕、《經律異相》卷四十四引《阿
難現變經》的〈慈羅放鱉後遇大水還濟其命〉〔註73〕等，其中《六度集經·
難王本生》與《經律異相·日難王棄國學道濟三種命》情節基本相同，同樣敘
述人救出臨危之人或動物，動物事後以各種方式報恩，亦有又增加了被救出

〔註68〕（梁）釋寶唱：《經律異相》，頁253。
〔註69〕（梁）釋寶唱：《經律異相》，頁142～143。
〔註70〕（吳）康僧會譯：《六度集經》見《大正新脩大藏經》（臺北：新文豐出版公
　　　　司，1983年元月），冊3，頁15。
〔註71〕（元魏）吉迦夜共曇曜譯：《雜寶藏經》見《大正新脩大藏經》（臺北：新文
　　　　豐出版公司，1983年元月），冊4，頁468。
〔註72〕（梁）釋寶唱：《經律異相》，頁142～143。
〔註73〕（梁）釋寶唱：《經律異相》，頁228。

之人反恩將仇報的情節的故事，如：《經律異相》中的〈慈羅放鱉後遇大水還濟其命〉，故事敘述慈羅傾家蕩產，從市集上買鱉放生，洪水暴漲之際，鱉前來相救，但慈羅途中所救的賣鱉人脫險後，卻在國王面前陷害慈羅，危急中又幸虧曾被慈羅所救之蛾前來相救，之後賣鱉人被殺。這類故事傳達善惡有報，人之德行有時不如動物的主題。

佛經傳入中國後，六朝小說受其影響，不斷反覆運用動物助人的情節，來使故事更加生動感人，以下列表舉例說明：

序 號	報恩對象	報 恩 描 寫	出 處	備 註
1	孫登	龍背生大疽，孫登為之治癒，事後龍降大雨和穿井，以報答為乾旱所困的百姓。	《搜神記》卷二十	
2	蘇易	蘇易是一位助產士，一夜幫助難產老虎生下三隻小老虎，老虎於是再三送野肉於門內。	《搜神記》卷二十	
3	噲參	噲參從弋人手下救出受傷的玄鶴，一天夜裡，雌雄兩鶴各銜一明珠來報答他。	《搜神記》卷二十	
4	楊寶	楊寶救下被鴟梟博傷的黃雀，為其治癒傷口，黃雀以白環四枚報恩。	《搜神記》卷二十	
5	隋侯	隋侯救被傷中斷的大蛇，以藥封之，大蛇銜明珠來報恩。	《搜神記》卷二十	
6	董昭之	董昭之乘船過江，救江中一隻附在短蘆上的螞蟻，十餘年後，董因事入獄，螞蟻前來解救，嚙下鎖械，並指示其逃入山中。	《搜神記》卷二十	此事《齊諧記》亦有記載。
7	陳斐	陳斐放走一隻千歲狐，之後該狐幫助其捉盜賊，又防止他被屬下陰謀所害。	《搜神後記》	《太平廣記》卷四四七引作《搜神記》。
8	種田農人	種田農人幫助大象拔出腳中巨刺，大象以象牙相報，亦不再侵犯農田。	《異苑》卷三	
9	軍人	軍人買一白龜養大放生，後來軍人遇到溺水，被大白龜救起。	《幽明錄》	此事《搜神後記》亦有記載。

| 10 | 劉沼 | 劉沼從灶裡發現一隻烏龜，為其設齋會，放生於湖裡，烏龜助其成為秣陵令。 | 《續異記》 | |

資料來源：劉惠卿〈佛經文學與六朝小說動物報恩母題〉，《重慶工學院學報》第5期，2007年5月，頁153。

　　佛經故事中偶爾夾雜負心人與感恩動物的對比，在六朝小說中大致上只有動物感恩報恩之描寫，情節上安排也就是：動物陷入困境→人施恩→動物報恩。

　　另外在古希臘的《伊索寓言》中，也有許多動物故事，其角色大多是擬人化的動物，以「動物助人」情節的例如：〈獅子和牧羊人〉〔註74〕故事中，描述到有隻獅子腳踩到一根刺，牠痛苦走到牧羊人前，牧羊人幫牠將刺拔除。某日，牧羊人因事被誣告陷害，被法官判決給獅子吃，獅子見到他反不撲殺他，而是把腳親暱地放在他的膝上，於是國王下令讓獅子重回樹林，赦免牧羊人的罪。與另一個〈蛇和老鷹〉〔註75〕的故事：蛇和老鷹纏鬥，老鷹將被吃，鄉下人出手救了老鷹，蛇懷恨將毒液噴到鄉下人的水壺裡欲害之，正逢人要喝水時，老鷹用翅膀拍打人的手並將水壺抓走，救了鄉下人一命。以上兩個故事情節安排也是與六朝小說的節奏相同。

五、動物作人語

　　根據語言學而言，人類語言具有創造性和移位性，完全靠社會習俗及學習而來。語言的複雜結構，使得其可表達的範圍，比任何已知的動物交流系統都要廣。因此動物要懂人語，是件困難的事情。佛教信仰提倡人透過修行來開發自身的感知，人與動物溝通是可以運用「直覺感知」，而直覺是人人都具備的能力，也就是說，只要經過開發、練習，或許每個人都有與動物對話的機會。

　　例1：卷四十七〈狗乞食不得詣官訟主人一〉中，有一則敘述狗能講人語的故事：

> 佛在舍衛國，過去世有狗，捨自家至他家乞食，入他家時，身在門內，尾在門外。時主人居士，打不與食，狗詣眾官言：「是居士，我至其家乞食，不與我食反打我，我不破狗法。」眾官問言：「狗有何

〔註74〕李赫：《伊索寓言的人生智慧》，（新北市：稻田出版社，1992年4月），頁284。
〔註75〕李赫：《伊索寓言的人生智慧》，頁302。

法？」答言：「我在自家，隨意坐臥，至他家時，身入門內，尾著門外。」眾官言：「喚居士來。」問言：「汝實打狗，不與食耶？」答言：「實爾。」眾官問狗言：「此人應云何治？」狗言：「與此舍衛城大居士職。」「何以故？」答：「我昔在此舍衛城中作大居士，以身口作惡，故受是狗身，是人惡甚於我，若令是人，得力勢者，當大作惡，令入地獄，極受苦惱。」〔註76〕

從前有一隻狗到居士家去乞食，去時身在居士家門內，尾在門外，當時主人不給食還打牠，於是狗去告官，說牠並不違反狗法，官員反問何為狗法？狗說牠在家隨意坐臥，去居士家時，身在他家門內，尾在門外，於是官喚居士來，問狗如何治罪？狗告訴他，前世為居士時以身口作惡，此人比牠前世還壞，應該下地獄去受苦。此處狗能做人語，還參與訴訟案，故事以誇張的譬喻方式，警惕人不可作惡。

例2：卷四十七〈二牛挬力牽載三〉中，故事大要敘述：

過去有人有一黑牛，復一牛主為財物，跟黑牛主打賭誰的牛屬害。時黑牛主答應，時載重物繫牛車左，取笑黑牛，牛聞之即失色力不能挽重上坡，時黑牛主大輸財物。黑牛聞聲即語其主，可答應再賭一次，主人說不行，你今天一定又輸掉我的財物。牛告訴主人說，是因主人先在眾人前看輕我，聽到惡名，所以失去力氣，不能挽重上坡，主人要稱讚牠是好黑大牛才可以。主受牛語，即便洗刷，作好裝飾，繫車右邊，柔濡愛語，於是牛可以牽重上坡，時黑牛主先前所失物，得回三倍。佛語諸比丘，畜生聞形相語，尚失色力，何況於人。〔註77〕

此故事運用「牛解人語」的情節，描述牛能與主人對話，並要求主人要對牠說好話，被激勵之後，也才有力氣幫助主人做事，佛以牛做譬喻教化弟子，動物尚且也會聽懂與分辨言語的好壞，更何況是人呢？因此說話不可不慎。

例3：卷四十七〈狼得他心害怨女嬰兒〉中運用「狼與人語」的情節，故事大要敘述：

有女人將嬰兒放置在於一處，被狼帶走。當時有人捕捉到狼並問牠，為何擔人的嬰兒去？狼告訴他，此小兒的母親是我怨家，五百世中，常吃我兒

〔註76〕（梁）釋寶唱：《經律異相》，頁248～249。
〔註77〕（梁）釋寶唱：《經律異相》，頁248。

子，我亦五百世常殺其兒子，若彼此能捨舊怨之心，就可以停止報復。時人告訴其兒之母可捨怨心。兒母回答說：「我今已捨。」狼觀兒母，口是心非，最後仍害其兒。〔註78〕

在印度神話故事中有則〈美麗的拉伯姆公主〉，曾運用鸚鵡作人語的情節。〔註79〕在佛經傳入中國後，其志怪小說中，例如：《搜神記》、《列異傳》、《幽明錄》、《拾遺記》、《玄中記》、《雜鬼神志怪》、《異苑》……等，描述各種動物有狗、鸚鵡、孔雀、魚、牛等，作人語的情節來鋪陳故事。〔註80〕動物與人一樣具有好惡、情緒、生理等方面的需求，雖然實際生活中彼此語言不同，但與人直覺上的情感交流是可能並可以發生的。

六、動物與人繁衍

人亦是動物的一種，因此仍保留著一些動物的習性特點，人類於原始生活中，無論是畜牧、游牧的生活，動物都扮演很重要的角色，提供人類食、衣、住、行、娛樂、宗教信仰等需求，因此動物與人繁衍，或半獸人的特殊情節產生，是反應古代人在未完全進入文明時期，對於人類身心與各方面發展的一種想法或態度，這種思想之後也呈現於文學、繪畫〔註81〕、建築〔註82〕、宗教等，一切的藝術之中。以下舉例說明：

例如：卷十九〈難提比丘為欲所染說其宿行并鹿斑童子六〉中敘述：

> 佛在舍衛城，有比丘名難提，行住坐臥，心常念定，過七年已，退失禪定，復依樹下，還習正受，欲求本定，魔伺其便，變為女人，端正無比，於其前住，而語之曰，比丘共我行婬來。……難提久修梵行，云何為女所惑。佛言：「難提不但今為女所惑，過去亦然。過去世時，南方阿槃提國有迦葉氏，外道出家，聰明博識，助王理國。

〔註78〕（梁）釋寶唱：《經律異相》，頁251。

〔註79〕洪清泉發行：《印度神話故事》（臺北：偉文圖書出版社有限公司，1979年5月），頁25。

〔註80〕陳曉蓁：《六朝筆記中動物故事研究》，臺北：中國文化大學中國文學系博士論文，2016年6月。

〔註81〕目前，位於義大利的龐貝（Pompeii）古城於2018年出土一幅珍貴壁畫，即栩栩如生地描繪了王妃和天鵝「人獸交」場景。

〔註82〕印度知名建築卡拉修荷神廟，建於約西元950～1050年，保留完整的人與動物繁衍的情節雕刻，於一九八六年被聯合國教科文組織列為世界文化與自然保護遺產。

王執國法，拷治姦賊，外道念言：『我已出家，云何共王詳斷此事？』即白王言：『我欲出家。』王言：『師已出家，云何方言我欲出家？』答言：『我今預此，種種刑法，何名出家？我今欲依仙法出家。』王言：『可爾。』即於百巖山，造立精舍，修習仙法，得五神通，忽因小行，不淨流出。時有牝鹿，飲此小便，舐其產門，即便有胎，產一小兒。仙人往看，見鹿生兒，怪而念曰：『云何畜生，而生於人？』入定觀之，知是其子，收而養之。依母生故，體斑似鹿，故名鹿斑。仙人念言：『敗正毀德，莫過女人。』於是教以禪定，化以五通。」〔註83〕

佛告訴難提比丘因為前世被女所惑之事，今世仍輪迴於此，其前世為一修道者，於山中修行，因小便不淨流出，被牝鹿所飲並舐其產門而胎產一小兒，仙人往見怪之，畜生為何生人？於是收養取名叫鹿斑並教化之。此故事與印度神話故事〈獨角修士〉〔註84〕的情節相似，內容為一隻牝鹿將一位修士排出的小便和水一起喝了，而生下一個人類的孩子，這個孩子額頭上有一隻角，於是取名叫獨角。由此可知，佛經故事有著印度神話的元素。

　　類似情節見於《法苑珠林・畜生部》卷六中，描述到南印度有個國王女聘鄰國，在迎親時路遇獅子，將女擄到深山中，「捕鹿採菓以時資給，既積歲月，遂孕男女，形貌同人，性種畜也。男漸長大，力格猛獸，年方弱冠，人智斯發，……」〔註85〕也有人與獅子生下後代的情節，其幾乎原封不動出現在唐代的《大唐西域記》卷十一〈寶渚傳說〉中，內容如下：

南印度有一國王，女娉鄰國，吉日送歸，路逢師子，侍衛之徒棄女逃難，女在舉中，心甘喪命。時師子王負女而去，入深山，處幽谷，捕鹿採果，以時資給。既積歲月，遂孕男女，形貌同人，性種畜也。男漸長大，力格猛獸。年方弱冠，人智斯發，請其母曰：「我何謂乎？父則野獸，母乃是人，既非族類，如何配偶？」母乃述昔事以告其子。子曰：「人畜殊途，宜速逃逝。」〔註86〕

〔註83〕（梁）釋寶唱：《經律異相》，頁103。
〔註84〕陳義編：《印度神話故事》（臺北：星光出版社，1988年3月），頁60。
〔註85〕《法苑珠林・畜生部》見《大正新脩大藏經》（臺北：新文豐出版公司，1983年元月），冊53，頁321。
〔註86〕陳飛，凡評注譯：《新譯大唐西域記》（臺北：三民書局股份有限公司，2015年11月），頁564。

在佛經傳入中國後，此情節也於小說與話本中繼續發展，如：張華《博物志》卷三中，描述人與猴的繁衍；徐鉉《稽神錄》記載老猿竊婦故事；《清平山堂話本》有〈陳巡檢梅嶺失妻記〉描述人與動物精交合；洪邁《夷堅丁志》卷十九〈江南木客〉等，直到明清小說仍不停運用此情節。〔註87〕

在希臘神話中，也有一則〈麗達與白天鵝〉的故事，敘述斯巴達的麗達王妃（Leda）被宙斯（Zeus）幻化的天鵝所挑逗。天神宙斯聽聞了麗達王妃的美貌相當覬覦，因此化身為白天鵝，前去挑逗到湖中游泳的麗達。人鳥一陣雲雨後，王妃便誕下兩顆蛋，分別孵出二男二女，其中一名女兒就是後來以美貌引起特洛伊戰爭的海倫（Helen）。〔註88〕

七、異形

《經律異相》中所描述的異形，多半是指生命體有異常數量的肢體器官，或人與動物的肢體器官互相結合的形體，以下舉例說明：

例1：卷二十九〈驢首王食雪山藥草得作人頭十三〉中敘述：

> 昔有國王，人身驢首，佛語國王：「雪山有藥，名曰上味，王往食之，可復人頭。」王往雪山，擇藥噉之，遂頭不改。王還白佛：「何乃妄語？」佛白王言：「莫簡藥草，自復人頭。」王復到山，山中生者，皆自除病，不復簡擇，噉一口草，即復人頭。〔註89〕

敘述有一位國王「驢首人身」，佛告訴國王雪山有藥，若前往食之則可恢復人首，國王派人去選擇性地採藥吃，國王吃了竟然無效，佛告訴他不可擇藥，於是國王決定親自前去，任意吃一口藥即恢復了人頭。故事在此運用「獸首人身」的情節，並以譬喻方式，說明修行之路重視過程，必須要親自誠心行動，放下身段並且不可以有分別執著的心，如此必定可以克服困難。

例2：卷四十八〈千秋生必害母〉中敘述：「千秋，人面鳥身，生子還害其母，復學得羅漢果，畜生無有是智及有尊卑想，不受五逆罪。」〔註90〕千秋是人面鳥身的生物，特點是生子後還會反殺害母，而在大自然中有許多出

〔註87〕王立：〈人獸通婚故事的人類學內蘊及積極素質〉，《漳州師範學院學報》第1期，2000年，頁1～8。

〔註88〕黃晨淳：《希臘羅馬神話故事》（臺中：好讀出版有限公司，2018年1月），頁32。

〔註89〕（梁）釋寶唱：《經律異相》，頁159。

〔註90〕（梁）釋寶唱：《經律異相》，頁254。

生後，被母親吃掉的動物，例如：貓、狗、兔子、老鼠、埋葬蟲等，主要原因是基於母親若無法同時養活數量太多的孩子，就會吃掉一部份或任其自生自滅。

佛教所指輪迴中的畜生道是無倫理尊卑之觀念的，而「人面鳥身」乃為人與禽身的結合，形體象徵尚未成為一個完整的人，具備人所有的倫理道德，即使得完整的人身，常為外在環境誘惑影響，也未必能成為一個道德完美之人，所以佛教強調修行對於眾生而言，是很重要的。

例3：卷四十八〈百頭魚為捕者所得聞其往緣漁人悟道一〉中敘述：

> 佛與諸比丘，向毘舍離，到黎越河，河邊有五百牧牛人，五百捕魚人。佛去河不遠而坐止息，時捕魚人，網得一魚，五百人挽不能使出，復喚牧牛之眾，千人併力，得一大魚，身有百頭，若干種類，驢馬駱駝，虎狼猪狗，猿猴狐狸，如斯之屬，眾人甚怪，競集看之。〔註91〕

上述千人一起捕到一條百頭魚，魚頭出現百種類，包含：驢、馬、駱、駝、虎、狼、猪、狗、猿、猴、狐、狸頭等。此處情節運用了生命體有異常數量的肢體器官，人與動物的肢體器官互相結合的形體。

人與動物的肢體器官互相結合，在中國神話中的《山海經‧大荒北經》（時間大約是從戰國初年到漢代初年楚人所作）也敘述到：「大荒之中，有山名曰北極天櫃，海水北注焉。有神，九首人面鳥身，名曰九鳳。」〔註92〕九鳳，是北極天櫃山的山神，有九個頭，且是「人面鳥身」。又記載：「西北海之外，赤水之北，有章尾山。有神，人面蛇身而赤，直目正乘，其瞑乃晦，其視乃明，不食不寢不息，風雨是謁。是燭九陰，是燭龍。」〔註93〕此處描述的另一位山神則是「人面蛇身」，相同的例子在《山海經》中，還有很多。

動物「多頭」的情節，在中國志怪小說中亦常出現，但多是同種類動物頭，例如：《異苑》卷四中，一狗有兩、三頭，還有一隻馬有兩個頭；《搜神記》卷七中，一牛有兩個頭；《博物志》卷三中，有雙頭蛇。〔註94〕綜上所知，

〔註91〕（梁）釋寶唱：《經律異相》，頁257。
〔註92〕（晉）郭璞：《山海經》，見《景印文淵閣四庫全書》（臺北：商務印書館，1986年7月），冊1042，頁79。
〔註93〕（晉）郭璞：《山海經》，頁79。
〔註94〕陳曉蓁：《六朝筆記中動物故事研究》，臺北：中國文化大學中國文學系博士論文，2016年6月，頁117。

佛經故事記載的多頭動物，還是比較多元的。

在希臘神話當中，有許多擁有特異功能與不可思議外在形象的神，主要凸顯其所司職能與無與倫比之威力，以下將其所具有的特異形象整理列表詳示。

希臘神話中傳說的異形生物有如下表：

序　號	拉丁語	中文名	描　　述
1	Amphisbaena	雙頭蛇	身體前後兩邊都有頭的蛇怪。
2	Argus Panoptes	阿耳戈斯（百眼巨人）	有一百隻眼睛的巨人。
3	Basilisk	翼蜥	能以眼神致人於死的蛇王。
4	Campe	坎珀	長著女人的軀幹和頭，尾巴像蠍子的龍（或蛇）形的怪物。
5	Centaur	肯陶洛斯	一種半人半馬的怪物。他們的上半身是人的軀幹，包括手和頭，下半身則是馬身，也包括軀幹和四腿。
6	Cerberus	刻耳柏洛斯	冥界的三頭看門犬。
7	Ceto	刻托	半蛇半魚。
8	Chimera	喀邁拉	上半身像獅子，中間像山羊，下半身像惡龍的噴火怪物。
9	Chiron	喀戎	以和善及智慧著稱的半人馬。
10	Echidna	厄客德娜	半人半蛇的怪物。她的上半身是美貌的女子，下半身卻是蛇的軀體（有時有兩條蛇尾）。
11	Griffins	獅鷲	擁有獅子的身體及鷹的頭、喙和翅膀的傳說中的生物。
12	Harpies	哈耳庇厄	長著女人的頭，卻有著禿鷲的身體、翅膀和利爪。
13	Hippocampi	海馬	前半身為馬後半身為魚尾的生活在海洋裡的馬，海神們的坐騎。
14	Hydra / Lernaean Hydra	許德拉	有九個頭的大蛇。
15	Ladon	拉冬	百頭巨龍。
16	Lycanthrope	萊卡翁	狼人。
17	Mermaid	人魚	上半身是人（多為女性）下半身是魚的身體的水生生物。

18	Minotaur	彌諾陶洛斯	牛頭人身的怪物。
19	Ophiotaurus	歐菲歐陶洛斯	半蛇半牛的雜交生物。
20	Orthrus	雙頭犬	雙頭蛇尾的狗。
21	Pegasus	珀伽索斯	長有雙翼的飛馬。
22	Python	皮同	巨蟒。
23	Scylla	斯庫拉	她的身體有六個頭十二隻腳,並且有貓的尾巴。
24	Sphinx	斯芬克斯	雌性的,有翼獅身人面的邪惡之物。

資料來源:《希臘神話故事》。〔註95〕

　　在古埃及的宗教中也有許多人獸神的崇拜,因其屬於多神信仰的,舉凡令古埃及人敬畏及崇拜的事物都會加以神化,所以古埃及信仰中有多達七百四十位的神祇,有許多鳥頭人身、人頭獅身、獅頭人身、野獸頭人身等形象的神,舉例如下:

序　號	名　稱	說　明	示意圖
1	拉(Ra / Re / Rah)	太陽神,也是創造萬物與人類的最高神祇。	
2	泰芙努特(Tefnut)	泰芙努特是雨露之神,也是生育之神,外形是獅頭人身。	

〔註95〕古斯塔夫・史瓦布,陳德中譯:《希臘神話故事》,臺中:好讀出版有限公司,2004年5月。

3	賽特（Set / Seth / Setekh）	賽特是力量之神，戰亂之神，風暴之神，沙漠之神，祂的外貌多為獸頭人身的形象。	
4	荷魯斯（Horus）	荷魯斯是法老的守護神，也是王權的代表，外形為鷹頭人身。	
5	阿努比斯（Anubis）	阿努比斯是死者的保護神，也是死者靈魂的帶領人，祂的形象是狼頭人身。	
6	圖特（Thoth）	圖特是智慧之神，同時也是計算、醫藥、月亮和書寫之神，祂的形象為朱鷺頭人身，有時也會描繪成一隻拿著新月的狒狒。	

引用網址：https://home.gamer.com.tw/TrackBack.php?sn=763316。

參考資料：《埃及神話故事》〔註96〕。

〔註96〕（日）矢島文夫撰，程義譯：《埃及神話故事》，臺北：星光出版社，2001 年 3 月。

　　「異形」情節，在希臘與埃及神話當中也常見運用，可見其彼此影響的深刻。異形生物打破了人類對於現實世界的認知範疇，且具備了一定程度上的特殊能量，而且擁有交流能力，運用此情節，可以呈現文學中驚奇、神秘、天馬行空的幻想、趣味等特性，與特殊的感官效果，因此被宗教傳播者、文學及藝術創作者所青睞而樂此不疲。

第四節　綜合本生

　　《經律異相》之本生故事傳達佛教六道輪迴的義理，六道眾生包含宇宙間有形與無形的有情生命，為天、人、阿修羅、餓鬼、畜生、地獄，依照眾生修行的境界而分布於不同的境地，所以在此屬於人物與動物綜合出現，或人與鬼神、天神、植物等互為輪迴的故事，歸納於綜合本生故事做一併討論。

　　觀察綜合本生故事內容，主角不再只是單純是以人物或動物的方式呈現，其生命能量包含：天神、人、動物、植物等一切有情眾生的互相轉換，從佛教觀念中的「業力」來決定「輪迴」去處。綜合本生故事的角色較為多元，甚至有「異形」的形象出現，體現了「相由心生」的觀點，其意涵亦離不開因緣果報思想觀念。

　　以下為綜合本生故事之情節整理表：

序　號	情　節	編　號
1	人蟒升天	14-5
2	神轉生為人	（參「神」）11-1、13-1、13-9、40-11
3	神將投豚胎又還本身	（參「轉生」）2-6、2-8
4	神轉生為驢又還本身	（參「轉生」）2-3
5	魚轉生為人	（參「魚」）11-15、15-6
6	狗轉生為人	12-9
7	野干轉生為人	（參「野干」）15-6
8	虎轉生為人	16-6（參「虎」）
9	人靈魂升天為神	（參「轉生」）8-9、13-2、13-14、14-4、15-2、19-10、20-4、22-6、23-1、23-11、24-3、31-7、32-1、34-6、36-12、36-13、36-14、36-15、37-11、42-1

10	象轉生為人	18-20（參「福報」）
11	狗轉生為人	22-3、34-4
12	牛死後升天	27-10
13	人轉生為羅剎	28-1
14	魚死後升天	36-1
15	龍轉生於天	41-8
16	獮猴轉生為人	（參「獮猴、福報」）47-11-2
17	獮猴死後升天	（參「獮猴、福報」）47-11-4、47-11-5
18	雁死後升天	（參「雁」）48-3-2（禽畜生部中）
19	蛤死後升天	（參「蛤」）48-5（蟲畜生部下）

綜合本生故事情節包含：人蟒升天、動物轉生為神或人、人轉生為鬼神、神轉生為人、神將投動物胎又還本身等，以下舉例說明。

一、人與鬼神

例1：卷十四〈目連化諸鬼神神自說先惡十六〉中提到：

昔目連至雪山中，化諸鬼神及龍，閱叉阿須倫捷陀羅等，時有一捷陀羅神，居七寶宮，與眾超絕，身形端正，聰明殊特，然人身狗頭。目連怪問：「何以乃爾？」答曰：「吾維衛佛時，大富長者也，憙飯比丘梵志供給貧乏，為人急性憿惡，麁言罵詈直出，不避老少。飲食人客小不可意便云：『不如餧狗。』以是言之故，狗頭人身，好施供養，受此福堂。」〔註97〕

此故事內容包含人身狗頭的「異形」加上人幻化成鬼神的「神通」的情節運用，並融合佛教的因果觀念，使人印象深刻。

例2：卷二十八〈橫興費調為姦臣所殺鬼復為王一〉中，故事大要敘述：

昔瓶沙王有一大臣，因犯罪遷到南山中去國千里，由來無人不熟五穀，大臣到來，泉水通流，五穀大熟，四方諸國，有飢寒者來至此中，數年之中就有三四千家。來者給與田地令得生活。其中三老諸長者宿年，共議國之無君，於是推舉大臣為王。大臣當上王後，築城作舍宮殿樓觀，民被苦毒不復能堪，皆想推翻暴虐之王。諸姦臣

〔註97〕（梁）釋寶唱：《經律異相》，頁75。

輩將王出獵，去城三四十里，於曠野澤中欲殺王。王非常憤怒並發
願若死願作羅剎，還入故身中當報此怨。於是王被殺三日後，神還
故身中成為羅剎到處吃人，人必須固定供他活人吃，直到有佛弟子
向佛求救，佛前往度化羅剎使其成為佛弟子。〔註98〕

故事中「羅剎吃人」的故事情節，在印度史詩《摩訶婆羅多》中亦可見：

　　般度族五兄弟與母親貢蒂被流放，他們避難來到一座城市。某一天，他
們聽到房東家有哭泣聲，經問得知，有一羅剎肆虐該城，城中各家要輪流送
活人給祂吃，現在輪到房東家了。五子中的老二怖軍力大無比，他遵從母命
前往羅剎住處，殺死了羅剎，解放全城。

　　其對中國古代小說也產生了深遠影響。〔註99〕例如，《幽明錄》卷五中的
〈羅剎〉故事內容如下：

　　有一國，與羅剎相鄰人。羅剎數入境，食人無度。王與羅剎約言：
「自今已後，國中人家，各專一日，當分送往，勿復枉殺。自奉佛
家，惟有一子，始年十歲，次當充行。捨別之際，父母哀號，便至
心念佛。以佛威神力，故大鬼不得近。明日，見子尚在，歡喜同歸。」
於茲遂絕，國人賴焉。〔註100〕

解救危難的不是英雄人物，而是佛法的力量。如此情節也影響了後世少數民
族文學，例如：中國的白族民間故事中流傳著一個《弦子三郎》的故事：

　　從前有個善於吹口弦的年輕人，因排行老三，故人們叫他弦子三郎。某
天晚上，他來到一個漆黑的村子，聽見一間草房裡傳出哭聲。一問才知，村
子的廟裡來了個妖精，它要村民每天送一對童男女給它吃，否則要掃平全村。
今天輪到這家人送小孩給妖精吃，因此非常傷心。後來三郎就到廟裡殺死了
妖精，為民除害。〔註101〕除了上述故事外，在中國的傣族的《蘭嘎西賀》、西
藏的《羅摩衍那贊頌》、蒙古的《Jivaka 王》、《嘉言》、《水晶鏡》、新疆的出土
文獻中，皆有相似的故事。〔註102〕

〔註98〕（梁）釋寶唱：《經律異相》，頁 150。
〔註99〕季羨林：《比較文學與民間文學》（北京：北京大學出版社出版，1997 年 7 月），
　　　　頁 205～239。
〔註100〕（南朝宋）劉義慶：《幽明錄》見《筆記小說大觀 31 編》（臺北：新興出版，
　　　　1980 年 8 月），冊 7，頁 4107。
〔註101〕趙告超：〈複製與變體──印度史詩《摩訶婆羅多》裡羅剎吃人故事在中國
　　　　的流傳〉，《安徽文學》第 5 期，2009 年，頁 3。
〔註102〕季羨林：《比較文學與民間文學》，頁 205～239。

例3：卷四十九〈閻羅王等為獄司往緣一〉中敘述：

> 閻羅王者，昔為毘沙國王，緣與維陀始王共戰，兵力不敵，因立誓
> 願，願為地獄主。臣佐十八人，領百萬之眾，頭有角耳皆悉忿懟，
> 同立誓曰：「後當奉助治此罪人。」毘沙王者今閻羅是，十八人者，
> 諸小王是，百萬之眾，諸阿傍是，隸北方毘沙門天王。〔註103〕

故事描述往昔毘沙國王因為與維陀始王戰爭，打敗仗後就發誓言要當地獄主
（鬼王），從此奉命協助懲罰有罪之人，領導十八小王與百萬之眾。地獄中的
閻羅王前世曾為國王，一場戰爭戰敗因緣讓他成為了鬼王。而鬼王雖有福報
但也是需要受苦刑的，如〈閻羅王三時受苦二〉中敘述：

> 閻浮提南有大金剛山，內有閻羅王宮，縱廣六千由旬，晝夜三時，
> 有大銅鑊自然在前。若鑊入宮內，王見怖畏，捨出宮外，若鑊出宮
> 外，王入宮內，有大獄卒，臥王熱鑊上，鐵鈎擘口，洋銅灌之，從
> 咽徹下，無不燋爛，事竟，還與婇人，共相娛樂，彼諸大臣，同受
> 福者，亦復如是。〔註104〕

故事內容提到在廣大的閻羅王宮中，晝夜三時，就有大銅鑊自然現前，王見
到非常害怕，跑出宮外，王回宮有大獄卒，捉王躺在熱鑊上，用鐵鈎鈎其口，
熱銅汁灌之，從咽喉以下全部焦爛，用刑結束後，還可繼續與婇人娛樂玩耍，
和他一起享福的大臣，也承受一樣的苦刑。因此可知，人與鬼神皆屬六道眾
生，無論是身分是國王、鬼王，是人還是鬼，身分雖有尊卑，生命的本質皆是
苦，因此不可沒有自覺。

二、動物與神

例1：卷二〈帝釋應生驢中歸依三寶從胎而殞還依本身三〉中提到：

> 昔者天帝釋，五德離身，自知命盡，當生陶家，受驢胞胎，愁憂自
> 念：「三界之中，濟人苦厄，唯有佛耳。」馳往佛所，稽首伏地，至
> 心歸命佛法聖眾，未起之間，其命忽終，便入驢母胎中，時驢解走，
> 破壞坏器，其主打之，尋時傷胎，其神即還，入故身中，五德還備，
> 復為天帝。〔註105〕

〔註103〕（梁）釋寶唱：《經律異相》，頁258。
〔註104〕（梁）釋寶唱：《經律異相》，頁258。
〔註105〕（梁）釋寶唱：《經律異相》，頁8。

敘述天帝釋天福享盡將投生為驢，憂愁之際往至佛所，皈依佛法，於是命終投驢胎時，母驢奔走壞器而被主人鞭打損胎，而又恢復天帝身，其天神將投驢胎又恢復的情節運用與同卷〈忉利天將終七瑞現遇佛得生人中六〉中敘述相同：

> 昔忉利宮有一天，壽命垂盡，有七種瑞，一者項中光滅，二者頭上華萎，三者面色變，四者衣上有塵，五者腋下汗出，六者身形變，七者離本坐。即自思惟：「壽終之後，下生鳩夷那竭國，疥癩母腹中作豚，甚豫愁苦，不知當作何計？」有天語言：「今佛在此，為母說經，唯佛能脫卿之罪耳。」即到佛所，稽首作禮，未及發問。佛告天子：「一切萬物，皆歸無常，汝素所知，何為憂愁？」天具白佛。
>
> 佛言：「欲離豚身，當誦三自歸，如是日三，天從佛教，晨夜自歸。」
>
> 却後七日，天即壽盡，下生維耶離國，作長者子。〔註106〕

敘述忉利天人壽將盡，愁苦異常，於是到佛所，佛告訴祂生命無常的道理，若欲離豚身，必須三皈依，之後天人照做後投胎作長者子。以上二則故事情節皆運用天神壽盡，本將投動物胎，經過皈依佛後又轉投到善道為人或天神，強調佛教主張善惡念能感應善惡報的理論，善惡亦是一念之間的差距而已，卻能得不可思議的果報。

例2：卷四十七〈獼猴學禪墮樹死得生天上五〉中敘述：「昔有道人，樹下坐禪誦經，有一獼猴在樹上效之，不覺墮樹而死，得生天上。」〔註107〕內容描述獼猴因學道人修行的行為，過程中意外墮樹而死，最終亦得生天果報。

例3：卷四十七〈獼猴為五百仙人師三〉中故事大要敘述：

從前有五百獼猴與五百緣覺、五百仙人為鄰居，獼猴不停自發供養緣覺，待緣覺死後，就到仙人住的地方，並且教導仙人四威儀與坐禪，仙人感念獼猴，以香華飲食供養之，獼猴命終就以香木燒其身，佛言，獼猴為佛弟子優波笈多的前世，其雖在畜生道，卻還能夠努力修行，饒益眾生。〔註108〕

例4：卷四十八〈五百雁為獵所殺以聞佛法生天得道二〉中敘述：

> 佛在波羅奈國，於林澤中，為諸天人，四輩之類，顯說妙法，時虛空中有五百雁為群，聞佛音聲，深心愛樂，迴翔欲下，獵師張羅，

〔註106〕（梁）釋寶唱：《經律異相》，頁9。
〔註107〕（梁）釋寶唱：《經律異相》，頁252。
〔註108〕（梁）釋寶唱：《經律異相》，頁252。

雁墮其中，為獵師所殺，生忉利天，處父母膝上若八歲兒，端嚴無
比，光若金山。便自念言：「我何因生此？」即識宿命，愛法果報，
即共持華，下閻浮提，至世尊所，禮足白言：「我蒙法音生在妙天，
願重開示。」佛說四諦，得須陀洹，即還天上。〔註109〕

敘述佛在林中為天人說法，正好天空中有五百隻雁經過，也想飛下來聽取佛
法，途中卻被獵師所捕殺，死後升天成為天人。天人自己思惟為何生天，知
其因果後，下凡繼續聽佛的開示，得道後又返回天上。

例5：卷四十七〈婆羅醯馬王為轉輪王寶一〉中，故事大要敘述：馬王名
婆羅醯，宮殿住在大海洲內明月山，有八千馬以為眷屬，若轉輪聖王出世，
取最小者以為馬寶，給王乘御。〔註110〕在《經律異相》故事中，動物與神的
關係經常是互相轉世投胎、互助修行，或動物為轉輪聖王的坐騎等。

三、其他

例1：卷十四〈舍利弗化人蟒令生天上五〉中敘述：

從前舍衛國有天雨血，縱廣四十里，王與群臣，大為驚怪，即召諸
道術及知占候使，推為吉凶。占者對曰：「舊記有云，雨血之災，
應該是人蟒毒害之物，宜推國內彰別災禍。」王曰：「何以別知？」
占師曰：「是為人蟒難以分辨知道，誡勅國中，有新生小兒，悉皆
送來，以一空罋，讓眾兒唾於其中，中有一兒唾即成火焰，當知此
兒，正是人蟒。」議曰：「此不可著人間。」即徙置閑隱無人之處，
國中有應死者，可送與之，人蟒吐毒殺人如是，前後被毒，所殺七
萬二千人。後有獅子來出震吼之聲，四千里內人物懾伏，周流暴害
莫能制御。於是國王即募國中能却獅子者，與金千斤，封一大縣，
無有應者。眾臣告訴國王：「唯當有人蟒能抵擋獅子。」勅使往喚
人蟒，人蟒逢見獅子至，往住其前毒氣吹，獅子即死。後時人蟒年
老，得病命將欲終，佛愍其罪重，一墮惡道，無有出期，告舍利弗
度化之，使脫重殃，舍利弗便忽往其前。蟒大瞋怒，念曰：「吾尚
未沒，為人所易無所開白，徑來我前，便放毒氣謂能害之。」舍利
弗，以慈慧攘却，光顏舒懌，一毛不動，三放毒氣而不能害，即知

〔註109〕（梁）釋寶唱：《經律異相》，頁254。
〔註110〕（梁）釋寶唱：《經律異相》，頁247。

其尊，意解善生，更以慈心，上下七反，視舍利弗，舍利弗便還精
舍，吸氣人蟒，終于其日，即天地大動，極善能動，天地極惡，亦
能動。時摩竭王，即詣佛所，稽首于地，問世尊曰：「人蟒命終，
當趣何道？」佛言：「今生第一天上。」王聞佛語，怪而更問。佛
言：「大罪之人，何得生天？」佛言：「以見舍利弗，慈心七反，上
下視之，因是之福，生第一天，福盡當生第二天上，至七反以後，
當得辟支佛而般涅槃。」〔註111〕

故事中所描述的「人蟒」是具有人的身體，蟒的毒氣，其出生時就有異相出
現，此處運用「天雨血」的情節來呈現，其唾液含有劇毒，可毒殺好幾萬人，
雖如此透過因緣際會，人蟒運用毒氣制伏害人的獅子。人蟒直到老都未能擺
脫嗔怒與毒氣，於是佛憐憫之，請舍利弗去度化，最後人蟒轉念，動了慈心，
命終生天。故事以「人蟒」象徵人仍具有動物的不好習氣，但是透過修行轉
化的功夫，也能將負面能量善加利用，提升為正面的能量，使生命得到另一
種昇華。

「人蟒」形象是人身加上蟒的習氣，類似的元素見於中國小說《白蛇傳》，
其故事淵源可溯至唐代，表現的體裁極為多元，包含：小說、戲曲、俗曲等，
描述人救了白蛇精，為了報恩，白蛇化身為人，與人相戀。此故事在唐人筆
記中〈李黃〉等故事、宋《夷堅志》中的〈孫知縣妻〉、明代《清平山堂話本》
中的〈西湖三塔記〉皆有演變、記載。〔註112〕

例2：卷三十二〈有一王子聞宿命事怖求以還佛八〉〔註113〕中故事大要
敘述：

有一王子想要知道宿命，乃問佛，佛告訴他，王子有一世至年十五
便死，王家埋葬他並同時在此處種柏長大，下根入地正當其心，王
子神識就附在柏根，於是從根出柏葉之間，又有羊來食，其神識留
在羊腹中，後來又從羊屎出，依附在羊屎上，園家錄載取以冀韭，
又依附韭葉間，後來王后想吃韭，勅外令送，園師持刀欲割取韭送
王家，王家得韭，后便食之，隨韭入腹作子，月滿便生，遂年長大

〔註111〕（梁）釋寶唱：《經律異相》，頁70。
〔註112〕范金蘭：《「白蛇傳故事」型變研究》，臺北：政治大學中等學校教師在職進
　　　　修國文教學碩士論文，2002年。
〔註113〕（梁）釋寶唱：《經律異相》，頁177。

復識宿命，便告訴佛，不復用知宿命，只是令自己愁憂而已。

故事以譬喻方式呈現「輪迴」的觀念，生命死亡後，神識並不滅，隨著意念轉移，或附在植物或動物身上，最終，於有緣之處出生，人若無自覺，始終於生死流轉，無法停息。此故事情節除了「輪迴」外，還有「靈魂神識附體」的運用。一般而言大多是附體在動物或植物上面，故事傳到了中國，也有出現靈魂附在物品上的情節，如：洪邁撰的《夷堅壬志》卷四，〈南山獨騎郎君〉〔註114〕故事大要敘述：

臨川（江西撫州）有個村民叫張四，他買了一束掃帚回家，四把捆一起。回家拆開後，發現其中有一把小鐮刀，他認為是編掃帚的人不小心把鐮刀忘了放在裡面，於是他把鐮刀掛牆上。到了晚上，這鐮刀發出響聲，家裡人覺得驚疑，想把鐮刀丟棄。張四說：「此鐮刀也不是殺人工具，一把鐮刀不可能有鬼怪在上面，也許是有神靈附在上面？先放著！」張四把鐮刀很恭敬的供在家中神堂。後來，怪事依然繼續發生，開始時是發出「嗚嗚」聲，後來是「轟轟」聲；過了十多天，開始出現「喃喃」聲，好像有人在嘀咕什麼；再後來，就有人說話，能聽出是人聲。張家人已經能辨別出說什麼了；又過了幾天，這聲音就越來越清楚了，也能說話了。張家人問：「你是誰呀？」他說：「我是南山獨騎郎君！南山的山神憐憫我。他看我能言會道，又懂得人世間很多事情，所以專門派我到這兒來，給大家說說吉凶禍福。」

以上為關於人的靈魂神識，附於鐮刀上的情節描述。到了清代蒲松齡所撰《聊齋誌異》中，也有著許多狐仙、鬼神附於人身上與人互動的類似情節，〔註115〕因此在佛經故事中，人死後神識不滅的觀念，轉生或附體的情節，影響中國的歷小說創作，可謂是相當深刻的。

〔註114〕（宋）洪邁：《夷堅志》（臺北：明文書局出版，1994年9月），頁1492～1493。〈南山獨騎郎君〉：「臨川村民張四，買芒掃帚一束，凡四柄，及開用之，於中得小鐮，蓋割禾所用者，知為編帚人遺下，取掛壁間。迨夜，輒有聲，家人疑惡，欲棄之。張曰：「此不是殺人之具，必非冤魂，無乃鬼神憑托乎！姑置之。」徙頓神堂內，奉之唯謹。始也烏烏然，少則訇訇然，旬日則喃喃然，云云然，似可曉一二。又數日，悉能辨之，問為誰，曰：「吾南山獨騎郎君也，山神憐我巧言語，又知人世事，故遣報禍福於人。」

〔註115〕張孟玲：《聊齋誌異植物精怪故事研究》，桃園：中央大學中國文學系碩士論文，2011年。

小結

　　綜觀《經律異相》中的本生故事，於宗教心理層面而言，人透過故事敘述，能被啟示如何面對人生的困境，為過去或當下的問題提供情緒上的出口，發展出人生其他新的可能性，進而超越社會環境所加諸的限制，體會出生存之意義。於文學方面而言，印度故事隨佛教發展而廣泛流傳，並及於西方諸國，成為世界性通俗文學及道德規範之源頭，如：古希臘的《伊索寓言》、阿拉伯的《天方夜譚》等童話故事、寓言文學，皆與其有深厚之淵源關係。在研究世界文學之源流、傳播、比較文學、交流史上，佔有極重要之地位與價值，故事流傳至中國，亦影響了歷代文學創作方式。於生活經驗而言，故事反應古代人類發展痕跡，其對大自然的解讀與人際互動的智慧，可作為現代人類生活上的參考。於政治方面而言，故事強調治國以人為本，成功的統治者，總是無私地為人民奉獻，如此才能長治久安。以上可知《經律異相》的故事，對於後世文化的影響深刻且兼具著多元豐富之價值。